知识分子图书馆

LITERATURE,
POWER AND SUBJECTIVITY

文学、权力与主体

著 [德]加布丽埃·施瓦布 (Gabriele Schwab)
译 陶家俊

中国社会科学出版社

图字:01-2011-0588号

图书在版编目(CIP)数据

文学、权力与主体/[德]施瓦布著;陶家俊译.—北京:中国社会科学出版社,2011.1
(知识分子图书馆)
ISBN 978-7-5004-7472-2

Ⅰ.文… Ⅱ.①施…②陶… Ⅲ.文学理论 Ⅳ.I0

中国版本图书馆CIP数据核字(2008)第206089号

责任编辑	史慕鸿
责任校对	韩天炜
封面设计	每天出发坊
技术编辑	李 建

出版发行	中国社会科学出版社		
社　　址	北京鼓楼西大街甲158号	邮　编	100720
电　　话	010—84029450(邮购)		
网　　址	http://www.csspw.cn		
经　　销	新华书店		
印　　刷	北京君升印刷有限公司	装　订	广增装订厂
版　　次	2011年1月第1版	印　次	2011年1月第1次印刷
开　　本	640×960　1/16		
印　　张	16.25	插　页	2
字　　数	208千字		
定　　价	28.00元		

凡购买中国社会科学出版社图书,如有质量问题请与本社发行部联系调换

版权所有　侵权必究

《知识分子图书馆》编委会

顾　　问　弗雷德里克·詹姆逊
主　　编　王逢振　J. 希利斯·米勒
编　　委　（按姓氏笔画为序）
　　　　　J. 希利斯·米勒　王　宁　王逢振
　　　　　白　烨　弗雷德里克·詹姆逊　史慕鸿
　　　　　李自修　刘象愚　汪民安　张旭东
　　　　　罗　钢　郭沂纹　章国锋　谢少波

总 序

1986—1987年，我在厄湾加州大学（UC Irvine）从事博士后研究，先后结识了莫瑞·克里格（Murray Krieger）、J.希利斯·米勒（J. Hillis Miller）、沃尔夫冈·伊瑟尔（Walfgang Iser）、雅克·德里达（Jacques Derrida）和海登·怀特（Hayden White）；后来应老朋友弗雷德里克·詹姆逊（Fredric Jameson）之邀赴杜克大学参加学术会议，在他的安排下又结识了斯坦利·费什（Stanley Fish）、费兰克·伦屈夏（Frank Lentricchia）和爱德华·赛义德（Edward W. Said）等人。这期间因编选《最新西方文论选》的需要，与杰费里·哈特曼（Geoffrey Hartman）及其他一些学者也有过通信往来。通过与他们交流和阅读他们的作品，我发现这些批评家或理论家各有所长，他们的理论思想和批评建构各有特色，因此便萌发了编译一批当代批评理论家的"自选集"的想法。1988年5月，J.希利斯·米勒来华参加学术会议，我向他谈了自己的想法和计划。他说"这是一个绝好的计划"，并表示将全力给予支持。考虑到编选的难度以及与某些作者联系的问题，我请他与我合作来完成这项计划。于是我们商定了一个方案：我们先选定十位批评理论家，由我起草一份编译计划，然后由米勒与作者联系，请他们每人自选能够反映其思想发展或基本理论观点的文章约50万至60万字，由我再从中选出约25万至30万字的文章，负责组织翻译，在中国出版。但

1989年以后，由于种种原因，这套书的计划被搁置下来。1993年，米勒再次来华，我们商定，不论多么困难，也要将这一翻译项目继续下去（此时又增加了版权问题，米勒担保他可以解决）。作为第一辑，我们当时选定了十位批评理论家：哈罗德·布鲁姆（Harold Bloom）、保罗·德曼（Paul de Man）、德里达、特里·伊格尔顿（Terry Eagleton）、伊瑟尔、费什、詹姆逊、克里格、米勒和赛义德。1995年，中国社会科学出版社决定独家出版这套书，并于1996年签了正式出版合同，大大促进了工作的进展。

　　为什么要选择这些批评理论家的作品翻译出版呢？首先，他们都是在当代文坛上活跃的批评理论家，在国内外有相当大的影响。保罗·德曼虽已逝世，但其影响仍在，而且其最后一部作品于去年刚刚出版。其次，这些批评理论家分别代表了当代批评理论界的不同流派或不同方面，例如克里格代表芝加哥学派或新形式主义，德里达代表解构主义，费什代表读者反应批评或实用批评，赛义德代表后殖民主义文化研究，德曼代表修辞批评，伊瑟尔代表接受美学，米勒代表美国解构主义，詹姆逊代表美国马克思主义和后现代主义文化研究，伊格尔顿代表英国马克思主义和意识形态研究。当然，这十位批评理论家并不能反映当代思想的全貌。因此，我们正在商定下一批批评家和理论家的名单，打算将这套书长期出版下去，而且，书籍的自选集形式也可能会灵活变通。

　　从总体上说，这些批评家或理论家的论著都属于"批评理论"（critical theory）范畴。那么什么是批评理论呢？虽然这对专业工作者已不是什么新的概念，但我觉得仍应该略加说明。实际上，批评理论是60年代以来一直在西方流行的一个概念。简单说，它是关于批评的理论。通常所说的批评注重的是文本的具体特征和具体价值，它可能涉及哲学的思考，但仍然不会脱离文本价值的整体观念，包括文学文本的艺术特征和审美价值。而批评理论则不同，它关注的是文本本身的性质，文本与作者的关系，文本与读者的关系以及读者的作用，文本与现实的关系，语言的作用和地位，等等。换句话说，它关注的是批评的形成过程和运作方式，批评本身的特征和价值。由于批评可以涉及多种学科和多种文本，所以批评理论不限于文学，而是一个新的跨学科的领域。它与文学批评和文学理论有这样那样的联系，甚至有某些共同的问题，但它有自己的独立性和自治性。大而化之，可以说批评理论的对象是关于社会文本批评的理论，涉及文学、哲学、历史、人类学、政治学、社会学、建筑学、影视、绘画，等等。

批评理论的产生与社会发展密切相关。60年代以来，西方进入了所谓的后期资本主义，又称后工业社会、信息社会、跨国资本主义社会、工业化之后的时期或后现代时期。知识分子在经历了60年代的动荡、追求和幻灭之后，对社会采取批判的审视态度。他们发现，社会制度和生产方式以及与之相联系的文学艺术，出现了种种充满矛盾和悖论的现象，例如跨国公司的兴起，大众文化的流行，公民社会的衰微，消费意识的蔓延，信息爆炸，传统断裂，个人主体性的丧失，电脑空间和视觉形象的扩展，等等。面对这种情况，他们充满了焦虑，试图对种种矛盾进行解释。他们重新考察现时与过去或现代时期的关系，力求找到可行的、合理的方案。由于社会的一切运作（如政治、经济、法律、文学艺术等）都离不开话语和话语形成的文本，所以便出现了大量以话语和文本为客体的批评及批评理论。这种批评理论的出现不仅改变了大学文科教育的性质，更重要的是提高了人们的思想意识和辨析问题的能力。正因为如此，批评理论一直在西方盛行不衰。

我们知道，个人的知识涵养如何，可以表现出他的文化水平。同样，一个社会的文化水平如何，可以通过构成它的个人的知识能力来窥知。经济发展和物质条件的改善，并不意味着文化水平会同步提高。个人文化水平的提高，在很大程度上取决于阅读的习惯和质量以及认识问题的能力。阅读习惯也许是现在许多人面临的一个问题。传统的阅读方式固然重要，但若不引入新的阅读方式、改变旧的阅读习惯，恐怕就很难提高阅读的质量。其实，阅读方式也是内容，是认知能力的一个方面。譬如一谈到批评理论，有些人就以传统的批评方式来抵制，说这些理论脱离实际，脱离具体的文学作品。他们认为，批评理论不仅应该提供分析作品的方式方法，而且应该提供分析的具体范例。显然，这是以传统的观念来看待当前的批评理论，或者说将批评理论与通常所说的文学批评或理论混同了起来。其实，批评理论并没有脱离实际，更没有脱离文本；它注重的是社会和文化实际，分析的是社会文本和批评本身的文本。所谓脱离实际或脱离作品只不过是脱离了传统的文学经典文本而已，而且也并非所有的批评理论都是如此，例如詹姆逊那部被认为最难懂的《政治无意识》，就是通过分析福楼拜、普鲁斯特、康拉德、吉辛等作家作品来提出他的批评理论的。因此，我们阅读批评理论时，必须改变传统的阅读习惯，必须将它作为一个新的跨学科的领域来理解其思辨的意义。

要提高认识问题的能力，首先要提高自己的理论修养。这就需要像经济建设那样，采取一种对外开放、吸收先进成果的态度。对于引进批评理论，还应该有一种辩证的认识。因为任何一种文化，若不与其他文化发生联系，就不可能形成自己的存在。正如一个人，若无他人，这个人便不会形成存在；若不将个人置于与其他人的关系当中，就不可能产生自我。同理，若不将一国文化置于与世界其他文化关系之中，也就谈不上该国本身的民族文化。然而，只要与其他文化发生关系，影响就是双向性的；这种关系是一种张力关系，既互相吸引又互相排斥。一切文化的发展，都离不开与其他文化的联系；只有不断吸收外来的新鲜东西，才能不断激发自己的生机。正如近亲结婚一代不如一代，优种杂交产生新的优良品种，世界各国的文化也应该互相引进、互相借鉴。我们无须担忧西方批评理论的种种缺陷及其负面影响，因为我们固有的文化传统，已经变成了无意识的构成，这种内在化了的传统因素，足以形成我们自己的文化身份，在吸收、借鉴外国文化（包括批评理论）中形成自己的立足点。

今天，随着全球化的发展，资本的内在作用或市场经济和资本的运作，正影响着世界经济的秩序和文化的构成。面对这种形势，批评理论越来越多地采取批判姿态，有些甚至带有强烈的政治色彩。因此一些保守的传统主义者抱怨文学研究被降低为政治学和社会科学的一个分支，对文本的分析过于集中于种族、阶级、性别、帝国主义或殖民主义等非美学因素。然而，正是这种批判态度，有助于我们认识晚期资本主义文化的内在逻辑，使我们能够在全球化的形势下，更好地思考自己相应的文化策略。应该说，这也是我们编译这套丛书的目的之一。

在这套丛书的编选翻译过程中，首先要感谢出版社领导对出版的保证；同时要感谢翻译者和出版社编辑们（如白烨、汪民安等）的通力合作；另外更要感谢国内外许多学者的热情鼓励和支持。这些学者们认为，这套丛书必将受到读者的欢迎，因为由作者本人或其代理人选择的有关文章具有权威性，提供原著的译文比介绍性文章更能反映原作的原汁原味，目前国内非常需要这类新的批评理论著作，而由中国社会科学出版社出版无疑会对这套丛书的质量提供可靠的保障。这些鼓励无疑为我们完成丛书带来了巨大力量。我们将力求把一套高价值、高质量的批评理论丛书奉献给读者，同时也期望广大读者及专家学者热情地提出建议和批评，以便我们在以后的编选、翻译和出版中不断改进。

王逢振
1997年10月于北京

目　录

译者序　文学的接触空间诗学 ……………………（1）
刘索拉序　怎一个愁字了得
　　——读加布丽埃《抵制记忆和遗忘的书写》有感 ………（6）
作者序　文学的转化之力
　　——《文学、权力与主体》简介 ……………………（1）

上编　文学、主体性与文化接触

第一章　批评理论中执著的主体 ……………………（3）
第二章　文学的过渡空间 ……………………………（21）
第三章　阅读、他者性与文化接触 …………………（47）
第四章　旅行文学、旅行理论：东西方文学及文化接触 …（102）
第五章　书写课程：文化遭遇中的想象书写 ………（115）

下编　暴力历史与创伤

第六章　抵制记忆和遗忘的书写 ……………………（135）

第七章　认同障碍:罪、羞耻与理想化 …………… (165)
第八章　梦魇般的传统:施暴者后代的创伤 ………… (180)
第九章　替代孩子:创伤损失的代际间传播 ………… (206)

译者序

文学的接触空间诗学

2005年春，经中国社会科学院外文所王逢振先生引荐，我开始与加布丽埃·施瓦布教授互通信息。2005年6月，在华中师范大学文学院举办的国际学术研讨会上，我第一次与施瓦布见面。我们一起迎着湿润、熏腻的南风游览东湖，夜晚与朋友们一道在喧嚣的吉庆街围坐在沿街的餐桌旁，品尝武汉小吃，欣赏民间艺人的说唱表演。2005年8月底，我有幸赴美国加州大学人文研究所，在施瓦布指导下进行博士后研究，由此与她结下师生之缘。

施瓦布教授的学术思想内涵丰富，兼容西学几大潮流，又能将不同思潮流派打通创新，立一家之言。她是一位国际学术旅行家，讲学足迹遍布德国、法国、俄罗斯、西班牙、以色列、澳大利亚。她是一位公共知识分子，洛杉矶街头的游行队伍中、橙县的女性和少数族裔集会上常常有她的身影。她是位富有卓越理念的学术管理者，无论是在批评理论研究所所长任内还是在校学术委员会上，她都以极富感染力的人格和率真言行影响着团队中的其他学者。她对历史上遭受纳粹迫害的犹太人和被日寇蹂躏的中国人的同情显得那样自然、纯粹并充满激情。对美国的种族歧视、美军入侵伊拉克、非洲的后殖民血腥现实、印第安人的身份混乱这些仍困扰我们的当代暴力现象的批判是那么尖锐深刻。

2006年春，我正式向加州大学尔湾分校创作与翻译国际中心提出项目申请报告。该项目包括两个部分：较系统地分析研究以施瓦布学术思想为表征的"尔湾学派"；翻译出版施瓦布学术思想文集。从20世纪80年代中期开始，美国文学批评界名宿默里·克里格坐镇尔湾分校人文学院，从全世界延揽思想名流和大师，搭建起思想交流、学术研究和人才培养融合互动的批评理论平台。加州大学人文研究所、尔湾批评理论研究所和人文学院批评理论高级研讨班为其体制性三角支架；国际前沿课题研究、学术思想交流争鸣和批评理论系列讲座是其三节助推器。美国本土的希利斯·米勒，德国的伊泽尔，法国的德里达、利奥塔和巴利巴等学界泰斗常年定期举办批评理论研讨班，登坛讲解批评理论思想精粹。另有萨义德、斯皮瓦克、莫本贝、古吉·塞昂哥等来自第三世界的散居流放知识精英闪亮登场，满腔激情地点化后生小辈。二十多年筚路蓝缕！数代学人耕耘播种！好一派繁花似锦、人流如织的景象！好一番梵音高唱、庄严肃穆的气势！

施瓦布青年时代入德国"康斯坦茨学派"门墙，由伊泽尔、伽达默尔等亲自调教、系统训练。后辗转来到美国，落户洛杉矶附近的尔湾小镇，著书立说，传道解惑。她是"康斯坦茨学派"和"尔湾学派"第二代的代表人物。如欲揣摩全球背景中"康斯坦茨学派"的思想流变、"尔湾学派"的学理，施瓦布教授的学术思想可算一登堂入室的捷径。

作为从事外国文学和西方批评理论研究的中国学者，我们应怎样把握施瓦布的学术思想内涵？如何透过她思想嬗变的脉络触摸到欧美文学批评跳动的脉搏，勘测批评理论迁徙流变的地貌，领悟西方大的人文学科研究内在的精神实质？

用一句话讲，历二十多年之力，沐"康斯坦茨学派"和"尔湾学派"之思想雨露，施瓦布逐步提出一套较完整的新批评理论——接触空间诗学。

大致讲，施瓦布的接触空间诗学主要涉及以下六个方面：

（一）直承欧洲经典语文学传统派生出的德国诠释学，以伽达默尔接受美学和伊泽尔的读者反应论为基点。开始时强调文艺美学层面上以文本为对象的读者接受和反应；继之受20世纪80年代文化转向影响，将研究视域扩展到文化和政治。她集中探讨的关键问题包括文学和文化的主体性、文学的文化和跨文化接触、各类独特的文化接触形式。

（二）具有浓重的欧陆心理分析底蕴。在论述文学主体性、诗性语言和过渡文学文本时，她主要从 D. W. 维尼柯特的儿童心理理论和安东·埃伦兹韦格的艺术创造论中吸取养分。对文学语言他者性、文学和文化接触空间和文化接触形式的分析则更多受法国理论中有关主体性论述的影响。她频繁征引拉康、克里斯蒂娃、福柯、德里达等的主体论并一一评点其优劣长短。在关注历史/文化创伤及其暴力根源时，她反复考证、阐发的是法国心理学家亚伯拉罕和托罗克的创伤秘穴（crypt）与匿名（cryptonomy）理论，弗朗茨·范农和古吉·塞昂哥的后殖民文化心理理论，德国新近兴起的大屠杀、历史与记忆研究。但是，所有这些主体论都派生于弗洛伊德心理学。它们或强调弗氏早年的心理发生和发展论，或偏重他第一次世界大战期间开始关注的心理创伤和他者认同论。

（三）对后结构、后现代理论持批判反思态度。对甚嚣尘上的主体死亡论调、詹姆逊过分简化的政治无意识理论等，她不懈探寻其理论构架上的盲点和学理上的缺陷。对20世纪80年代的当代人类学转向和以暴力批判为己任的后殖民思潮持肯定褒扬态度。一贬一扬，一屈一尊，她由此提出批评理论的伦理价值问题。

（四）她的接触空间诗学大致分为三个阶段。最初的过渡空间分析涉及心理体验过渡空间、诗性语言过渡空间和文化过渡空间三大类型。随后提出的文化接触论关注作为独特文化接触形式的阅读行为、批评理论和文化书写。第三阶段集中探讨文化/历史创伤及其认同根源、创伤文化征兆的新文化形态及新的文化认知范式和文化政治模式。无论是过渡空间、文化接触还是文化创伤都涉及审美、心理、文化和政治四维。因此这四维矩阵本身建构了一个独特的思想探索过程中不同边界共同构成的过渡空间或接触域。换言之，她批评反思的焦点始终是各类文学和文化现象表层之下被掩盖的动态过程及该动态过程不断建构、解构、重构的独特空间。玛丽·路易斯·普拉特称之为"接触域"，霍米·巴巴称之为"第三空间"。

（五）文学不再是传统的模仿—再现论意义上的文学；文化不再是本质主义津津乐道的同一的共同体，乌托邦或法西斯主义、种族主义、殖民主义或极端民族主义狂热迷恋的极权主义。文学、阅读、批评、书写、言说、沉默、语言的扭曲变形甚至身体都获得了独特的文化功能，在无意识与意识、个体与文化秩序、弱势文化与强势文化、历史与现实和未来、施暴者与受害者之间拓展出一个对话互动空间，建构起言说并愈合创伤和苦难的文化认同机制。

（六）文学的独特文化功能使文学批评承载了跨学科和跨文化的重量，成了商榷建构文化主体和文化秩序的独特而又重要的手段。

上述六点是全面理解施瓦布接触空间诗学的要旨。仁者乐山，智者乐水。立足不同批评立场，弘扬不同的价值伦理，学者们必然会对文学批评的学理、功能和意义进行各式各样的阐述。但是，我们当切记，当代世界大众传媒文化业已泛滥成灾，暴力仍是人类生存境遇中恶变的肿瘤，全球化仍势不可当地在全球范围内攻城略地，同时将福音和灾难的种子播撒。因此，我们不能承受文学缺场后的失重，无法忍受主体死亡后的苍凉与空虚，更无力面对价值和信仰的大幅贬值。或许我们从施瓦布文集的字里行间能读出与新马和后学不同的内容，聆听到另一种清悦的声音，寻觅到另一种当代中国思想知识界可资借鉴的思想方式，借以改变我们的思维习惯，重新建构我们的知识秩序。

陶家俊
2007年12月23日夜于北外西院

刘索拉序

怎一个愁字了得
——读加布丽埃《抵制记忆和遗忘的书写》有感

伽比（gaby）是 Gabriele（陶家俊先生译为：加布丽埃）的爱称，我叫惯了伽比，因此在这篇小序里还是称加布丽埃女士为伽比，更顺口。

完全不懂理论，几乎和理论活在两个世界里，尽管我崇拜理论家——他们的写作如同室内乐般深奥，但我是个完全不用理论思考的人，有时凭着艺术家的蛮劲儿来作出举动，过后在理论家中寻找知音或寻找论证，如同战士找子弹，法医找手印儿。伽比的写作对我来说就有知音和子弹的功能。

这是一个充满回忆的世界。全世界的人用各种方法回忆，并且用记忆来判断新发生的事。但是真正的回忆可以变成一个人的灵魂监狱，它给人的摧毁力往往比给人的希望要大。大凡经历过动荡刺激（trauma）的人，常用回忆来抵挡现实，用回忆来原谅自己的过错和软弱，在回忆中试图改变瞬间逝去的历史，等等。人们不相信小说，相信回忆录，没有想过回忆录其实更有欺骗性，因为当回忆变成文字，它开始随着作者意图掩饰最本质的历史。历史往往给人留下一言难尽的创伤，害人的和被害的都不敢真回忆，表现出来的只有回忆式的狂欢。伽比在这里剖析被

"沉默"和表露出来的历史。我们的父母曾经是谁，我们曾经做过什么，对上个一百年的历史是否能坦率直白？我们是否只是在描述那些于己有利的过去？我们曾有多少难言之隐？当我对回忆录打问号时，伽比给我寄来她的写作，我马上被她的标题吸引了：抵制记忆和遗忘的书写。

伽比是在第二次世界大战之后长大的人，她只能从父母的举动中去猜测纳粹和战争对她父母的生命影响。所有她那一代的德国知识分子对上一代的历史都非常敏感，几乎毫不留情地审视父辈，同时教诲自己从法西斯历史中吸取教训，保持公正。但因为整个国家承担了纳粹战争的后果，记忆在老一代德国人的脑子里就不再是直接的，而是下意识地打了很多折扣。正如伽比的题目，书写记忆不仅仅是怕遗忘，还是怕真正的回忆。

伽比的写作之所以能很快打动我这个不懂理论的人，很大关系是因为她的叙述方式，可能和她的真正职业有关（心理学分析专家），她开始讲述理论的时候像是要开始给人讲一个故事。她的语气里没有惯常学者在论理时候那种强制性或理直气壮的结论性，她在给人讲故事，或者像是唱歌，这种语气尽管在译文中也能感到。她抑扬顿挫，委婉起伏地在对你说："我们讲述或书写故事，为了推迟死亡的来临。"

她柔和地把"回忆"推进错综的深渊。"童年时我喜欢与老人们交谈。我努力亲近他们，因为我对他们的生活故事有一种无法满足的好奇感。回忆往昔，我明白了老人们常常讲述的是关于创伤的故事。然而，这些故事却常常以怪异的方式将创伤乔装打扮。词和意象为可怕的断裂和创伤贴上了封条。叙述声音变得索然淡漠。偶然间用几滴泪珠润洗旧伤。如青石上的苔藓，这些故事是伤口上长出的一层新皮肤。""然而，哪怕还是个孩子，我熟悉了这些故事中某些残缺的东西。正是这使我困惑。……不是故事缺乏情感，而是语词和情感相互脱离；语词传出的是虚假的回音。……如今我相信我所熟悉的是那些未被透露、被沉默化、被粗暴地删节掉的内容。"她用对回忆的宣叙来给自圆其说的记忆判了死刑，因为"人类总是让暴力历史沉默。……沉默永无止境。对过去的沉默化可能被空洞的言语、冷漠疏远的信息或混乱的防卫故事讲述掩盖"。

她用动人的哲理宣叙调（因为她的英文语句有一种近乎音乐旋律般的节奏，如理论成歌）引诱我读下去："不存在没有创伤的生命；也没有创伤缺席的历史。某些生命个体将永远背负着暴力历史的重负"……"创伤分裂自我；然而创伤也常常阻碍悲悼"。

每一个国家、民族、家庭和个人都免不了有无法回忆的历史片断，这些片断在历史书、家族史、回忆录中或者由于罪恶试图被抹去或者由于悲哀试图被遗忘。多亏艺术家们用疯狂暴露的立体方法表现出人类的软弱和罪恶，也多亏那些无关疼痒的回忆录在世上大批流行着，让大家分尝众所周知的暴力和灾难后果的统一式惊恐悲伤，于是统一了世界心理学问题。但是，真正的暴力历史（不仅战争，包括强加于人的任何事件）轮到了每个人头上分摊的时候是会永久"转入秘密状态"的。当然伽比没有像我这么悲观消极，但是在她横扫现代文学史般地阐述了创伤、隐秘写作等之后，最后以她母亲的写作来给文章结尾时，那种描述强调了无法逃避的历史悲哀同时最有力地发出了对回忆的质疑。对我来说，她引用的杜拉斯和贝克特的锋利语言远不如伽比母亲的回忆过程更震撼和真实："在走向生命的尽头时，我母亲写下了她的战争故事。她一本接一本地写……一遍又一遍地重复，不时轻微地改变叙事……在行与行之间留出大片空白。……最后……开始疯狂地用新的写作填满这些空白。……是将不同故事重叠起来……她的手稿变成了完全模糊不清的故事积聚。这样她创造了自己的隐匿书写形式：在一层又一层的忧伤印迹之下故事掩藏着故事。"

　　对我这个只会写故事的人来说，不清晰就是现实的特征——而小说比现实清晰得多，随便怎么写都比现实明了。尤其是经历过动荡时代刺激的人，"怎一个愁字了得"？

　　如果回忆录是在抵制真正的记忆，最好还是看小说吧。

刘索拉
2008 年 4 月于北京紫竹院

作者序

文学的转化之力
——《文学、权力与主体》简介

  艺术家,中介群体:[……]他们多产,甚至具有实际的改变和转化之力;不同于那些知识渊博却无易风移俗之能的人。

弗雷德里克·尼采①

  文学之力摧枯拉朽,能引发战争,使奴隶获得自由,使婚姻破裂,驱使读者自杀,迫使工厂倒闭,改变律法,扭转选举局面,成为民族和国际斗争的武器?这些是过去两百多年来的某些优秀小说和其他虚构叙事作品产生的巨大、直接的社会和政治效果。

迈克尔·汉尼②

  自童年时起我就体验到文学想象世界展现的另一种激动人心的生活,陶醉于文学不同寻常、灵动飘逸的魅力。我尚无从知晓

---

 ① Friedrich Nietzsche, *The Will to Power*, ed. Walter Kaufmann, trans. Walter Kaufmann and R. J. Hollingdale (New York: Vintage Books, 1968), p. 318.
 ② Michael Hanne, *The Power of the Story: Fiction and Political Change* (Providence/Oxford: Berghahn Books, 1994), p. 1.

文学魅力的源泉，但却坚信文学会深刻地塑造我的人格并改变生命轨迹。我发现自己从幼小的年龄起就对文学的影响力有着与众不同的好奇；文学的影响力至今仍滋润着我的文学理论。我从来就没有丧失过对文学的信心和兴趣。我想知道作家这个"中介群体"怎样改变并转化我们的世界，但却对迈克尔·汉尼在《文学的力量》开篇列举的那些恢宏巨大的文学影响力缺乏兴趣。因为文学对心理生活，对我们思考、感觉他者和其他文化的方式，对我们与他者和其他文化的关联模式同样起着水滴石穿，几乎是下意识的影响。这些是我的兴趣所在；对这些问题的关注持续地影响着我理论研究的基本参量并衍生出各种思想困惑。作为文学批评家和批评理论家，我在自己的学术探索中朝不同方向挖掘拓展，形成散见于几部著作和许多文章中执著的理论思考。我开始谋划将部分代表性的理论篇章汇编成集。陶家俊向我表达了将这些理论著述翻译成中文的愿望。我意识到这是一个难得的契机，可以借此将主要的理论文章汇集成书，以便读者能抓住核心的理论思想并把握其发展和扩展的脉络。对家俊能顺利完成该项目，我深表谢意。整部论集开始部分的文章选自我的第一本论著《没有自我的主体》（哈佛大学出版社 1994 年出版）；最后的几篇文章选自新书《暴力历史与代际间创伤》。整个理论探索的时间跨度为 13 年。同时，《暴力历史与代际间创伤》仍处于研究撰写阶段，因此中国读者有机会在该著英文版问世前接触到我最新研究成果的中文翻译。

我的理论建构发轫于在原西德康斯坦茨大学我所接受的系统人文教育。20 世纪六七十年代文学研究领域中批评理论兴起，此时我正在康斯坦茨大学接受文学批评教育。康斯坦茨大学的创建与文学研究的理论转向正好吻合。在康大，实践的批评理论成了一种凝练厚重的形式，以跨学科性及跨越学科边界的协同研究为旨趣。康大人文学科一开始就延揽到一群卓越不凡的文学批评家。他们都属于闯劲十足的跨学科研究小组——"诗学和诠释学"研究小组。这些学界巨星包括沃尔夫冈·伊泽尔、汉斯-罗伯特·尧斯、尤里·施特利德及沃尔夫冈·普莱森丹茨。这些学者很快就饮誉国际学术界，成为"康斯坦茨学派"的奠基人。伊泽尔和尧斯是最光彩夺目的星座，他们以诠释学和现象学为基础分别提出接受美学理论和读者反应理论。我在博士学位论文中扩展了他们的理论依附的哲学框架，与心理分析和法国理论展开对话。20世纪70年代学界对马克思主义和心理分析产生了广泛的跨学科兴趣。为了提高心理分析专业水平，我接受了系统的心理分析训练，长期在精神病医院从事临床实践。至关重要的是我在塞内加尔首都达喀尔的种族心理分析中心与法国精神病学家亨利·柯朗伯的合作研究。他大胆地将西方心理分析理论与本土富拉尼人和沃洛夫人疗法融合。毋庸讳言，心理分析深刻地影响了我文学理论的发展，我将心理分析引入康斯坦茨学派的学术争鸣。它也影响了我以后所从事的跨越心理分析与人种学边界的研究工作。康斯坦茨学派以接受美学、读者反应理论和文学美学为主要研究领域。接受美学（汉斯-罗伯特·尧斯系统地建构了该理论体系）主要关注跨越不同历史时期的独特文学文本的接受；读者反应理论（代表人物是沃尔夫冈·伊泽尔）关注影响读者的文学技巧、文本策略和修辞手段。更具体地讲，伊泽尔的读者反应理论主要探讨以提高自我反思和审美修养为目标的文本手段。我很快就意识到他们对有关情绪、感情和无意识的影响因素的理论研究还不够（如果不能说空缺），开始构思以心理分析为导向的读者反应理论。以此为基础，我聚焦与文学的建构之力相关的问题。文学怎样形成并改变文化和自我的边界？文学怎样推动我们并影响我们的情绪和情感结构？文学又怎样产生自我体验及他者性或文化接触体验？

如今回头看，我发现自己十多年来的研究都是从不同角度回应自我与他者这个具体问题。我的首部德文版著作主要吸取德、法理论以及阿尔托和贝克特的思想精华，提出研究现代戏剧的心理美学观。我将阿尔托和贝克特对再现性戏剧的不同批判与从笛卡尔主体论到后现代去中心主体论的转变联系起来，借以揭示他们的戏剧表现技巧如何形成观众的去中心体验——涉及观众反应的意识和无意识模式。该书在多方面为《没有自我的主体：现代小说中的过渡文本》奠定了基础。我在《没有自我的主体》中探讨文学对主体性边界的影响，借助 D. W. 维尼柯特以游戏为界面的"过渡空间"论，我认为文学开启了一个过渡空间，读者借此空间持续地重构主体性边界。边界重构不仅影响自我与他者的边界，而且改变自我意识与无意识间的边界。这种对文学理论及美学以外的文学接受的无意识维度的兴趣，使心理分析和文化理论在我的理论建构中发挥了突出的作用。对情感和无意识维度的关注是对审美体验理论的必要补充。这恰好是接受美学和读者反应理论需要却又忽略的问题。因此心理分析视角成了我整个研究的线条和源头。在此语境中，我需要强调的是，与其墨守成规地固守心理分析套路，毋宁将之与其他理论及理论争鸣结合。这些理论包括美学及创作理论之外的社会和文化理论。

本书上编"文学、主体性与文化接触"包括选自《没有自我的主体》中探讨理论问题的两章。"批评理论中执著的主体"这一章将文学理解为新的主体性形式出现的媒介，要求我们追问在主体性的成形过程中文学起着什么作用。"文学的过渡空间"一章借助心理分析和创作论提出"过渡空间"概念，这有助于分析对主体性边界——包括意识与无意识之间的边界——进行干预和扩展的独特文学技巧。第三章"阅读、他者性与文化接触"选自专著《镜子与迷人王后：文学语言中的他者性》（印第安纳大学出版社 1996 年出版）。我在该书中转变并扩展了研究视野，更多地关注文化问题。文学的"边界作用"也对由文化建构的及不同文化之间确定的边界起着定型作用。据此我提出作为一种文化接触形式的阅读理论。与格里高利·巴特森相似，我从更宽泛的角度来界定文化接触概念。文化接触不仅包括不同民族文化之间的接触，而且包括同一个民族内部不同文化形态之间的新旧、生死冲突和变革。最后文化接触也可能发生在文化中显现为有意识知识的部分与退进文化无意识的部分之间。

　　该部分最后两章转向关注具体个案，借以展示阅读是怎样实实在在地塑造文化接触模式，包括文化无意识和政治无意识。我尤其想表明的是，从文化接触视角对阅读活动的分析会怎样催发吐故纳新的力量，减少文化无知和愚昧。这两章取自《想象的人种学研究》这部尚未完成的著述。该著试图从另一个不同视角来审视文学的边界作用。我选取那些在我们所讲的人性的边界内探索文化变数的文学文本，提出一种解读诸如野蛮人、儿童、外侨、后现代人、克隆人等扭曲形象的阅读方法，揭示文学是怎样不断地重新界定文化和反文化形象——那些文化借人性概念将之纳入文化或排斥在文化大门之外的形象。《想象》也试图对作为一种"书写文化"形式的文学进行理论探索。20世纪80年代，一群人类学家（包括乔治·马尔库斯、詹姆斯·克利福德和迈克尔·费希尔）提出"书写文化"概念，推动一场人类学的修辞转向——批评理论和文学研究影响下的转向。这些人类学家强调文学书写与种族志书写的相似性。但我的问题是：文化书写过程中，文学文本独特地运用了哪些特征、技巧、书写和交流模式？本书的第四、第五两章探讨文化想象问题。特别关注的是，在与另一种文化实际接触之前我们从这种文化接受的文学意象怎样奠定了我们文化感知的底色，甚至歪曲我们的文化感知？在此语境中，我利用"文化移情"这个概念来凸显文学的双重作用——塑造文化无意识，逆向地顺利跨越文化接触域。这种跨越有利于化解我们从文学、电影和人种志记载等文本中接受的共享文化想象的盲点。西方（殖民）历史上人类学和种族学是独特的文化接触模式。与此相关，我从德里达的书写论中读出新的内容，即书写在对本土形象的文化建构过程中的关键作用。

第四章"旅行文学、旅行理论：东西方文学及文化接触"是我在中国作过的一场学术讲座。它透过形成我"想象的中国"的文学文本构成的透镜探讨作为文化接触形式的阅读。想象的中国是在文学或电影中接触的中国。这些文本既包括小时候阅读过的文学作品，也包括如伊塔洛·卡尔维诺的《隐形城市》这类欧洲最新的关于中国的文本。《隐形城市》是对马可·波罗的旅行及他与忽必烈大汗相遇事件的文学反思。在该章中我肯定了文化接触理论模式能有效地回答这个问题：阅读怎样以想象的方式影响我们对其他文化的感受？此外，我试图揭示我们怎样将这种文化想象带入真实的文化遭遇场景，因此有必要重构我们预想的范围，挑战我们固守不放的偏见。上编的最后一章"书写课程：文化遭遇中的想象书写"关注与其他文化遭遇过程中文化想象的作用。我分析讨论的对象是列维-斯特劳斯关于巴西热带雨林中的南比克瓦纳族印第安人的种族志书写及德里达在《论文字学》中对此书写的反应。"书写课程"聚焦与其他文化遭遇相逢过程中的无意识投射，凸显出欧洲文化无意识中与本土文化相关的根深蒂固的欧洲中心论的愚昧。从西方文化赋予书写的独特作用中可以发现欧洲中心论的印迹。该章更以批判的视角反思列维-斯特劳斯提出的"书写的诞生"观和德里达的逻格斯中心论和声音中心论。

本书的下编倚重心理分析、创伤理论和后殖民理论，拓展了我对文学边界的理论反思，暴力历史和创伤跃居研究的中心。该部分的各章均选自新著《暴力历史与代际间创伤》。尽管关于创伤历史的文学也影响主体性和文化的边界，但其内涵却完全不同。创伤历史相应地袭扰损害个人和文化记忆，将悲痛封冻，破坏悲悼过程。意识与无意识之间失去了灵活变动的边界，代之而起的是创伤历史竖起的沉默之墙。这道沉默之墙导致文化瘫痪，使人们无力悲悼，产生一种借故事形式（或艺术品）来见证创伤历史的需要，因为只有故事才能打破沉默。如果书写牵涉到创伤和包围着创伤的沉默之墙，那么书写需要的就不仅仅是重构主体性和文化的边界。书写更需要证实沉默之墙的存在并穿透其围困，在实现悲悼的文化效用过程中发挥关键作用。结果，个体能生成并接受悲悼，共同体能分享悲悼。

"抵制记忆和遗忘的书写"这一章提出以下论点：创伤对记忆形成侵害威胁，因此最终"无法被再现"。我分析了那些依靠间接手段来表现创伤的书写。这些文本形成有关创伤的高度矛盾含混的证据，不停地抗拒着记忆中那无法忍受的痛苦以及遗忘造成的威胁。有关创伤历史的文学包括回忆录和自传书写，形成一种与不可言说的文化隐秘及其被压制的暴力传统之间的文化接触形式。第七章"认同障碍：罪、羞耻与理想化"分析了施暴民族和受难民族中暴力历史形成的创伤传统，包括那些从暴力的牺牲者和施暴者那里被动承受创伤传统的第二代和第三代。弗朗茨·范农的去殖民化理论仍能有效地批判剖析当代暴力历史。该章以范农的理论为基础，揭示了罪和耻辱传统怎样导致创伤文化之间的遭遇形成的扭曲现象。要缓解代际间创伤对遭遇双方的破坏性效果，就需要祛除这类扭曲现象。第八章"梦魇般的传统：施暴者后代的创伤"聚焦施暴民族的后代。我在该章中进一步阐述亚伯拉罕和托罗克的"创伤秘穴"论及德里达的"匿名"观，细细分析那些梦魇般的暴力传统对下一代的影响事例。我特别选取了德国第二次世界大战后新一代书写的自传性记忆文本，将这些文本放在暴力和创伤传统的代际间传播这一更大的语境中。最后一章"替代孩子：创伤损失的代际间传播"分析独特的替代孩子语境中的代际间创伤现象。所谓替代孩子特指这样一种创伤现象：孩子的父母在战争中失去了另一个孩子，固执地迷恋新出生的孩子替代失去的孩子这种有意识的或无意识幻想。通过解读法国文学、犹太文学及新西兰毛利族文学，我提出以下问题：如果书写不是一种愈合代际间创伤的形式，那么在多大程度上能帮助人们穿越创伤传统的沼泽地？

希望这个简短的介绍能解释清楚我的研究主题、焦虑及理论焦距在时光的流逝中发展演变的脉络。从贝克特的戏剧涉及的主体性边界到挑战创伤强加的沉默的创伤书写，这种转变轨迹乍看起来并不明显。但是贯穿我理论求索的核心理念是：文学能帮助我们重构文化和自我的边界。首先，文学有助于我们接近自己独特的生命体验。这些体验被封存在无意识之中，通常只能沿着梦、文学、冥想或心理治疗的甬道才可以窥见其本来面目。其次，文学能帮助我们形成与那些僵化、扭曲的他者或他者文化的联结模式。最后，文学有助于重构我们的文化和政治无意识。

借文学（包括自传和回忆录）之力，我们一再跨越并重构文化和自我的边界。我想再次强调，为了重构文学和文化边界，文学具有关键的转化作用。无疑，这是为文学批评事业而发出的强烈呼吁。在我们生活的时代，芸芸众生已失去了对文学乃至艺术的信仰；尤其缺乏对文学的文化和转化功能的笃信。甚至有人振振有词地讲，视觉艺术已取代了文学的力量，媒体文化无孔不入（如果尚不足以主宰一切），文学在劫难逃。也许我在这里须简要地澄清自己的理论取向。作为文学批评家，我试图建构一套文学和阅读理论，提炼归纳出文学能作出独特贡献的方式和手段，揭示文学的文化转化价值。这种执著的文学诉求并不意味着我将文学视为发挥转化作用的唯一媒介。相反，在建构文学理论的同时，我兼顾其他独特的文化类型和媒体现象，使之同样适用于其他文化对象乃至更广泛意义上的艺术。事实上，上述理论对电影理论、音乐理论及最新的舞蹈理论的影响验证了其广泛适用性。目前我正与一位从事舞蹈艺术的同事合作，立足新的理论视角来分析舞蹈的转化力量。当然，文集《文学、权力与主体》主要关注文学及语言和书写涉及的问题。因此有必要指出，我并不认为视觉艺术已取代了文学的力量。相反，两者相互作用，共同促进。与历史上任何时候相比，人们今天书写和阅读的书籍数量都是惊人的。尽管视觉艺术主宰了新生的一代，但是这并不能削弱文学和语言的力量。恰好相反，这更凸显出文学和语言的紧迫性和重要性。

　　文学批评家习惯于阐发文本肌理成因却疏于分析文本对读者和文化的影响。然而，要为我辈文学批评家辩护，为文学批评事业呐喊，我们就需要阐明文学的文化功用、对读者的影响及其转化力量。我们不能回避这类宏大的却也是根本的问题：为什么文学能打动我们的情感、改变我们，也许甚至直接催发波澜壮阔的社会和政治巨变？如在本介绍开始所引的迈克尔·汉尼的铭文所讲："文学之力摧枯拉朽，能引发战争，使奴隶获得自由，使婚姻破裂，驱使读者自杀，迫使工厂倒闭，改变律法，扭转选举局面，成为民族和国际斗争的武器？"我一再强调文学的边界功能。但是这种独特的功能既没有穷尽文学的力量及其在个体和文化变化中的作用，也不涉及对文学的其他更显著的功能的专门探讨，如文学作为一种与语言游戏的形式，一个提供快感、娱乐、令人惊奇的悬念或帮助人们愉快地接近其他想象的自我或世界的空间。另一方面，尽管我没有明确地涉及这些范畴，但是作为一种过渡和转化体验，它们与我的文学理论完全吻合且能顺畅地与我的文学理论沟通。在最新的研究中我关注暴力历史，其原因是我们正目睹着全球范围内暴力历史、战争和其他人为灾难的泛滥。与这些暴力历史相关，文学的角色可能变得极端尴尬。然而我们需要强调，不能将暴力历史书写简约成纯粹的个人满足、对危害至深的苦难境况的依恋、耸人听闻的流言蜚语或狂热的意识形态喧嚣，尽管某些书写可能如此。因此价值问题变得特别突出，但受篇幅和主旨所限，就此一笔带过。与将文学阐释简化为一种意识形态批判这种趋势相反，我真正强调的是文学丰富强劲的生产、生成和创造潜能。唯有不懈发挥文学更加积极、更为宏大的文化功能，我们才能在思想的去殖民化和去暴力化、在对暴力历史招致的创伤损失进行文化悲悼等事业中见证文学的转化力量。

加布丽埃·施瓦布
2007 年 12 月 4 日
于美国加州大学尔湾分校大学山

上　编

文学、主体性与文化接触

第一章

批评理论中执著的主体

那么主体的回归也许不是幻想，而是虚构。

——罗兰·巴特

"主体在哪里？有必要确认主体是失去的对象。更准确地讲这个失去的对象是主体的支柱；在许多情况下是个出乎意料的可怜虫……"① 雅各·拉康认为主体是可理解的心理实体，借以证实与主体性有关的更宏大的怀疑论。怀疑论主宰了过去三十年来的哲学、批评理论和文学批评论争。事实上，被重新发现的主体成了心理及相关理论建构意义上失去的对象。按照拉康自己的理论解释，它容易变成可怜的理论事物，"一个在能指符号链之下挣扎、逐渐消失的东西"。②

与许多其他批评家相似，拉康认为主体与主体言说的语言不可分割。但是语言也许只是将主体建构成空缺——由幻觉填补的虚空。相应的，语言充满了未知的力量效用。但是与主体自身一

---

① Jacques Lacan, "Of Structure as an Inmixing of an Otherness Prerequisite to Any Subject Whatever," in Richard Macksey and Eugenio Donato, eds., *The Structuralist Controversy: The Languages of Criticism and the Sciences of Man* (Baltimore: The Johns Hopkins University Press, 1970), p. 189.

② Ibid., p. 194.

样，语言无处不在、令人费解。语言也许"言说主体"而不是被主体言说；但语言交流似乎经常蜕变成拉康所谓的"空洞言语"。在这种语言和主体的文化重构过程中文学发挥着独特的作用。20世纪伊始，极端实验性的文学文本成功地"炸开"了（同时向内爆裂）诗性语言的边界。哲学家和文学批评家为这些文本中意义的不确定性弹冠相庆。文学主体似乎迷失在对纯语言游戏无节制的欢呼声中。

在这个后结构、后现代主义阔步前进的时代的曦微晨光中，重提失去的主体这个命题似乎是一种时空错乱。但是我必须指出（不管当代的怀疑思想情绪是多么蛊惑人心）那些过早地宣称主体死亡的人忽略了20世纪文学的语言和主体性实验提出的挑战。这些实验不单纯用其他时髦话题（首先是对语言的复杂性和力量的关注）来取代小说对主体性的历史强调，而是提出极端新颖的主体性结构观。它们开启了更宏大的视野，探讨主体性与语言、文化及再现的政治和审美意义之间的关系。论争的核心是语言与主体性的复杂、矛盾关系及怎样界定和在何处确定效用和力量这类问题。在语言还是主体之中？换言之，主体问题被政治化，同时也存在于文化和心理框架中。

文学批评家认识到，孕育了当代认识论怀疑思潮的笛卡尔传统中单一、决定性的哲学主体并不能囊括所有主体问题。事实上主体批判也许与19世纪以来持续不断的主体批判浪潮后大量出现的文学主体性新形式无关。其次，文学批评家面临的任务是借这些不断变化的文化和认识论建构来全面重估审美功能。绝非巧合的是，某些最具煽动性的语言和主体性理论，尤其是那些被笼统地称为"法国思想"的理论，受到鼎盛时期的现代主义和后现代主义的激励并继续从中吸取养分。这些时期的实验文学不断探索语言与主体性之间的新连接途径，试图僭越或扩大两者的边界。就这些文学实验的广度及其对哲学和批评理论的影响而言，令人惊异的是,"主体之死"或"再现和交流的终结"这类表述继续左右着现代主义和后现代主义理论。①

在《词与物》中米歇尔·福柯将现代主义的诗性语言实验追溯到19世纪初"语言被降格为纯粹的对象"这一事实。福柯认为"文学的出现"是一种对这一时期语言的文化降格的补偿行为。"最后,对语言降格的最后的补偿,最重要,也是最出乎意料的是文学的出现,是这样一种文学的出现——因为西方自但丁以来、自荷马以来就存在一种独特的语言,我们今天称之为'文学'。但是这个词却是最近出现的新词,正如我们的文化中其独特的存在模式是'文学'的独特语言也被隔离出来。"②

按照福柯的观点,与独特的文学语言发展同步,语言的参照性和再现功能减弱,其自我参照性——将语言转变成自我反思的对象——增加。例如,与再现文学人物的虚构主体性相反,诗性语言不断"追问书写主体自身"。③ 福柯将这一过程与作为再现终结标志的知识型联系起来。在此认识论建构中,文学获得了一种荒谬的功能。它不再能再现自己产生于其中的知识的霸权体制或知识型。因为如果它仅仅是再现的终结,那么它仍被囚禁在再现型文学的旧范式之中。因此,他认为20世纪的文学自诩为"无思想领域的体验",与心理分析联手实现其荒谬的"使无意识话语通过意识来言说的任务"。④ 在福柯眼里"再现的终结"也暗示着新的文学形式积极地参与新知识型的建构,而不是简单地反映流行的认识论结构。

奇怪的是诗性语言对分裂、碎片形式的建构作用并没有引起

---

① 女权(法国女权除外)和最近兴起的种族批评也对这一潮流起到了推波助澜的作用。它们强烈批判这些观点,对现代主义或后现代主义持消极态度。

② Michel Foucault, *The Order of Things: An Archaeology of the Human Sciences* (New York: Vintage Books, 1973), pp. 299—300.

③ Ibid., p. 300.

④ Ibid., p. 374.

当代批评界应有的共鸣。通常自我言说的语言的出现被错误地等同于主体的消失。这种看法无法解释以下奇怪却又非常重要的事实：与主体表面上的消失对应，诗性语言形成了自己的主体性。因此我们自然会提出以下问题：我们怎样将诗性语言的新形式——包括福柯所讲的"书写主体性"——与主体性的新形式和新观念的出现联系起来？

文学批评家认为，主体的终结反应了这样一种持久不衰的趋势：用消极，甚至预示性的术语将语言与主体性之间移动的边界解释为衰退，再现危机，意义和交流的丧失或书写场景中主体的被放逐。主体、再现或意义等范畴本身太频繁地显现为荒芜的人本主义传统过时的价值。三十多年来自我丧失和主体死亡这类观点主宰了文学批评和哲学论争。威利·西夫尔的《现代文学和艺术中自我的丧失》（1964）[1]证实了存在一种褊狭的文学批评——将现代文学中诗性语言的实验形式解释成主体消失的标志。居于中心的主体性这一笛卡尔模式成了衡量文学主体性新形式并辨别其偏差的标准。然而，一系列理论观点在历史和认识论双层面彻底质疑否定主体中心论。

心理分析深刻影响了 20 世纪的各色思潮，与现象学、诠释学、结构主义、后结构主义和解构论等哲学传统联手，为从新的、更积极的角度关照实验性文学主体性提供了不同的理论模式。现代和后现代实验文本都使用形式和语言断裂、艺术实验和对审美规范的违反等手段，超越对危机主体单纯消极的再现。最富挑战性的新再现模式之一就是对结构（以心理分析所讲的初级过程为动力的结构）的审美处理。正是这些结构本身使诗性语言受到无意识的影响。

---

[1] Wylie Sypher, *Loss of the Self in Modern Literature and Art* (New York: Random House, 1964).

第一章 批评理论中执著的主体 7

在理论领域，结构主义、后结构主义和解构论奠定了现代主义文学批评的新潮流。巴特、列维－斯特劳斯、福柯、拉康、德里达、利奥塔、德鲁兹和瓜塔利及克里斯蒂娃形成极端不同的理论模式，与心理分析思想碰撞融合。与悲悼自我的丧失相反，后结构和解构青睐开放、动态的文本化过程对语言的实验性分裂和定形（或扭曲）。然而，他们的主体话语的基调仍是为主体的死亡而欢呼。福柯、德里达、鲍德里亚、利奥塔、德鲁兹和瓜塔利都不同程度地传达了我们超越于主体之上这种感觉。特别在美国，主体之死的论调深入人心，身份认同、作者、起源、历史或文学作品这类理论范畴被普遍抛弃，沦为人本主义黑暗时代的遗物。这种历史重估试图虚妄地终结一切，至少与整个西方哲学传统彻底决裂。例如，最近出版的《后结构的乔伊斯》的前言指出《为芬尼根守灵》的"主题"："目的不是形成有关这个晦涩文本的阅读……而是分析其产生无穷意义的机制……记录主体长久的飞行及其最终消失。"[1] 一旦承认主体的"最终消失"，《为芬尼根守灵》的"无穷意义生产"似乎就消散在恶化的语言宇宙的虚无中。

本章提出另一种不同的主体观。与终结或根本断裂观相反，存在持续过程中的动态变化。因此我们更应着眼于开端而不是终

---

[1] Derek Attridge and Daniel Ferrer, eds., *Poststructuralist Joyce: Essays from the French* (Cambridge: Cambridge UP, 1984), p. 10. 对主体之死观点最新的批判可参见安德烈亚斯·海森的《描绘后现代》一文（刊登于《新德语批判》1984 年第 33 期，第 5—52 页）。海森认为，通过宣称主体之死，后结构主义否决了其他主体性观点。另一种批判声音来自女权批评内部。以下是相关参考文献：Theresa de Lauretis, *Alice Doesn't: Feminism, Semiotics, Cinema* (Bloomington: Indiana UP, 1984), pp. 158—186; Alice Jardine, *Gynesis: Configurations of Women and Modernity* (Ithaca: Cornell UP, 1985), pp. 13—38. 此外也可参考对拉康的主体论的评论：Jane Gallop, *The Daughter's Seduction: Feminism and Psychoanalysis* (Ithaca: Cornell UP, 1982); and Shoshana Felman, ed., *Literature and Psychoanalysis: The Question of Reading: Otherwise* (Baltimore: The Johns Hopkins UP, 1982)。费尔曼从审美体验视角探讨了后结构主义主体观。

结,强调旧形式消失后新形式的出现。为了理解这些新形式的意义,我们必须提出的问题是:为什么与语言和主体性边界的文学游戏产生了这么强大的吸引力?它们对读者的心理吸引力是什么?这些文学主体性的新形式怎样与精神分裂症、妄想狂或所谓的心理自恋造成的主体性分裂关联?

当然主体终结修辞针对传统的主体观:主体被界定为有边界的个体,具有给予身份的独特结构,也就是我们历史上认同的笛卡尔式主体。严格讲没有假定的主体,我们也就不能想象语言。如克里斯蒂娃坚持认为每一种语言理论都依赖主体观,这意味着"关于意义的理论……必然是关于发声主体的理论"。[1]

从这个角度看,主体死亡论调充其量揭示了对旧的中心主体标准的消极关注。相反,诗性语言的新形式要求重新认识文学主体性,面对现代和后现代文本中花样翻新的实验形式提出的挑战。因为文学主体性不是对主体性的其他文化形式的模仿再现,所以诗性语言和审美体验提出了自己隐含的主体性概念。其文化适用性常常更主要地根源于它与主体性的其他文化表现形式的相似而不是差异。

实验文学形式具有不确定性和声音的多声特征,产生一种不再依赖熟悉的文学交流形式的审美体验。通常文本要求超越语义界限的阅读,产生众所皆知的症状,塞缪尔·贝克特曾称之为"扔掉语义拐杖"。与传统叙事不同,言语的非语义特征、声音、回声和有节奏的变动激活对实验文本的审美体验。简言之,阅读审美受克里斯蒂娃所讲的与语言的象征功能对立的"符号"功能制约。当然诗性语言中始终被强调的是符号功能。但是尽管传统上诗性语言的非语义特征支撑着语义符指,然而现代主义的

---

[1] Julia Kristeva, "The system and the Speaking Subject," in Toril Moi, ed., *The Kristeva Reader* (New York: Columbia UP, 1986), p. 29.

"符号化"倾向于颠覆非语言特征。通过颠倒非语义特征,文学语言常常重新激活并青睐语言所谓的前象征功能,即原初过程。

许多理论都强调语言中无意识的效果,承认实验性诗性语言中原初过程的作用。例如拉康的"滑动的能指"概念就是以从语义层向语言的句法功能的转变为基础。拉康去中心的主体产生于能指的游戏和想象认同,"能指将主体再现给另一个能指"。在能指的这种游戏中,或是"空洞的言语"产生的虚空,或在颠覆符码禁制的"完满言语"中闪现"真理"的火花。主体就存在于这两极间。在关于埃德加·爱伦·坡的《被盗的信件》的讲稿中,拉康认为诗性语言典型地具有上述言语僭越特征。[①] 正如被盗的信件因暴露在所有人眼皮底下而没有被发现,诗性语言正是将关于主体的真理隐藏在物质表层之下。因此我们必须积极肯定创造性地使用无意识铭写的诗性语言。用与语义符指对立的方式来解读诗性语言,这有益于揭示语言的能指表层的隐匿特征。但是与其镜像阶段理论相同,拉康更感兴趣的是想象提供的伪造和误认现象而不是其建构功能,因此他未能提出详细的诗性语言概念。

与拉康不同,德里达认为主体与文本性的关联更密切。他以相同的方式表现主体性和文本性的特征,用持续的流动观来认识主体/文本。持续的流动可能在关键点获得暂时的身份,但其目的仅仅是将这些身份再次融化成新形式。与拉康相似,德里达提出与符码化语言对立的主体观。不管他们的理论在细节、风格和旨趣上有多大的差异,拉康和德里达共同感兴趣的是超越稳定语义符指的语言功能。能指对无意识明侵暗犯或抵制符码规则,重新界定与社会和象征秩序相关的主体位置。诗性语言在两位学者

---

① Jacques Lacan, *The Seminar of Jacques Lacan*, Book 2, ed. Jacques-Alain Miller, trans. Sylvana. Tomaselli (New York: W. W. Norton & Co., 1988), pp. 191—205.

的理论中仅仅是语言边界的这种可能的扩展的一例。

当然拉康和德里达的主要兴趣并非诗性语言理论。拉康尚赋予治疗话语或诗性语言这类独特的话语独特的地位，德里达却刻意超越这种概念性的差异化。另一方面，朱丽娅·克里斯蒂娃将诗性语言的僭越直接与新的主体性形式的出现联系起来。与德里达和拉康相似，克里斯蒂娃的兴趣点是超越符指功能的语言特征，因为意义和符指不能穷尽诗性语言的功能。① 在分析对前象征感觉层的诗性处理及语言的节奏功能时，以象征与符号之间或"属文本"（genotext）与"表型文本"（phenotext）之间的区别为基础，她提出诗性语言论。克里斯蒂娃认为诗性语言创造性地使用节奏、语调、语意含混和声音游戏这些早期儿童语言体验中的重要现象。尽管普遍存在于语言之中，但是符号域中的这一范围——克里斯蒂娃将其等同于我们文化中的母性空间——仍主要是无意识的，除非我们刻意激活它，以免主体被象征秩序完全吸纳。尽管符号域与符指功能不能截然分离，但是其建构却超越了原初意识和自我功能。因此克里斯蒂娃的主体是"过程中的主体"，在获得了象征秩序中的能量之后仍保留着符号域的潜能。她将诗性语言理解成符号域中存在的特殊模式。当然，符号域与原初过程密不可分。她认为诗性语言在象征域与符号域或原初过程与次级过程之间起协调作用。诗性语言既不是关于我（the I）的想象话语，也不是单纯关于超验知识的话语，而是不断地在两者之间摆动的中间话语，是调节意识与冲动的符号及节奏。②

克里斯蒂娃认为诗性语言和文学主体性位于一个中间空间之内。该空间的一端是言语和经验主体的主体性，另一端是话语和哲学的超验主体。受洛特雷·阿蒙、马拉美、波德莱尔、兰波、

---

① Julia Kristeva, "The System and the Speaking Subject," *The Kristeva Reader*, p. 32.

② Ibid., pp. 28—31.

阿尔托、乔伊斯和索莱斯等的文学现代主义影响，克里斯蒂娃的文学"过程中的主体"是无政府主义的、颠覆性的欲望主体，更倾向于快乐原则而不是现实原则。文学现代主义自由大胆的表现形式为一种初露端倪的知识型提供了范例。这种知识型受现代主义所赐，又常常与现代主义联合。

其他理论家将实验文学的开放和分裂形式与我们文化中愈演愈烈的主体性分裂现象联系起来，以更批判的眼光来评价它们。例如弗·詹姆逊立足晚期资本主义大的文化语境来理解主体终结修辞。① 在《政治无意识》中詹姆逊将主体的终结观置于后现代主义批判的中心。与后结构主义积极的褒扬相反，詹姆逊批评他亲眼目睹的后现代固有的文化病态现象。他认为，主体的现代异化最终恶变成主体的后现代分裂。他颠倒德鲁兹和瓜塔利的后现代"精神分裂症"理论，诊断出晚期资本主义的病因是"文化精神分裂症"。因此，与语言中能指的颠覆力量相反，他强调符指实践对无意识的殖民化。这样他无疑颠覆了后现代主义的主调。后结构和解构描述的是无意识铭写对象征秩序的颠覆潜能，詹姆逊却探讨象征秩序对无意识的渗透和入侵。

拉康认为精神分裂症特指作为"启发式的审美模式"的能指功能的崩溃。詹姆逊借此发现后现代主体被削弱成对纯物质能指的体验。切断了与清晰的象征秩序的导向功能的关系，后现代主体呈现出精神分裂症状——现实、此时性和历史感的丧失，对强度的强烈感受。与这种方向感的丧失相关，詹姆逊认为文学和其他文化对象可能获得"认知式描绘"的功能："如果存在任何形式的后现代主义政治，那么其使命就是在社会和空间意义上发明并设计全球认知描绘方法。"②

---

① Fredric Jameson, "Postmodernism or the Cultural Logic of Late Capitalism," *New Left Review* 146 (1984), p. 53.
② Ibid., p. 92.

詹姆逊将一般意义上的文学和文化对象的功能限定到纯粹的认知范畴，离奇地用传统的成长观解释后现代状况。迷失在全球文化中，被分散到各种纯粹的张力场中，分裂的后现代主体突然发现自己再次位于认知地图的表面。然而他认为后现代文化对象显出分裂形态，"主体相应转变"，"因此新的建筑……就像某种需要生长新器官的呼吁，将我们的感觉器官和身体扩展到某种新的、尚无法想象的，也许最终是不可能的维度"。[1]

很早以前现代主义大师们就提出类似的要求——文化对象改变感知习惯及更广泛意义上的主体性结构本身。早期的后现代批评强化了这种观点。伊哈布·哈桑最为执著。他立足广阔的"历史变迁"语境（改变我们主体结构本身的"全球文化"的"跨人类化"）来理解后现代"消解意图"。在哈桑眼中，后现代主体是一种认识的、自我建构的主体，其流动的边界在连续性和非连续性构成的双重视野中显现轮廓。[2]

当前的争论轻描淡写地谈论现代主义的实验形式与后现代主义之间的连续性。倾向于超越这种观点，即任何文化对象对其接收者都产生极端影响。我解读的核心是语言与主体之间的新纽带，目的是澄清现代主义和后现代主义实验语言游戏中隐含的新文学主体性。我试图细细考察从霍尔曼·麦尔维尔的《白鲸》到托马斯·品钦的《万有引力之虹》等文本，强调现代主义与后现代主义之间相对的连续性而不是完全的断裂，探讨这些文本以转化方式与产生于其中并对之作出反应的文化体制之间的动态关系。

---

[1] Fredric Jameson, "Postmodernism or the Cultural Logic of Late Capitalism," *New Left Review* 146 (1984), p. 80.

[2] Ihab Hassan, "Postface 1982: Toward a Concept of Postmodernism," in *The Dismemberment of Orpheus: Toward a Postmodern Literature* (Madison: University of Wisconsin Press, 1982), pp. 259—271.

因此有必要建构相应的融合审美、心理和文化视角的阅读理论框架。尤其需特别强调与主体性边界有关的心理分析理论。可以将 D. W. 维尼柯特的游戏和客体关系理论作为出发点。维尼柯特分析了主体起源中想象的积极作用。这为关于文化对象的心理分析理论奠定了基础。在维尼柯特理论的基础上进一步借鉴安东·埃伦兹韦格的创造力理论，从而提出我自己的诗性语言、审美生产和接受理论。对维尼柯特和埃伦兹韦格理论的修正将提供更适合现代和后现代文本的理论模式。其次，我也试图展示当代文学批评、语言哲学和心理分析理论论争对上述两种理论的修正。

　　维尼柯特将文学和文化对象置于体验的过渡空间①中，其根源是儿童早期游戏的功能及最初象征对象的形成。他认为，过渡空间产生主体边界的差异化、去差异化和再差异化这一连续过程。其程序性的、部分自动生成的②结构需要协调意识与无意识体验、原初与次级过程。从这一角度看，主体性暂时的去差异化不一定是主体分裂的征兆，相反可能是其边界的弹性和程序性发展的前提。

　　对埃伦兹韦格而言，审美去差异化可能激活体验的无意识模式，这对整个创造过程来说至关重要。埃伦兹韦格的艺术理论颠倒了文化对次级过程而非原初过程的恩宠。他认为，将这两个过程简单地等同于秩序和混乱，这是一种令人窒息的、普遍的认识

---

　　① 在《游戏与现实》中，维尼柯特使用"中间区域"这一表述。在他的其他文章以及相关的维尼柯特评论中，该表述常与"过渡空间"交替使用。我使用"过渡空间"这个术语，借此回应"过渡对象"及我自己提出的新概念"过渡文本"。

　　② 我不仅立足传统的审美概念而且从更普遍的系统论视角出发来思考自动生成概念。代表性的系统论成果包括：Humberto R. Maturana and Francisco J. Varela, *Autopoiesis and Cognition: The Realization of the Living* (Boston: D. Reidel Publishing Company, 1980)。系统论视角与现代主义实验文本中对自我参照的强调相关，因此特别重要。

论错误。他的辩解是：原初过程遵循自己的秩序体系，为整体、综合的"无意识扫描"提供了方法。这种无意识扫描在某些方面比次级过程的扫描能力更全面、更具包容性、更优越。无意识扫描及之后的原初过程与次级过程的动态互动构成了审美生产和接受的基础。

埃伦兹韦格赋予创造过程中的原初过程和无意识扫描中心作用。这使他的理论与涉及语言和主体性边界的理论探讨直接相关。例如，让-弗朗索瓦·利奥塔认为，后现代文化中稳定形式的去差异化是应对那些抵制再现和概念化的体验维度的新方式。[①] 他认为，认识不到现实（体验）与概念——康德的关于"崇高"的哲学基础——的不可通约性，就不可能对作为后现代主义关键范畴的"后现代崇高"进行批判和评价。按照利奥塔的理解，后现代主义自相矛盾的目标就是通过形式的创新来再现不可再现之物。这些新形式超越了语言的语法、词汇、句法或语义符码秩序。他认为詹姆斯·乔伊斯的创作堪称典范，他探索的语言实验形式抗拒不可再现事物的调和力，青睐后现代崇高的不可言说特征。

利奥塔对埃伦兹韦格的艺术理论产生兴趣并将之介绍到法国。这绝非偶然。但是很清楚，他并不苟同于埃伦兹韦格的认识论，因为从利奥塔的后现代感知来看这种认识论似乎受传统和谐审美观太多影响。在《艺术的隐匿秩序》法文译本的介绍（《超越再现》[②]）中，他批评埃伦兹韦格局限于文学交流模式来谈论无意识的创造功能。[③] 他将反再现的后现代转向与对审美体验的

[①] Jean-Francois Lyotard, "Answering the Question: What is Postmodernism?" in Ihab Hassan and Sally Hassan, eds., *Innovation/Renovation: New Perspectives on the Humanities* (Madison: University of Wisconsin Press, 1983), pp. 329—341.

[②] Jean-Francois Lyotard, "Beyond Representation," in *The Human Context* 3 (1975), pp. 495—502.

[③] Ibid., pp. 499—502.

交流结构的排斥联系起来。与无意识相似，后现代文本抹掉了交流赖以存在的内部与外部之间的区别。

这正是埃伦兹韦格模式与利奥塔理论的根本区别。埃伦兹韦格认为意识和无意识在创造过程中发挥综合作用。因此未聚焦的关注和无意识的扫描具有相应的文化交流功能。我赞同埃伦兹韦格对无意识和原初过程的交流功能的强调，因为它使我们能解释以审美为目的，利用由此产生的原初过程和语言形式的文学文本不可抗拒的魅力。如果我们否认无意识交流的存在（这也构成了弗洛伊德的核心观点之一），那么我们就会忽略这些文本最具影响的效果。

利奥塔进一步将埃伦兹韦格使用的"统一"和"整体"概念与传统的有机论或和谐美学观等同。然而如果我们认识到埃伦兹韦格的"统一"观具有极端不同、更复杂的含义，那么我们就可能抓住他理论更激进的意义。他的统一或整体观不是一种有机论，而是指持续的共时和历时变化过程基础上的开放系统。这一动态的整体不是复制传统和谐审美的等级秩序，而是属于另一种整体模式。该模式与后现代理论——如系统论、控制论、生态论及关于意识的认知和动态理论——提出的整体模式有着重要的认识论意义上的密切关系。与建构虚假的统一体或总体化的概念相反，这些理论设想出通向传统意义上显得不可再现的体验的通道。

整体模式使我们发现与新知识型的出现相关的实验文学主体性的类并形式。要在意识或无意识层面捕捉那些语言和主体性的实验形式，需要协调那些已被概念化的体验模式与那些似乎抵制概念化的模式。我立足上述整体论，借以重估现代主义和后现代主义实验诗性语言、文学主体性和无意识的作用，最终克服传统的可再现与不可再现的分裂，澄清我们对"后现代崇高"的认识。因为对再现中不可再现性的重视具有两种截然不同的意义——要么彻底摒弃概念化，要么在更抽象、复杂的层面提倡概念化。

维尼柯特和埃伦兹韦格都提出整体模式，认为原初过程与次级过程之间持续的协调过程是"主体生态学"必不可少的部分。与后结构和解构相似（尽管以不同方式），他们也重视语言中抵制或试图超越符码化符指边界的力量。然而埃伦兹韦格强调作为无意识扫描模式的原初过程，这可被视为对既有的作为文化象征秩序基础的次级过程的反应。他们都没有彻底拒绝次级过程或将两种体验模式两极化，反而强调持续地维持原初过程与次级过程之间平衡的必要性。他们强调与象征秩序的限制权力对立的原初过程的重要性，否认象征秩序具有异化特征。同时，他们认为限定和异化的程度视具体的文化和政治实践而定并与之相关。

埃伦兹韦格的原初过程与次级过程的动态互动观与德里达的持续散播观之间存在某种系统性关联。后者产生一种持续散播的过程，一种从停滞状态或模式的变化过程中自我反思式的回返现象。埃伦兹韦格认为，原初过程与次级过程之间边界的摆动使这两种不同的生产和接受模式处于持续变动状态，从而防止停滞现象的出现。然而，两人的理论对创造过程的估价却不同。德里达赋予语言和文本重要的能动性，让文本在超越言说主体控制的层面上言说。埃伦兹韦格保留了主体的能动性，同时也要求主体暂时放弃其控制地位。换言之，埃伦兹韦格的文本也在超越言说主体控制的层面上言说，但仅仅是因为主体的无意识暂时接管了创造功能。可以用意义的构成及接受过程来描述这两种立场的主要区别。德里达假定意义具有不可简约的不确定性，从而将接受过程转变成无止境的符指过程。埃伦兹韦格认为作品的差异化审美结构包含着一个无意识认识并扫描的非差异化母体。因此意义可能是无法判定的，仅仅与我们有意识的认识相关。埃伦兹韦格认为审美反应涉及聚焦与非聚焦模式之间的变动。

弗洛伊德·梅里尔在《重构解构》中比较了德里达和大卫·博姆提出的两种相对性模式。① 梅里尔借博姆的绝对的相对论批评德里达的不可判定性观点。作为量子物理学家，博姆反驳绝对的相对性模式——绝对地以有意识的认知和接受为中心。② 即使不可能客观地描述或认知被认识的对象，这也并不意味着我们必须消除主体与客体或主体/客体与他者之间的概念差异。与埃伦兹韦格相似，博姆设想具体表现或再现领域中存在固有的选择性秩序。这一"内包式秩序"是一个完整的整体。它排斥空间和时间范畴，因此只能被体验为"无意识"。③

埃伦兹韦格的秩序的相对性论点基于以下假设：所有的秩序观都依赖观察者的视角。其次，有意识的理解依赖的是秩序的不同结构而不是无意识感觉。从这个角度看，任何可认识的秩序的基础都是显得无序的母体。对有意识的认知而言显得有秩序的事物融入只能通过无意识扫描被认识的非差异化的母体。无意识的这一选择性秩序很大程度上首先被体验为分解或混乱。埃伦兹韦格的结论是：暂时的去差异化和表面混乱形态并不绝对地根源于秩序的分解，有可能是新秩序的必要前提。但这不意味着埃伦兹韦格完全拒绝混乱、偶然性或喧闹观念。他梳理出混乱的两种不同形式——一种是偶然的，另一种以无意识的隐匿秩序为基础。用来区别两者的工具是埃伦兹韦格所谓的"无意识扫描"——对审美体验而言至关重要的无意识接受能力。

作为认知对象的秩序因时而变。在埃伦兹韦格眼中，无意识是历史构成的产物，没有固有结构。他认为审美接受史揭示了无

---

① Floyd Merrell, *Deconstruction Reframed* (Bloomington: Indiana UP, 1985).
② Ibid., p. 88.
③ "The Enfolding-Unfolding Universe: A Conversation with David Bohm," conducted by Renée Weber, in Ken Wilber, ed., *The Holographic Paradigm and Other Paradoxes: Exploring the Leading Edge of Science* (Boulder: Shambhala, 1982), pp. 44—104.

意识文化意义上不确定、变动的秩序。这一秩序反过来影响接受者所理解的秩序或混乱。例如，对同时代人来说，莫扎特的音乐听起来刺耳、混乱。但时过境迁，意识与无意识的边界随历史而变，我们今天认识到莫扎特音乐和谐悦耳的一面。这证明意识与认知秩序之间的边界是相对的，随认识模式的历史变化而变。其次，我们可以像埃伦兹韦格那样假定文学文本包含着非差异化的母体——文本性之中的"他者"。立足这一视角，文学文本瓦解差异化的秩序与非差异化的母体之间的边界，甚至力图改变或扩展意识和交流的边界。

令人兴奋的是，埃伦兹韦格从原初过程在创造过程中的作用这一角度出发修正了原初过程这一心理分析观念。这种修正有助于提出新的审美接受模式。这一模式包含了意识和无意识反应及其相互作用。现代和后现代实验文本以丰富多彩的创新方式来使用原初过程结构，因此这一模式似乎特别富有成效。如果这些脱离作者控制的文本言说或抵制明确意义的限制，那么也许我们需要树立新的接受态度（有些态度极可能是无意识的）。如埃伦兹韦格向我们显示的那样，文学文本中的无意识不一定必须是压抑的产物。它也可能表现为构成我们最具创造能量的源泉——"结构无意识"。

利用与原初过程相似的结构，这是现代和后现代实验文本共同的根本特征。但是这种对原初过程结构的审美使用不仅仅表现了文学梦幻般的性质，也不仅仅是对修辞惯例和语言符码的去差异化。对现代和后现代语言实验的解读将通向更广阔的理论和文化语境；揭示的不仅是这些实验的审美维度，而且包括相关的认识论、概念、文化和政治内涵。可以从"文本生态学"视角来理解这一点。在变化多端的语境中，所有文本孤立分散的特征都作用于文本的总体功能及其过去、现在和未来。对文学形式的改变不仅仅是创新型作家玩弄的、影响焦虑笼罩下的审美游戏。它主要是对不同"环境"——诸如其他文学或推论形式、文化形态、心理需求、社会变迁或政治关怀——中压抑或挑战的反应。这种"生态学"视角关注各种影响相互连接（而不是彼此孤立）的文学生产和接受领域。①

因此不可能再绝对地用消极否定的范畴来描绘现代主义和后现代主义实验形式，拒绝或解构现代主义之前的文本或审美实践。很明显，需要一种新的认识模式来强调这些形式的成就而不是遗留问题。在此广阔语境中，从"主体之死"和"文学的终结"这类观念向"多样主体性的增生"和"语言的庆典"这类观念的理论转变不再可能被削减为单纯的修辞姿态或审美价值的颠倒。最重要的是，这一转变是文化干预和阅读政治的表现。受新的审美实践启发，这种阅读政治感兴趣的是这些审美实践对新的言语模式、感知、交流和新的文学情感和情绪的影响。

从这个角度看，现代主义似乎不再是一场由艰涩难懂（如果不是反动）的作家发动的审美和审美化运动，而是一场变化多样的异质文化实践；不仅反映了更大的时代潮流，而且抵制这些潮流并引向新的潮流。这些作家（如伍尔夫、乔伊斯、贝克特和品钦）的作品都以独特的方式改变了我们的审美和文化实践。但这同样是他们用不同方式利用原初过程结构的结果，即福柯所讲的"语言向无意识的开放"。这种开放建构的不单纯是心理策略。它更证实了一种凭借语言的力量从无意识中吸取能量和创造技术的文化政治。其目的是抵制语言的统一和符码化力量，借助语言的认知、交流和情感边界来扩展语言的边界。

这就是为什么这类文本表现出的主体性极可能被视为与主体性相关的文化形态更大的变化的例证。文本的边界不仅仅是空间

---

① 可以说审美、文化、心理、社会和政治几大领域不断地相互作用，彼此之间形成变动不定的临时边界。尤为重要的是它们与文本是内在的而非外在的关系。

或修辞政治的分界线,更是持续不断的变化过程中临时的差异界线和暂时的建构手段。也许对边界的僭越是这些文本中备受关注的文学实践。但僭越不单纯是反应式的推动力或征服新疆域的冲动,而是借以缓解现存文化形态的挑战、内在的无意识或压制的资源。

第二章

文学的过渡空间

> 理解诗歌,须怀有一颗童心,就像披上了神奇的斗篷,更亲近儿童的智慧而不是成人的老于世故。
>
> ——约翰·休伊曾加

去中心主体的心理起源

巴赫金在狂欢理论中指出:"词不是物,而是对话式交流永恒移动、不断变化的媒介。"① 也可以将巴赫金的理论解读成诗性语言的社会进化论:"单一的意识、单一的声音是绝对不够的。词的生命在于它从一人之口传入另一人之口,从一个语境进入另一个语境,从一个集体传播给另一个集体,从一代人传承给另一代人……言语共同体的每个成员……从另一个声音那里接受词,因此词充满了异己的声音。词从一个语境进入新的语境,包含不同的意思。他自己的思想发现词的领地已经被占领了。"②

这些对话关系在无意识中起作用,根源于先于任何对话的语言,在超越能指与所指之间明确意指关系的层面存在。巴赫金认

---

① Mikhail Bakhtin, "Typen des Prosaworts," in *Literatur und Karneval: Zur Romantheorie und Lachkultur* (Munich: Hanser Verlag, 1969), pp. 129—131.

② Ibid., p. 293.

为，对话关系位于元语言疆界以外。当谈到异己的声音对词的占领时，他是在直接论述词的心理起源。这与关于主体的元心理学近在咫尺：异己的声音对主体的占领已嵌入无意识结构之中。拉康称之为"他者的话语"。① 与此相似，人类学家普莱斯纳写道："我是，但却不占有自我。"② 因此主体被塑造成一种外—中心的存在，部分地脱离了行动的轨道。我们可借用布洛赫的观点来补充普莱斯纳的说法："我是，但却不占有自我。这就是我们为什么必须成长的原因。"③ 无疑他们都涉及想象的人类学功能，即主体性边界的形成。

一旦婴儿学会了区分自我与他者或内部与外部，他就具有了游戏意识。绝大多数文化都为游戏、仪式和审美体验这类想象活动创造了具有特定规则和惯例的特殊文化空间。特定文化中主体性的个体和集体形态利用该空间的创造性潜能——常常以集体的仪式实践、艺术及最近兴起的休闲文化等体制形式。因此所有文化对象的基本功能就是通过仪式或审美体验来建构主体的边界。

无论是拉康的镜像理论还是维尼柯特的游戏理论都认为，想象在主体的心理发生和他者性的创造中发挥着根本作用。拉康强调想象在主体建构过程中根本的正反矛盾作用。维尼柯特聚焦主体边界持续的重构过程中想象的创新作用。

心理分析理论将主体发展的初始阶段界定为一个相对无差别的阶段，尚未形成自我与他者之间的心理分离。在主体的成长过程中，作为早期体验模式的原初过程逐渐隐入背景中，次级过程

---

① Jacques Lacan, *The Seminar of Jacques Lacan*, Book 1, ed., Jacques-Alain Miller, trans. Sylvana Tomaselli (New York: W. W. Norton & Co., 1988), pp. 52—61.

② Helmuth Plessner, "Die anthropologische Dimension der Geschichtlichkeit," in Hans Peter Dreitzel, ed., *Sozialer Wandel: Zivilisation und Fortschritt als Kategorien der soziologischen Theorie* (Berlin: Neuwied, 1972), p. 160.

③ 这是布洛赫书的题铭：Ernst Bloch, *Spuren*, Complete Works, vol. 1 (Frankfurt am Main: Suhrkamp, 1969)。

成了常常被体验为主体的相对持续性的基础。弗洛伊德在《文明及其不满》中指出,主体融入象征秩序的条件是快乐原则向现实原则俯首称臣。这一过程反过来导致差异化和边界的形成。因此次级过程演变为象征秩序的功能,预示了一种新的能力——不仅推延暂时的快感满足,而且更重要的是包含了思考及其必不可少的矛盾律,此外还有否定和辨别力。其次,对于句法和语义的掌握及相关的系统、等级和极性的产生而言,次级过程形成必要的心理活动。最后,它们也为弗洛伊德所讲的"现实测验"(即区分希望或需要与其实现之间差异的能力)提供了基础。

一旦发展出这些能力,所有那些证明与新秩序无法调和的原初过程体验的特征就更彻底地转入潜意识状态。体验的同时性和时间等级秩序的异类合并被放弃;时空秩序备受青睐。部分与整体之间的可互换性、对象与思想的融合、对其自由流动的焦注及想象投入让位于对象更稳定的、受限制的再现。最后,瞬间的视觉体验、不受等级或极性约束的非逻辑连接的产生、对立事物的并存以及超稳定系统让位于详尽的分类系统。这一阶段的基本成效是"我"与"非我"之间的差异化,即主体边界的建构。

然而,次级过程不是简单地代替原初过程。原初过程继续以无意识体验的形式存在,以决定性的方式补充、抵消或塑造意识的体验。在融入文化和社会过程中,婴儿从一种存在模式向另一种存在模式逐渐过渡,这是与文化环境对抗的结果。弗洛伊德认为这是一个充满激烈竞争的过程。与线型发展模式不同,该过程表现为极端异质的模式,充满了与不同程度的成功之间持续的斗争和极端含混矛盾的结果。被迫转入地下状态后,原初过程从快乐原则中吸取能量,继续发挥对象征秩序的颠覆效果。尽管其领地局限于无意识,仅仅在梦、幻想等替代性意识状态独特的体验领域中显现踪迹,但是原初过程同时也存在于象征秩序之中,渗透了整个次级过程。

维尼柯特的主体心理发生论比弗洛伊德的理论更稳健。他突出强调原初过程与次级过程的互补性而不是两者间的殊死斗争。他承认象征秩序的限制作用，但将之与差异化及象征秩序的创造性使用产生的能动功能及快感比较掂量。从这个角度看，次级过程在原初过程中继续发挥的作用不仅仅是竞争性的，也可能为之注入活力，因为它确保了意识与无意识体验之间的相互渗透，在意识与无意识能量之间打开了一条通道。与此相似，埃伦兹韦格强调作为无意识扫描手段的原初过程的创造性力量。只有认识到原初过程的这种生产能量，我们才能充分分析它们在诗性语言中的作用。我认为原初过程的竞争性和生产性是与象征秩序相关的根本含混矛盾的结果，两者之间并不相互排斥或不可调和。因此诗性语言模式应同时强调生产和接受这两种模式之间的张力及它们之间的能产性互动。

根本的含混矛盾决定了想象秩序和诗性语言的多种表现。例如，在梦和幻觉中存在的原初模式可能类似于失乐园或危险的深渊。尽管自我与他者间的差异化以主体内在的分裂为代价，但是可以利用促成差异化的想象功能来暂时地缝合这种分裂。心理分析学将根本的含混矛盾追溯到最早的心理发展阶段，尤其是所谓的镜像阶段以及凝视在边界和他者性建构中的作用。

注视及其他者——凝视——在想象功能的建构中也发挥着基础作用。在相对非差异化的阶段，自我体验与通过他者的体验紧密联系，母亲的注视和触摸[①]被主体内化为镜像结构，引起身体

---

① 当然任何最先照看婴儿、婴儿与之形成共生纽带的人都可能取代母亲的位置。我对母亲一词的使用顺应维尼柯特的界定，因为我们生活于其中的文化之中最先承担看护幼儿的职责主要还是一项母性功能。母性概念也是克里斯蒂娃的符号概念的重要组成部分。就婴儿与母亲之间构成的早期"镜像阶段"而言，我发现维尼柯特在《游戏与现实》中对拉康的镜像阶段理论的批判非常有说服力。尤为重要的是他提出以下观点：对婴儿自己镜像的发现揭示了镜像通过凝视和抚摸对更早的母亲的镜像投射模式矩阵的影响。

的第一次情感焦注,这反过来造成一种"身体自我"。① 由此我们发现有关认知的整个哲学和认识论传统的心理发生基础。

这种镜像模式决定了身体最初的感官体验获得情感力量的方式,成为身体意象与自我意象差异化的关键。要将身体体验为具有知觉特征的、有组织的完全结构形态,婴儿必须能从一定距离外的外部视角来注视身体。这种体验发生在所谓的镜像阶段——拉康理论中起核心作用的镜像阶段。对作为自我意象的镜像的发现——在此过程中自己的注视变成了体验的媒介——成了对"身体自我"的认知焦注基础,恰如母亲的注视是情感焦注的重要环节。拉康认为,对作为自我意象的镜像的发现具有决定作用。因为在不成熟的动力控制下的婴儿感到不协调、无助、与环境混同的时候,这种发现将身体看成一个封闭、自成一体的统一体。

尽管镜子中这种封闭、自成一体的格式塔只是幻想,然而它激发出克服动力协调力缺失的愿望和能力,通过差异化和边界的形成来促成儿童的心理独立。与婴儿的身体不协调体验矛盾,镜像实现了期望和愿望的达成这一双重功能,逐渐形成最初的再现能力——尽管尚未达到概念意义上有组织的程度,却仍是一种使婴儿与"外界"关联的图像认识能力。拉康认为,这种外界的现实效果总是"双重的,无论它由自己的身体还是周围的其他人甚至物体构成"。②

拉康指出,这种镜子体验的结构成了所有进一步自我体验的模式。意象与现实之间的差异对整个自我意识仍具有建构作用。

---

① 弗洛伊德强调指出:在自我发展初期,自我仍主要是身体功能。参见:"The Ego and the Id," in *The Standard Edition of the Complete Psychological Works of Sigmund Freud*, trans. James Strachey (London: Hogarth Press, 1950), vol. 19, p. 33.

② Jacques Lacan, "The Mirror Stage," in *Écrits*, trans. Alan Sheridan (New York: W. W. Norton & Co., 1977), p. 1.

因此要保持自我体验与自我意象的和谐，需要排除其他不同体验。然而被排除或压制的体验也利用想象来达成被接受承认这一目的。被压制的体验显现在碎片化的身体幻觉中：分散、独立的身体部位的意象，具有自己生命力的器官的意象，与自然物体融合的某些独特的身体部位的意象，等等。这些幻觉不仅混合了从身体的禁锢中解放出来的、回归与环境自由融合的体验的愿望，而且也包含了关于瓦解、分裂和分解的补充性焦虑。与镜像相似，就自我体验和自我再现而言，碎片化的身体幻觉充满了矛盾。在镜像阶段，想象不仅为主体圈定了身体的格式塔，而且通过碎片化的身体幻觉来代表被这种限制排除的东西。换言之，稳定边界或动摇边界都是想象的功能。想象的这种矛盾处境在主体后来的发展中变得更明显。

镜像阶段建立的与自我的关系只不过提供了一个最初的框架（或拉康所讲的"矩阵"）。这个框架成了确定界限及差异化过程的一部分，也是社会关系建构的一部分。自我与他者或我与非我的逐步差异化破解了最初的共生融合状态，共生依赖逐渐变成了认同需求——将最初的依赖内在化的认同需求。这种认同需求反过来嵌入一系列复杂的互动过程之中。镜子体验的矩阵中产生的他者形成一种复杂的双重性：被内在化的他者决定着我们对所有在社会和象征互动中遭遇的实在他者的感知。但是这两者之间的边界总是流动不定。主体的认同感不仅来自实在他者的行动和需求，而且受内化的对他者的需求制约。

因为对认同的需要，与他者联系的象征秩序的社会规范和规则开始在主体中发挥作用。作为内在化他者的一种效果，主体首先认识到满足这些规范的特征。因此他者对主体的认同很少以主体是什么为基础，而是从很早开始就与它必须成为什么这种需求联系在一起。内在化的他者共同决定了主体的预期策略和排除实践。

预期布景不仅在镜像阶段而且在社会自我构成阶段发挥着重要作用。需要被认同的主体必须将自己定位为某种它不是或还不是的对象。尽管所有与他者规范不吻合的东西都受到排除的威胁，但是主体只有通过排除才能成为预期的样态。同时，排除行为本身造成主体内在的分裂——可以被承认的部分与必须被压制的部分的分裂。因此自我异化因素必然嵌入最终呈现为"我"的主体之中。很难设想失去了想象的作用，主体仍具有建构本身、言说"我"或将自己描绘成有界限、相对统一的范畴的能力。

　　与对共生现象（以差异化为底色的社会化）的放弃同步，这种感觉或言说"我"的能力不断增加。主体内在的分裂反映在存在的两种模式（快乐原则与现实原则、共生与个性化）及非差异化与差异化之间持续的协商中。最终任何对主体的共生和差异化的成功放弃都必然受到文化的干预。这种干预通过想象的创新功能及安全毯、玩具熊、安慰声音、书籍等文化物体来实现。差异化过程中，文化通过"助长式环境"（维尼柯特语）的方式形成对主体发展具有引导作用的整体风格（如果不是美学）。自动生成在这里成了决定这一发展过程及其美学的推动力量。

过渡空间

　　虽然对共生现象最早的威胁根源于母亲的缺场，但是幼儿学会了创造支撑性的结构，以便能忍耐她暂时的缺场。典型的例子就是弗洛伊德所举的表现消失与再现的游戏。小男孩借用卷轴和线来重复母亲的消失和归来这种游戏，实现对母亲的想象控制。[1] 在孩子与母亲之间逐渐形成一个过渡空间。按照维尼柯特

---

[1] Sigmund Freud, "Beyond the Pleasure Principle," *Standard Edition*, vol. 18, pp. 10—11.

的说法，这是一个有着自身美学甚至在某种程度上拥有自身认识论的空间。过渡空间的边界是流动的，因为婴儿（及后来的成年人）回应内外需求而不断重新划定边界。

维尼柯特认为对想象的最初使用产生过渡空间。从心理发生角度看，我们可以将过渡空间视为想象对逐渐发展的主体间性提出的需求和任务进行测试和掌控的空间。这一空间首先在原初共生体内成形，为自我与他者之间边界的逐渐差异化奠定基础。

此时婴儿创造出具有想象焦注力的特定对象。这些所谓的过渡对象最基本的功能就是通过确立自我与他者间最初的边界来产生他者性。婴儿的过渡对象创造后来演变成自我与他者间过渡空间——一个为游戏和其他想象活动保留的空间——的创造。尽管在某种意义上这个空间加剧了差异化并产生他者性，但是在另一种意义上它减少了根源于差异化和他者性的压力。婴儿将过渡对象体验为非我，但矛盾的是却不是将之体验为分离的对象。维尼柯特将这种自相矛盾视为过渡空间的构成性特征。最常见的过渡对象是安全毯或动物玩具。但是几乎所有其他事物，包括生命体或运动和声音，都可能具有同样的功能。发展婴儿象征化能力的过渡对象是文化对象的征兆。甚至在后来获得区分自我与他者并形成对象关系的能力之后，主体仍继续利用过渡空间不断地瓦解并重构其边界。摆脱了现实原则的压制，没有现实测试的挑战，主体得以在一个受保护的空间——一个我与非我之间的无人地带——中形成同一和差异的幻想。

从外部看，儿童的过渡空间体验似乎是一种幻觉。然而过渡对象或现象先于现实测试的构成，甚至以后体验的存在与表象之间的区别也总是被悬置在过渡空间。过渡空间中临时幻想的创造性生产缓解了主体区分内外现实的压力。[1] 然而这些体验不再与

---

[1] Donald W. Winnicott, *Playing and Reality* (London: Tavistock, 1971), p. 2.

非差异化阶段的体验相同。更重要的是，原初和次级过程的因素共同构成了这些体验；两者兼容并存，因为它们之间的边界暂时处于悬置状态。

维尼柯特认为过渡空间在以后的生活中保留了自己的重要地位。与主体对文化客体的创造性使用一样，它成了主体不断重塑其边界的空间。事实上过渡空间体验是审美体验的征兆，内部与外部现实间的边界被暂时悬置。但这并不意味着原初过程自动地重新获得主宰地位。相反过渡空间逐渐发展成两种模式之间互动和中介的空间。主体获得的实验形式同时也是这些中介行为的产物，是促进两种模式间关系变化的手段。与镜像阶段相似，过渡空间在主体边界与想象之间建立起连接。其次，过渡空间塑造主体边界的作用变得更复杂，更充满了矛盾。虽然最初它作为建构边界的受保护空间发挥作用，但是后来却转而维护边界的灵活变动性，延伸或重塑边界，甚至整合在其成形过程中被压制的部分。

镜像阶段和过渡空间为象征秩序中主体充满矛盾张力的发展提供了基础。在镜像阶段及对过渡空间的初期使用过程中，婴儿将自身定位为它所不是或尚未成形的对象，主动或被动地卷入剧烈变化。每种情形下，婴儿都实现了象征秩序中至关重要的精神或情感差异化：通过将自己的身体意象内在化获得体验自我界限的能力，借助过渡对象获得区分我与非我的能力。

在镜像阶段，彻底脱离了母体后的婴儿涉足的过渡空间是备受保护的区域——一个由想象的对象填充的空间。维尼柯特认为这些想象的对象可被视为自我的一部分；但自相矛盾的是，它们也可被视为最初的非我对象。从心理发生角度看，这些对象在认知和情感两个层面促进差异化。在很大程度上差异化是通过培养再现和象征能力来实现的。尽管过渡空间最初有助于形成并稳定边界，主体却不断利用同一个过渡空间来维持边界的变动——放松、瓦解并重构边界。在对原初过程压制的基础上文化为促成差异化而施行的压制越强烈，就越能促进想象的功能——维持原初过程体验、促进暂时的去差异化。过渡空间提供了一个被文化认可的空间，主体借助想象与主体发展过程中被排除或压制的东西重新连接。这意味着一旦形成基本的差异化和边界，过渡空间就会发展成异质集合体——包括完全不同、中断的文化空间，其边界仍变动不居，其功能各不相同。过渡空间最显著的特征就是与文化环境结成矛盾关系。它是文化生活差异化的最重要的空间，也是转变的能动力量，甚至在特定状况下是颠覆力量。这种矛盾可归于过渡空间中边界持续不断的商榷。

边界持续的差异化和去差异化逐渐成了过渡空间的主要活动。去中心主体性的构成本身需要不断重复确定边界。这一过程反过来依靠某些区域或功能的产生，无意识能借此畅通无阻地与行动和意义沟通。由于去中心主体中存在的两种模式的两极化，边界暂时的去差异化与新边界的确定同样必要。事实上，过渡空间可被视为主体谋求与去中心位置妥协并创造性地利用去中心位置的空间。该空间按照自身的美学自我塑造，最终将意识与无意识或自我与他者间分裂的困境转变成创造性生产的动力。

语言与象征

语言是次级过程的动力和载体。语言习得通常被认为是主体发展过程中的根本成就。但是如同拉康不断提醒我们的那样，在学会说话之前我们就已经被语言塑造，因为象征秩序渗透、建构了每一种文化商榷行为（包括心理和社会起源的最初阶段）。甚至无意识都被建构成语言和形式。拉康称之为"他者的话语"。①在象征能力的基础上,语言成了次级过程中的特殊媒介,是象征秩序的交通工具。然而过渡空间中产生的想象和文化客体的矛盾功能渗透了整个语言和象征领域。受无意识影响,语言包含了主体试图言说的内容以外的意义,获得某种与生俱来的能动性。它可能更贴近言语主体,尽管言语主体的意识不能认识到这一点。语言在特定条件下成了无意识的表演,为被排除在交流范围以外的事物开辟了一个充满矛盾的交流空间。

因此主体内在的基本分裂表现为两种存在模式的两极分化,这也反映在语言之中。为了表现无意识或他者,语言发挥出自相矛盾的作用——同时揭示和掩盖无意识。弗洛伊德将这种功能称为双重意义结构。象征秩序倾向于按等级秩序来建构意义的这两个层面。沿着语义信息线在意识中建构所谓的显性意义;显性意义主宰着无意识层面起作用的隐性意义。隐性意义利用语言结构的含混和语言的形式特征来抵制符号的符码化功能。换言之,语言内部被认可的内容与象征秩序中被排除的内容之间进行着无声的商榷。日常话语中,无意识只是异常地侵入意识的领地,如言语的某些反常现象或弗洛伊德论证的典型的失语症。

当原初和次级过程间的动态关系表现为显性意义与隐性意义之间的嬗变时,它们之间的张力处于平和状态,因为无意识不会明显地中断符指过程。一旦原初过程参与显性意义的生产并由此变成清晰的交流信号,那么这一态势就会发生变化。在梦和其他自发利用原初过程的意识状态之外,过渡空间的文化客体经常以重要的文化方式来利用原初过程中的表现手段和结构。过渡空间最初只是一个发展阶段,后来变成文化和艺术生产的一般空间。

---

① Jacques Lacan, *Seminar II: The Ego in Freud's Theory and in the Technique of Psychoanalysis, 1954—55*, trans. Sylvana Tomascelli (New York: W.W. Norton & Co., 1988), p.137.

因此过渡空间对原初过程的利用只是持续的文化商榷过程（涉及精神的和创造性的生产及体验的两种选择模式）的一部分。尤其是过渡空间中诗性语言的使用仍是主体文化边界重塑的一部分。

过渡空间最初是不受现实原则干预的实验空间。但这并不意味着它不受文化制约。就孩子与文化客体（既包括玩具、书籍、媒体形式，也包括独特的文化娱乐方式）的接触而言，过渡空间形成独特的文化形式，不管孩子所处的各种家庭环境怎样影响了这类文化形式。因此文化客体，尤其是独特地使用语言的文学文本，其定型和转化具有与产生它们的文化相关的内在矛盾特征。

就诗性语言而言，我们必须强调其定型特征而不是其再现功能。过渡客体不仅仅是再现因素（能指），也不单纯是被再现的因素（所指），其功能是含混、复杂地塑造主体性。如果我们将诗性语言视为被定型的对象而不是被再现的对象，那么我们强调的是文学形式的文化功能。尤其是当我们试图评价原初过程结构在文学文本中的地位时，这一点变得特别突出。即使文学文本表现的是原初过程的运动，我们也不能将之解读成纯粹的原初过程生产。被转化成有意识地塑造的审美生产后，原初过程不仅再现无意识，而且通过改变生产和接受的意识与无意识模式之间的边界来发挥定型作用。因此文学文本中原初过程也许塑造的是无意识物质。但是作为文本表现形式，它们并不完全依附原初过程或次级过程。

从这一角度看，文化客体促进内在现实与外部现实、原初体验与次级体验之间的商榷。与弗洛伊德的观点不同，文化客体并非特指隐性意义或解释无意识活动，相反文化客体创造的独特语言表现形式能为主体性建构提供审美体验。与儿童在过渡空间创造的相对个性化的客体不同，文化客体必须顺应主体间交流的需要。但是如果像维尼柯特设想的那样,将一般意义上的文化客体置于过渡空间,那么它们就会构成维尼柯特所讲的第三级层面——原初过程与次级过程不再相互排斥,而是以非常有意义的方式融合转化。

诗性语言产生言语的过渡空间,成为第三级言语的媒介。其中介性超越了弗洛伊德所论的双重意义结构,颠覆了两种符指模式的等级秩序,使它们以更复杂的方式相互作用。从这个角度看,诗性语言超越了再现层面,逼近与言语第三层级相关的建构层面。因此一种将诗性语言定格到言语过渡空间的理论有助于修正、补充弗洛伊德、吕格尔等提出的双重意义诗性结构模式这类诠释学理论的基本假设。

作为言语过渡空间的诗性语言

将诗性语言置于过渡空间,意味着独特的与次级过程和象征秩序的连接的松解。这种设想具有巨大的认识论意义,因为它肯定诗性语言与其他言语形式之间的差异。这在概念上向特定的理论跨出了一步。这类理论通过澄清诗性语言与所谓的日常语言的差异来界定诗性语言。[1] 虽然大部分理论试图从诗性语言现象或结构中发掘差异,但是过渡空间理论却从心理起源视角来描绘功能意义上的诗性语言,借以强调其定型特征。

---

[1] 这里探讨的理论有趣的暗示就是它们提供了心理动力基础。借此相关理论探讨诗性语言与日常言语质的区别。大部分这类理论要么以诗性语言的物质性为基础,要么强调接受过程。有关这一点的范式性例子就是穆瑞·克瑞格与斯坦利·费希之间的论争。参见:Murray Krieger, *Poetic Presence and Illusion: Essays in Critical History and Theory* (Baltimore: The Johns Hopkins UP, 1979), pp. 169—187; and Stanley Fish, "How Ordinary is Ordinary Language?" *New Literary History* 5 (1973), and "Normal Circumstances: Literary Language, Direct Speech Acts, the Ordinary, the Everyday, the Obvious, What Goes Without Saying, and Other Special Cases," in *Critical Inquiry* 4 (1978)。

我们在多大程度上与维尼柯特相似，认为一般意义上的文化客体保留了过渡空间的功能？表面上看，这一视角似乎将起源与功能和结构混为一谈，尤其是因为诗性语言预定了所有次级过程的差异化。换言之，幼儿与成人的区别是什么？幼儿在尚未掌握口头语言的时候在过渡空间创造最初的对象。成人驾驭的是诗性语言高度差异化的象征系统。即使我们承认文化过渡空间中诗性语言的作用，但是我们仍需要区分不同的类型或分期，根据与其他言语形式区别的程度来区分诗性生产的各种独特形式。

如同过渡空间中诗性语言的功能与运作模式之间的区别（不是影响理论的概念范畴的限制），我认为历史和类型差异是诗性语言本身内在的差异。换言之，恰如维尼柯特所讲，一般意义上的文化客体在文化过渡空间中起作用，具有自己的作用模式。然而这种简化的概念框架需要广泛的历史特征加以补充。不同文化环境在文化客体的形式和使用方面产生极端不同的效果。这些形式和使用反过来又可以从特定的历史视角加以描述。例如早期的小说依赖各种不同的综合主体模式建构资产阶级主体。早期小说家按照文学现实主义规范来塑造诗性语言，虽然这些文本与激发了它们的审美结构及其认识论意义的模式之间结成矛盾关系。相反，一旦文学文本强调去中心主体内在的分裂，它们就愈益强烈地放弃现实主义形式，青睐原初过程的分裂、开放和变动形式。这些开放形式反过来以矛盾的方式与去中心主体的形成发生关联。因此诗性语言能在不同程度上接近或背离（心理起源意义上）最早的、有助于主体性边界建构的文化客体的功能。它从历史或艺术出发，强调边界的定型或瓦解。但是其内在趋势总是两者同时兼具。

我们发现主体性不断变化的历史形式，也发现过渡空间的历史演变。过渡空间的发展不仅依靠文化环境而且仰仗自身的历史动力。诗性语言拥有两个明显的历史参照域——历时参照域和共时参照域。诗性语言主要与文学史及其修辞和审美规范相关，但是其他最新的推论实践也起着中介作用。内在的参照域构成我们常讲的互文性——一种由文本之间，甚至文本与其他媒介之间的边界僭越行为构成的现象。

换言之，特定文化环境中诗性语言的具体形式不仅同该环境中使用的其他言语形式而且同与之形成互文连接关系的诗性语言传统形成对话关系。正如心理起源意义上过渡空间中产生的客体具有变化功能，诗性语言过渡空间中的不同形式也是变化不定的。

总体上讲过渡空间以受保护的文化商榷为目标。此处保护这一概念具有心理和政治含义，明显不同于传统的作为补偿和任意游戏的艺术观。传统的艺术观将文学和艺术空间理解为相对封闭的系统，其"自治"也意味着一定程度上与社会和政治过程的分离。维尼柯特的"受保护的过渡空间"观强调过渡空间在一定程度上摆脱了在外部发挥作用的规则和限制。同时过渡空间的边界仍是变动不定的。这种弹性变化说明了为什么过渡空间体验也许对广义的社会文化环境有着巨大影响。保护主要意味着审查。因此维尼柯特坚持认为过渡空间有着自己的根本规则，即不应挑战其活动和创新。"不要挑战"这句格言具有多产和接受特性，与文学批评家所了解的怀疑的自愿悬置有着某种密切关系。

但是这种接受态度本身并不能回避一般意义上的文化生产之标志的矛盾。在某些情况下，有关挑战的论断使过渡空间容易被同化，如我们见证的大众文化产品的文化入侵。这些大众文化产品沟通并塑造历史主体的想象活动。我们也许能根据文化试图接近、塑造或控制过渡空间的程度来评价文化，尤其是在媒体文化的侵略本性日益彰显的情况下。简短地说，过渡空间中不仅欲望成了中介，被满足、变形或被净化，而且滋生出欲望的新形式。

作为语言过渡空间，诗性语言最独特的是通过拉康所讲的言语中的"他者话语"来调节欲望。如果将诗性语言定义为语言的过渡空间，那么我们可以假定它变成了一种调节他者话语的特殊媒介——使之具有可读性。文学文本的过渡空间定位凸显出源自文化客体的心理发生功能特征——对无意识、被排除的事物或"不可再现之物"的塑造以及对主体性和语言边界的建构。

尽管过渡对象促进了主体边界最初的形成，但是诗性语言在调节他者话语的过程中参与塑造了特定文化产生的不同主体形式。诗性语言在主体的文化边界活动，正如它在生产或解读它的主体的边界活动。因此它赋予想象生产某种现实。通过塑造非差异化的或不可再现的事物，诗性语言参与持续不断的主体性生产。在此过程中，与被评判为真实的或现实主义的事物的边界相似，语言既定的传统边界只有被悬置起来。

可以根据差异化来描述诗性语言对主体性边界产生的效果——即使在那些最直接的结果是去差异化的情况下也是如此。诗性语言中被括除的事物的在场或他者的声音激活无意识并使之发生变化。从这个角度看，诗性语言的功能之一就是它成了无意识的调解器。这自然意味着一般意义上的无意识受历史变化制约。诗性语言，尤其是当它利用原初过程时，可能成为这种变化的载体。

文学心理分析理论并未穷尽诗性语言的这种创造性能量。弗洛伊德主要关注生产的无意识模式以及探测文学叙事背后无意识动机的可能性。拉康强调作为主体误认空间的想象。维尼柯特的游戏和创造性理论对他提炼的模式隐含的更富创意的文化理论匆匆一笔带过。要将这些理论提炼加工成新的文学理论，最具挑战的问题之一是维尼柯特拒绝将文化客体简约地处理成单纯对心理分析假设的肯定，反而突出它们自身对文化过程的动态贡献。

维尼柯特在概念上使我们能依照文化客体在过渡空间中更普遍的情形来分析诗性语言。这一视角使我们能凸显主体性形成过程中诗性语言的双重功能。一方面诗性语言通过将无意识或他者的声音引入符指过程来松解主体性的边界。另一方面诗性语言塑造无意识并以更复杂的方式重新划定主体性的边界。因此诗性语言以过渡空间特有的方式同时起到稳定和颠覆作用——就主体性的边界和语言的边界而言。通过将原初过程的形式和材料整合进交流范围，诗性语言颠覆了语言秩序。语言秩序的发展与次级过程相关并以之为基础。最终这一过程本身具有稳定效果，因为它容许语言内部的新差异化，容许语言和交流的扩展。

诗性语言通常借助与象征秩序的符码和规则的差异来发展其审美效果和文化功能。诗性语言对过渡空间最富创意的利用使语言的边界沿着两个方向扩展。诗性语言要么产生极端的风格和形式，从而相对有力地限制和建构语言材料；要么瓦解句法和语义，分裂并颠覆意义，打通与原初过程自由流动的连接纽带（即通向解构和去差异化）。尤其是实验文本曾利用诗性语言的这种潜能。

很明显，对我与非我、自我与他者之间边界的僭越已经是文学生产过程的一部分。例如，像弗吉尼亚·伍尔夫这样的作家凭借自己的言语来让想象人物发出声音，从而以一种"异己的言语"（不管怎样都是她自己的言语）将自己去—现实化。与过渡客体相似，现代和后现代文本中语言僭越言说者边界的可能性被推到极限。我将现代和后现代文本称为"过渡文本"。很难将这些文本中的多重声音归因于特定的人物或人物—效果。在探索语言消解与言语主体明确的依附关系的最佳途径时，诗性语言迁徙到我与非我之间的空间。它利用过渡空间的独特潜能为自己奠定心理起源基础，即用自己的声音传达他者的声音。

为了重塑被象征秩序压制的内容，诗性语言必须以某种自相矛盾的方式利用双重意义结构，在利用这一结构的同时瓦解它。言语中总是蕴藏着沉默的、被括除的事物（或他者声音）的潜在空间。但是只有在语言的失语、断裂或去差异化这些特殊状况下该潜在空间才凸显出重要性。诗性语言常常策略地利用产生不确定性和多重意义的修辞技巧,形成符合这类条件的形式和规则。这不是一个显性文本在需要转化时隐藏其隐性意义的问题(如弗洛伊德建构的梦的解释论),而是文本提供的多重意义无穷的能产性问题。当涉及听取或破译他者声音时,诗性语言力比多式的焦注变得至关重要。我们甚至可以假定无意识审美体验的效果比有意识体验的效果更持久,因为它们是结构性的而不是形式的或主题性的。也正因为它们是如此难以捕捉和描述,所以文学的无意识效果几乎没有被审美理论或严格意义上的读者反应理论概念化。

文学生产和接受的创造性过程

> 对于比推论理性和逻辑更优越的创造性扫描而言原初过程是一种精度工具。
>
> ——安东·埃伦兹韦格

正如诗性语言的作者将自我去现实化,以期发出并非完全属于我或非我的声音,读者在接受过程中也不得不暂时将自己的边界搁置一旁,其目的是进入由异己的思想、声音和人物构成的想象世界。面对与自己内在的复调多声共鸣或不和谐的想象声音,读者与这些声音建立复杂关系,甚至在极端情况下体验与它们的审美融合状态。在此意义上读者与文本从来就不是单纯的主客关系,因为阅读暂时消除了主体与客体的距离。再次,对主客分界线的僭越是过渡空间中的基本现象。这种僭越也塑造文学接受。此外,对怀疑自愿的悬置——过渡空间中基本的接受态度——决定了读者边界的灵活延伸特性,加深了未聚焦的关注、无意识的扫描以及对非差异化结构的处理。

这有助于无意识或不可再现之事物的塑造。在未聚焦的关注过程中，接受者边界的可塑性增加了对无意识材料和连接模式的敏感度，提供了将它们纳入审美体验范围的机遇。必须再次强调，其目的不是使至今仍处于无意识状态的东西呈现在意识领域，而是超越埃伦兹韦格所讲的"表面敏感度"，[1]为无意识结构及其常常更复杂的秩序的接受创造一种"消极的能力"。随着时间的推移，过渡体验可能延伸接受边界。由于文化中体验的原初和刺激模式两极分化，文学文本只有采取复杂的策略来促成这两种模式的互动。换言之，文本策略不仅必须考虑到接受者的抵制或审查，而且必须积极地借助那些促进无意识接受以及对原初过程结构的认识的诗性策略。诗性语言不是将意识和无意识体验分割成两个分离的层面，而是让两种形式结成微妙的生产性互动关系。审美体验中也存在这种对原初过程的接受固有的矛盾态度。对原初体验的迷恋总包含着潜在的威胁。当文本对叙事或语义结构的溶解、对形式的分裂和去差异化达到这样的程度以至于它们破坏那种完全以聚焦的关注为基础的接受时，人们更强烈地感受到潜在的威胁。

因为诗性语言在主体间层面运作，所以它必须以具有重要文化意义的方式整合原初过程的材料和结构，思考怎样才能避开审查。在此意义上诗性语言提供了一种文化平衡形式——平衡象征秩序对原初过程日益加剧的括除现象。正如过渡客体最先是创造性地应对文化限制和挑战的手段，诗性语言创造性地满足象征秩序的需要，同时又挑战具有潜在限制力的文化规范和实践。

这一视角对文学接受理论而言意义非凡。阅读行为既不是纯

---

[1] Anton Ehrenzweig, *The Hidden Order of Art* (Berkeley: University of California Press, 1967), p. 64.

粹的个体过程，也不是绝对的文化或集体过程。接受的个体形式必然与文化形式融合。例如，诗性语言和文学主体性边界的转变同样影响到读者的语言和主体性。诗性语言的陌生形式挑战读者的接受态度和习惯——这当然并不局限于过渡空间体验。因此过渡空间中独特的交流情景不仅有助于审美体验的差异化，而且借助审美体验能促进知觉习惯、阅读模式乃至整个交流的差异化。然而对过渡空间的文化利用特有的矛盾也可能导致相反的结局。例如，文化客体可能引起蜕变、对影响的过分夸张和渲染、感知或修辞感觉中枢的麻木等现象。

因此过渡空间独特的状况与象征秩序之间是矛盾（如果不是自相矛盾）关系。作为受保护的实验空间，它影响到象征秩序的边界，尽管（也许恰恰是因为）象征秩序中产生这类实验空间。例如，张狂的后现代媒体文化极大地削弱了过渡空间的创造性作用。后现代媒体文化借技术性诱惑和多种形式来征服无意识，比任何其他文化都更有效地侵入过渡空间。但是与那些意欲全面控制、同化文学乃至主体的理论对立，过渡空间理论强调所有文化客体根本的矛盾特性，强调接受者以各种极端不同的方式利用文化客体的可能性。坚持过渡空间受文化力量制约这种观点，使我们能理解适应或同化策略以及抵制策略。

只有对过渡空间中独特的交流情景以及文化客体吸引接受者的策略进行分析，我们才能理解这些客体在象征秩序中的地位。过渡文本的交流策略揭示了过渡空间特有的自相矛盾的结构。这些文本经常以表面上非交流的模式进行交流。对作为主体性或文化的他者的无意识进行文学综合，这显得与我们的意识背道而驰（如果不是不可再现）。此外，诗性语言必须警惕对其颠覆或僭越策略进行消解的现象。叙事，甚至明显的符指的语义桥的瓦解也许有助于实现这一目的，提高我们敏锐地感知无意识共鸣的程度。当然审美事件总是发生在诗性和修辞规范的边界处。然而过渡文本的独特之处在于，在排除直接表达意义的可能性的同时为接受的无意识形式张开了怀抱，将意识和无意识审美体验推向新的互动形式。

如我们所见，安东·埃伦兹韦格认为无意识扫描是整个创造性过程必不可少的部分。聚焦的和非聚焦的关注是接受的两种模式，反映了主体的去中心位置。对聚焦的关注而言，原初过程显得无差别、混乱无序。但是无意识扫描可以揭示隐而不现的秩序。因此原初无差别这种观点与有意识的感知和接受的形式、结构或规范相关。

原初无差别不等同于混乱或缺乏组织。因此需要修正有关原初过程的心理分析。埃伦兹韦格紧密结合对创造性过程的分析，提出这种修正观。他认为创造性过程介于原初过程与次级过程、无意识的无差别状态与意识的差异化形态之间。无意识隐匿的秩序自行暴露在无意识扫描的强光下。对原初与次级过程之间边界的僭越是创造性能量最旺盛的资源："无意识扫描利用视觉的无差别模式，但是对正常意识而言这些模式显得混乱无序。原初过程似乎仅仅形成混乱的幻想材料，自我的次级过程必须对之进行组合排序。相反，原初过程对创造性扫描而言是一种精度工具，远远优越于推论理性和逻辑。"[1]

非差异化的或混杂的感知[2]特别容易捕捉多维结构，因为它将有关外形和场所的方案搁置一旁。受次级过程操纵，有意识的感知聚焦那些显著特征，赋予这些特征"外形"，相应地将这些特征存在的环境变成"场所"。另一方面，非聚焦的关注对每个细节都一视同仁，放弃外形和场所构成的等级秩序，青睐公正的

---

[1] Anton Ehrenzweig, *The Hidden Order of Art* (Berkeley: University of California Press, 1967), p. 5.
[2] 埃伦兹韦格明确地提到让·皮亚杰对"类并视野"的分析。参见：*The Hidden Order of Art*, p. 6.

非差异化。对显著特征的描述的代价是牺牲了精确度，收获是抓住了有意识的感知无法捕捉到的整体秩序。无意识扫描暂时消解了文本表层或感知表层的主导特征，从而颠倒了分析意识的顺序。对这两种关注模式的区别使我们能有效地分析过渡文本中诗性语言的去差异化或碎片形式。

如果审美体验融合了意识与无意识接受，那么我们必须根据其吸引意识或无意识接受倾向的方式来区别文本特征。强调语言双重意义结构的诠释学理论认为语言具有表层和深层结构。埃伦兹韦格在谈到我们意识的"表层敏感性"时持类似观点。如果我们坚持认为语言只有表层，那么我们在语言的表层结构中能作出同样的区分。我们可以断定在语言的同一表层中不同形式的秩序都发挥作用。要体验审美事件，就需要瓦解这两种形式的秩序之间的传统关系。一旦新的差异结构最终变成了文学规范，就需要"打乱"这种结构以便保持两种秩序间边界的灵活变动。每种新秩序开始时都显得混乱，但是对变化模式和认识敏感度的审美体验是一个根本过程，该过程与文化过渡空间的历史演变吻合。[1] 我们认识的文本是严密有序还是没有差别，这随时间的变化而变化，因为对秩序的体验取决于认识能力和规范的历史演变。在这点上埃伦兹韦格与接受美学相通，如汉斯·罗伯特·尧斯等提出的期待视野观。[2] 埃伦兹韦格描绘了一种审美接受规律：我们有意识的体验愈强烈，我们就越强烈地试图整合对混乱或无差别的体验。这一过程成了我们有关秩序的观念、我们的认

---

[1] 埃伦兹韦格在《艺术的隐匿秩序》的《现代艺术的分裂》一章中（特别是第70—71页）分析了这种现象。他提醒我们，甚至因其不和谐，莫扎特的音乐也受到同时代人的批评。莫扎特的复调多声结构破坏了人们期待中的线型和谐曲调。另一方面，苏恩伯格希望他的不和谐、断裂作品在将来会产生清晰悦耳的效果。

[2] Hans Robert Jauss, "Literary History as a challenge to Literary Theory," in *Toward an Aesthetic of Reception*, trans. Timothy Bahti (Minneapolis: University of Minnesota Press, 1982), pp. 3—45.

识论以及语言和主体性的文化形式发生变化的基础。

伴随着语言断裂、语义崩溃不断增强的势头及多声等现象，过渡文本引向多种形式的审美体验——意识之外的审美体验。它们具有无穷的创造性，将诗性语言的传统秩序去差异化，整合原初过程，从而将诗性语言的边界扩展到无意识领域。因此诗性语言成了与主体性边界嬉戏的物质基础。

主体性隐匿的核心和文学沉默的知识

> 那时你回去凭吊的废墟仍在那里
> 那是你童年时曾藏身的地方……藏在人迹罕至的石头上……
> 他们沿路四处寻找你。
> ——塞缪尔·贝克特

塞缪尔·贝克特的《那时》以蒙太奇手法将两种幻想结合在一起，披露主体对自己边界的矛盾态度——隐藏的幻想与被发现的幻想。这些幻想共同表现了主体自相矛盾的愿望——将自我的核心与交流隔离，同时又让自我在此核心被发现并被认可。维尼柯特用核心自我来描述这种矛盾，核心自我通过内在的边界被保护起来。[①] 借助知识的默许形式来认识、体验这一核心自我；而知识的默许形式排除任何形式的推论解释。在建构主体的过程中，核心自我成了被保护的内在区域，使之免遭他者的彻底篡位或被象征秩序同化。主体怀着一种自相矛盾的欲望：一方面希望社会认同其整个存在；另一方面内在核心被暴露，产生被吞没的

---

① Donald D. Winnicott, *The Maturational Processes* (New York: International Universities, 1965), p.179.

恐惧。维尼柯特写道:"它复杂难解,像捉迷藏游戏那样。躲藏产生快乐,但不被发现却是灾难。"①

个体内核形成主体最脆弱,也是最具抗力的部分。自我内核一方面竭力抵挡象征秩序强加的规范和限制;另一方面又必须获得社会承认,避免社会与个体的异化分裂。弗洛伊德曾告诉宾斯万格:"我一直在思考,不仅意识中被压制的部分属于无意识,我们存在最主导的部分、我们自我的真实部分也属于无意识,当然这一部分是可认知的。"②

这意味着主体建起双重边界:将不愿承认的事物排除在外的外部边界,将易受他者进犯的事物保护起来的内部边界。内核形成沉默的自我知识空间;自我知识不参与直接交流,然而却影响任何与他者的互动。主体以非思想为基础,进行沉默却意义非凡的交流。所谓非思想特指绝对含蓄、共享的知识。维尼柯特将沉默的交流与对文化客体的体验联系起来,坚持认为每一种审美体验都涉及与主体内核沉默的接触。诗性语言通过一种受保护、含糊的交流形式来影响该内核。因此它也参与主体内部边界的塑造。在受保护的过渡空间中畅通无阻地横跨这些边界。可将与内核相关的体验转化成审美体验;在审美体验提供的匿名保护状态下,可以在内核发现主体却不会导致任何威胁或入侵。

沉默的文学交流绝不仅限于个体审美体验,也在文化层面展开。文学允许"沉默知识"的文化交流,可以将这种交流视为围绕个体核心进行的交流。文化可以在其核心容纳各种形式的沉默知识。但是沉默知识的公开交流会触犯文化边界或禁忌。正如有可能将主体性的某些领域从意识体验和交流中排除,类似的排

---

① Donald D. Winnicott, *The Maturational Processes* (New York: International Universities, 1965), p. 186.

② Ludwig Binswanger, *Erinnerungen an Sigmund Freud* (Bern: Francke, 1956), p. 58.

除现象也可能在文化层面发生。可以将部分被排除的内容转化成集体的沉默知识。某些象征形式由此承担起协调这种知识，却又不使之明晰化的功能。在家庭或双人组合群体和更大的文化共同体中，仪式化的行为能调停这种沉默体验。

文化的成员在其行为和判断中都间接涉及这种知识，尽管这种知识清楚的交流是一种文化禁忌。明白这一点很重要。米歇尔·莱里斯指出，埃塞俄比亚的扎拉祭仪正是以这种集体分享的沉默知识为基础。在扎拉（一种精灵）仪式表演过程中，精灵附体的人——大多数情况下是妇女——表达出被文化禁忌禁止的愿望和欲望。文化共同体的官方解释是：她在精灵附体的状况下表演，因此对自己的行为不负责任。然而一旦超出了仪式性表演许可的限度，她就负有责任。例如，她可以（以扎拉的名义）当众惩罚她那粗俗的丈夫，但却不能处死他。

这些仪式性表演是集体利用过渡空间的典型例子。莱里斯将仪式解读成隐藏了自己戏剧性特征的剧场。剧场与现实的区别也就忽略不计了。这种困惑是一种第一人称体验，却被官方界定为异己或非我的体验。因此集体的沉默知识允许主体性的某个维度中存在集体的真实体验，而此种体验被排斥在官方文化符码之外。

当代文化中沉默知识最显著的文化载体是特定的文化客体。在特定的过渡空间状况下，这类文化客体提供了没有个体入侵、受保护的交流形式。这类集体的沉默知识的例证、其文化适用性及效用同样证明了无意识效果——主要通过沉默知识基础上的主体活动留下的印迹来证明。

因此我们可以断言，个体和文化群体都形成主体性的沉默核心，所有人都知道这个核心却在清晰交流中对其保持沉默。尽管该核心形成保护空间，抵制社会因素对主体性的彻底缩减或同化，但是它同时受社会文化规范的制约——尤其是通过促进或试图控制对文化客体的体验这类方式。我们可以断定文化的无意识前提（包括其认识论错误）构成这类沉默核心的一部分。

涉及沉默知识的主体间商榷发生在交流与沉默的边界。某类事物进入体验范围，却受到公共推论知识和明晰互动的排斥和打压。沉默知识抵制直接的再现和解释，但是容许转化，即转化成间接象征。间接象征唤起而不是明言所知而非所思的内容。要解读非思考范围的内容，就必须顺着无意识的印迹寻找语言内残留的沉默知识的征兆性痕迹。正如我们能在某些互动形式中窥见沉默知识的效果，我们也能在某些话语形式中发现沉默知识的踪迹。

可以说在某些情况下审美体验隐含着对主体性的沉默内核的无意识体验。这种体验允许围绕沉默核心的间接、无意识交流形式的存在。同时它又保留了与象征秩序有关的沉默。从另一个角度我们可以将过渡空间界定为将象征秩序的边界从内向外延展的空间，使我们能体验沉默知识或极度的沉默。因此过渡空间不断重构主体性的内部边界——哪怕这类建构是无意识的。

然而当边界僭越成为最明显、最关键的审美体验形式时，它与无意识的关系随之而变。过渡文本中这类变化决定了文学效果的整体结构及引导读者反应的策略。这些变化不定的边界似乎标志着想象和文学主体性的文化功能的大变化。原初过程的接受长期处于无意识状态，现在却日益成为审美体验的焦点。这种变化产生主体性的新文化形式。这些新形式反过来又影响象征秩序本身。如果建构与解构的嬗变是整个创造性生产的基本条件，那么与这种嬗变相关的过渡文本的文化特性和功能是什么呢？这些文本怎样在个体和集体层面影响接受者的边界并促进新知识型的出现呢？这些问题为我们展示了新的理论地平线。

第三章

阅读、他者性与文化接触[①]

蒂夫人、他们的人类学家、她的莎士比亚

20世纪60年代初,美国人类学家劳拉·博安南研究了西非的蒂夫人部落。她曾与一位剑桥学者讨论过莎士比亚的戏剧。受此启发,她决定用蒂夫人来作一项实验,借以展示莎剧的普遍价值。她在那篇备受关注的论文《丛林中的莎士比亚》中披露了与部落长老们的谈话内容。按她自己的话讲,她可算"弄明白了《哈姆莱特》的真实意义"。动身去非洲前,那位剑桥朋友告诉她:"你们美国人……通常理解不透莎士比亚。他毕竟是土生土长的英国人。人们无法理解他的独特魅力,因此也容易曲解他的普遍价值。"[②] 她认为,"人类的本性是共通的",[③] 所有伟大的悲剧都宣扬共同的核心价值。为此她与蒂夫人探讨了《哈姆莱特》一剧。

讲故事是蒂夫人口头文化的精髓。其艺术水准的裁判是那些部落长老。蒂夫人认为,故事都应传谕独特、真实的意义。因此

[①] 本章重新思考并扩展我在1984年发表的文章《读者—反应与他者性的审美体验》中最初勾勒出的理论框架。

[②] Laura Bohannan, "Shakespeare in the Bush," *Natural History* 75.7 (1966): 28.

[③] Ibid., p. 28.

控制了对事物、事件和行动的意义的解释权的长老掌握着"意义之意义"。这些握有终极诠释权的长老们似乎与博安南的剑桥学者朋友都关注同一个问题：利用享有的特权来废除"误读"。因此，从外部视角看，蒂夫人的符号体系和解释实践的根本特征是：受文化连接和传统边界制约，诠释权力具有相对性。

对博安南讲述的《哈姆莱特》，蒂夫人的反应很独特。这是反思诠释权力的有趣例证。当代论争中，学者们常将阅读、解释、能动力和文化接触这类问题"陌生化"。借博安南与长老们的交流，我试图提出的观点是：阅读是一种文化接触形式。

"不是昨天，不是昨天，而是很久以前发生的故事。某夜，三个男人在大首领的住房外守夜。突然他们看见前任首领走过来！"

"为什么他不再是他们的首领呢？"

"他过世了……这就是为什么他们看见他时感到害怕。"

"不可能！"一位长老开始反驳……"肯定不是过世的首领。这是巫师施的巫咒……"①

那些不信鬼神之说的长老们感到困惑。"巫咒不会说话！""死人不可能行走！"② 博安南继续讲述道：过世首领的儿子哈姆莱特是多么沮丧，因为叔父克劳迪斯成了大首领，兄长过世仅仅一个月就娶了嫂子为妻。"'他真不赖，'一位长老兴奋地讲道……'我告诉过你们，如果我们更多地了解欧洲人，我们会发现他们其实与我们一样。在我们国家也是这样……弟弟娶哥哥的遗孀，成为哥哥孩子的父亲。'"③

---

① Laura Bohannan, "Shakespeare in the Bush," *Natural History* 75.7 (1966), p. 29.
② Ibid., p. 30.
③ Ibid., pp. 29—30.

这就是长老们最后确定的故事的"真正意义":哈姆莱特无疑是个恶棍,因为他指责母亲,杀死了波洛尼厄斯,与父亲的兄弟克劳迪斯为敌。仅凭这一点《哈姆莱特》就是一个蹩脚的故事。然而故事仍具有一定的审美价值:

> 但是如果他父亲的弟弟确实邪恶得足以迷惑哈姆莱特,令他疯狂,那么这当然是个好故事,因为他难逃其责,疯狂的哈姆莱特完全失去了理智,一心要置他于死地。①

一位长老下的结论是:"以后你一定给我们多讲些你们国家的故事。我们会告诉你它们的真正意思。"② 因此蒂夫人的诠释不仅同化了博安南的《哈姆莱特》,也以某种方式同化了博安南。对长老的顺从使她有机会接触这个权威的诠释团体。

在叙述与蒂夫人相处的经历时,博安南使用调侃、讽刺的口吻,与西方读者形成共谋关系。许多西方读者可能嘲笑蒂夫人表现出的天真、愚昧,不合时宜。还有许多人也许认为这是对莎士比亚戏剧的歪曲。当然他们也会从中找到乐趣,回想起儿童的反应。但是博安南在此过程中发挥了多大作用呢?例如,她将莎剧的情节改成口头故事。这使人想起伯纳德·迈尔斯为儿童改编的莎士比亚故事。长老们变成了儿童,甚至有点童稚未泯。自然人们常见的对原始文化的偏见也就情有可原。博安南似乎将蒂夫人的反应看成是自然而然的事情。这就是为什么最后她以讽刺的口吻将蒂夫人贬损为西方文化嘲弄的对象。表面上她讽刺自己的信念,即艺术和人性具有普适性。

立足殖民历史(借助人类学学科,将博安南与蒂夫人的遭

---

① Laura Bohannan, "Shakespeare in the Bush," *Natural History* 75.7 (1966), p. 32.
② Ibid., p. 33.

遇与殖民史联系起来），用对待"儿童"的态度对待蒂夫人。这种行为使人想起一种修辞疑难——将原始文化与接受教化的儿童联系在一起。尽管博安南没有表露出任何教育热忱，但是她对蒂夫人的修辞建构重演了殖民话语——本土他者的儿童化。这个例子表明叙事是文化接触的关键。

博安南的修辞立场仍局限于某些人类学原型。这表明以原始文化研究为对象的传统人类学不仅推进了解读他者的方法及文化接触形式，而且形成了独特的修辞编码，制约了与他者遭遇时人类学家的表述性行为。在此语境中，特别有趣的是《丛林中的莎士比亚》提供了独特的例子——人类学家邀请本土人"阅读"自己的文化，本土读者受到对他者的多层阅读产生的镜像效果影响。她将书写的莎剧艺术转化成与本土口头文化吻合的故事，这是她解读蒂夫人的结果；另一方面，蒂夫人对莎士比亚故事的反应是解读博安南的结果。这种多层中介交换现象的核心不是蒂夫人与莎士比亚的文化接触。我们见证的是对他者解读和转译的多层效果构成的复杂网络。因此我们不是体验文化遭遇的纯粹"事实"，而是捕捉叙事中的多层折射——由投射到他者上的独特期待、偏见、欲望、需要或恐惧形成的网络。这就是博安南与蒂夫人之间交流的"审美性"或表述性变得至关重要的原因。

从当代文学批评和人类学论争角度反观这种交流，有助于凸显批评感知的转变途径。博安南提出了艺术和人性的普适性问题。她反复掂量普遍人性观，强调文学的普遍交流特征。

她关注的不是审美形式和体验。文学的作用是通过虚构故事实现关于人性的交流。与她自己的叙事行为相比，莎剧的表演特征显得无足轻重。然而，如我们所见，她讲述故事的方式表现了詹姆逊所讲的"形式的意识形态"。这涉及审美与边界文化商榷之间一定程度的张力。莎剧似乎获得了双重他者性——承载文化含量的审美媒介和表演实践（伊丽莎白时代的戏剧）的他者性，莎剧的文化他者性。博安南刻意削弱前者以强调后者。

文学批评中审美高于文化。审美生产和体验被遴选出来，成了独特的文化实践，遵循自身规则，形成自我传统，具有各种参照域缺乏的自足性。然而审美界定总是与其他文化领域相关。这些文化领域强调传统的或特定时期超越他者的连接关系，赋予社会、心理或哲学重要地位。今天我们见证了文学批评和理论中审美向文化的转变。这一转变深刻地影响着我们进行阅读并将阅读理论化的方式。20世纪七八十年代，读者反应批评和接受美学仍强调独特的审美体验。如今纯粹的审美关怀已成为历史。但是为了避免上述对立分化，我提出审美实践的文化功能，尤其是阅读和解释的文化功能这个问题。

《丛林中的莎士比亚》有助于我们立足文化接触视角来审视一般意义上的阅读。近年来，这一视角曾促进了我们对阅读的理解、对各种阅读理论的新思考。事实上，即使文化意义上比蒂夫人更接近莎士比亚的读者也避免不了他者性商榷问题。这涉及莎士比亚与伊丽莎白时代文化之间的包蕴关系。如果将阅读理解为跨越文化和历史边界的商榷及与他者接触的形式，那么我们将发现一个双重运动过程——向文本/戏剧涉及的文化的运动和回返到读者涉及的文化的运动。例如，作为莎士比亚的读者，我们常常并不期望成为伊丽莎白时代的人物（除非我们怀有文学历史主义的理想），而是从伊丽莎白时代文化的他者性中发掘某些能引起我们反响、能融入我们自己的文化或自我的东西。因此阅读这种边界行为不仅是一种"离开家园"的活动，而且也是一种"带回家"的实践。这个例子清楚地表明，尽管与狭义的文化接触不同，阅读的可比性在于它构成文化接触的独特形式，而文学则被体制化，成为审美实践的空间。博安南使我们认识到，要理解这种接触，就需要始终关注作品与接受者之间的历史和文化距离。

因此有必要澄清审美这个问题。如前所论，不能将"哈姆莱特故事"的效果简约成故事情节本身（这似乎是博安南的设想）。根本的因素是莎士比亚或博安南的表演性行为。众所周知，这就是为什么文学的文化功能本身主要根源于文学形式和结构风格，而不是语义信息或主题意义。因此任何以严肃的态度对待文学的文化批评家都必须面对审美功能，关注文学再现和接受的形式和模式。有的文化批评家将文学审美边缘化（如果不是否弃）。究其原因，审美试图脱离文化批判而自成一体。但是，文化批评对审美的打压有可能忽视文学或艺术这类文化实践的物质条件及特定的接受条件。我们需要一种新的理论，区分审美生产和接受的多种模式与相应的文化功能。《丛林中的莎士比亚》表明，蒂夫人的故事讲述完全与文化空间融合，是一种集体实践，而伊丽莎白戏剧仅仅是专门的审美空间中的戏剧表演实践。

从上述大视角看，与表面情形相反，蒂夫人的反应与熟悉的接受模式之间差别不大。与读者群体相关的关键问题包括：意义的生产，其普遍性或相对性，对我们解释自由的限制，对新的文化、历史或个体环境的适应。这样看来，如果将蒂夫人的《哈姆莱特》"误读"与接受史上该剧的其他历史和文化"误读"比较，长老们的反应与许多当代解释理论基本吻合。今天莎剧被重写或重排，如乔治·斯特雷勒将《李尔王》改编成朋克摇滚剧。这最终将伊丽莎白时代的文化改换移植进新的文化环境。

20世纪七八十年代，文化批评家热烈争论的问题之一就是解释的自由与限制。限制可能来自互动的两极——读者和文本。读者立足带有限制作用的特定标准和期待来接触文本。文本运用策略来削弱某些期待或以其他方式限制解释。像博安南的剑桥朋友那样，长老们不相信个体或共同体差异会引起意义的变化。他们按照自己的解释群体确定的规范来创造、商榷意义。与此相似，许多西方批评家坚持认为，尽管任何个体读者都能进行意义阐释活动，但是意义仍受共同体规范制约，因此也受个体无法支配的权力制约。西方文化中更多普遍存在的力量取代了长老的地位，这似乎是根本的区别。福柯将之解释为"权力作用"。尽管后一种权力比长老们的权力更分散，因此也更具竞争力，但是它们同样对阐释和意义施加社会限制。

然而，西方传统中同时也交织着一场持久的论争，即阐释推动的知识生产固有的权力问题。频繁的内部挑战及异质文化接触使阅读的地位备受争议。长期以来西方传统就是奠定在各种相互竞争的阐释权力的基础上。这些阐释权力源于民族、教会、思想流派或哲学潮流等不同渠道。至少从蒙田、狄德罗和卢梭的时代开始，争论都关注他者性及其挪用问题。一方面启蒙运动引领的意义的世俗化运动从内部挑战文本和阐释的真理观。另一方面启蒙价值受殖民和帝国主义历史制约。西方文明被迫借文化他者性来解读、界定自我。

当代文化批评深刻反思西方传统价值。尤其是西方自我常常披上原始主义、东方学、种族主义或男权的外衣，贬损他者性或将之浪漫化。甚至有批评家因阐释权和暴力问题追问阐释的合法性。特别是在人类学领域，受后现代人种学影响，许多人种学家自诩为本土他者声音的"被动"纪录者。[①] 也有文学批评家持类似态度，挑战传统的文学阅读时间，将解释活动的中心从文学转向理论。有趣的是，就我所知，目前还无人试图使理论文本免遭阐释暴力之害。持久的论争使批评家分成两大阵营——将所有的阐释理解为暴力行为的批评家与相信阐释和文本（脱离了阐释行为就变得不完整的文本）相互依赖的批评家。其他论争涉及文本限制因素和文本的边界。据此批评家分为两类——认为阅读

[①] 我此处略过这种态度固有的特殊问题，如人类学家的干预性在场、文化间交流或导致不同诠释的翻译和编辑等问题。

受文本制约的批评家与坚持认为存在脱离文本制约的阐释的批评家。

文化接触阅读模式也许能促进论争的新转变,因为它强调读者对文本的态度的文化含意以及文本施行文化干预的方式。有批评家否认文本与读者间存在边界和商榷。他们常常宣称"一切皆变",所有阐释的有效性相等;或"一切皆不变",阐释或理论必须终结。这两者表面上对立,但实际上却紧密联系。乔纳森·卡勒的结论是:"我们不再需要更多的文学作品阐释。"① 这是 20 世纪 80 年代初的普遍论调。如斯蒂芬·纳普和沃尔特·本·迈克尔斯在回应他们的论文《反对理论》引起的论争时所讲:

> 《反对理论》的反形式主义观点坚持认为,任何事物都可被用来意指任何事物,或像克鲁德公正断言"完全彻底地否定任何形式的语言具有定义能力……"如果我们的论点正确,那么唯一的结果就是……理论必须终结。②

相对主义式的结论是这种立场的问题所在。即使人们否认语言的"定义能力",或换句话讲,语言不能主宰阅读,但这并不意味着我们一定会成为语言的主人,我们可以为所欲为地解读文本。只有这种草率的结论才敢妄言理论的终结。

那些在语言的开放性基础上提出任意阐释观的批评家仅仅是为了不断肯定自己的理论预设,如诺曼·荷兰德提出的阐释自由主义。一方面他使我们认识到反应无所不包的多样性:"与其削

---

① Jonathan Culler, *The Pursuit of Signs: Semiotics, Literature, Deconstruction* (Ithaca: Cornell UP, 1981), p. 6.
② Stephen Knapp and Walter Benn Michaels, "A Reply to Our Critics," *Critical Inquiry* 9.4 (1983): 790—800.

弱阅读,从而限制或取消阅读……毋宁让我们根据人的差异、用一种反应回应另一种反应,增加可能性,丰富整个体验。"① 另一方面他又认为,尽管存在多种意义的增生,文本永远不会改变我们,相反会肯定我们的本质。"因此根本原则是:身份具有自我再创力……我们所有人在阅读时都利用文学作品来象征,最后复制我们自己。"②

似乎蒂夫人的反应强化了这种假设。他们确实在莎士比亚的情节内来运用他们的文化模式和阅读符码。但是如博安南感觉到的那样,他们难道不是将《哈姆莱特》改换成不同的戏剧故事了吗?难道博安南自己在向蒂夫人讲述哈姆莱特的故事时不是进行了类似的,尽管不易被西方人察觉的改变吗?如果我们愿意承认文本与读者的边界,将解释视为一种边界行为或商榷,那么解释权力或暴力问题就变得更突出。蒂夫人开始的反应就是明证。他们对博安南故事的他者性的第一反应就是否定:"不可能……巫咒不会说话!……死人不可能行走!"接着像大多数故事听众那样,他们以自己的世界为参照来理解故事。再次,他们将自己的解释与故事的语境(人类学家博安南与他们部落的文化接触)联系起来:"如果我们更多地了解欧洲人,我们会发现其实他们与我们一样。"这种结论肯定了相似性而非差异。它不仅是跨越文化他者性边界的友好商榷,而且反映了博安南对莎士比亚"普遍性"的原初信念。具有讽刺意义的是,正是蒂夫人反应的"他者性"促使博安南开始反省莎士比亚的普遍性。蒂夫人的解释和博安南的反应使我们明白,我们事实上将批判阐释的规范内

---

① Norman N. Holland, "Re-Covering 'The Purloined Letter': Reading as a Personal Transaction," in Susan R. Suleiman and Inge Crosman eds., *The Reader in the Text: Essays on Audience and Interpretation* (Princeton: Princeton UP, 1980), p. 370.

② Norman N. Holland, "Unity Identity Text Self," in Jane P. Tompkins ed., *Reader-Response Criticism: From Formalism to Post-Structuralism* (Baltimore: Johns Hopkins UP, 1980), p. 124.

在化了，这些规范正好与文化语境关联。除非面对的是完全陌生的文本、极端创新的审美实践或完全不同的阐释，否则人们很容易忘记阅读总是需要一定程度的他者性商榷、两种不同的文化或历史语境以及文本与读者之间的协调。

阅读、他者性和文化接触

阅读行为是一种越界行为，涉及跨越文化、历史或审美差异构成的疆界的商榷。因此有必要比较不同文化的现实遭遇，揭示文学生产和接受过程中他者和文化接触独特的运作机制。社会科学研究委员会曾邀请格里高利·巴特森教授设计有关文化接触研究的范畴。他的结论是："我建议，在'文化接触'研究中不仅应考虑到那些有关两个不同文化共同体之间的接触……而且应包括同一个共同体内的接触……例如儿童与生俱来的文化也正是塑造并锻炼他、使他与之适应的文化……"[①] 我们可借巴特森的观点分析一种独特的文化接触形式：文学文本与读者和文化之间的关系。文化是文本产生的土壤；同时又是文本干预的对象。阅读不仅仅是个体阅读行为，它涉及社会中作为文化接触形式的阅读习惯的形成过程。

将阅读视为特殊的文化接触形式，有何益处？我们怎样看待文学文本的他者性？我最根本的意图是在动态意义上使用文化接触模式；将之理解为一种启发式的框架，借以聚焦读者与文本的互换或商榷，进而分析文本与语境、理论或其他文本的关系。尤为重要的是，这一新视角将文学的文化功能与文学改变并影响我们、干预其他文化实践的能量联系在一起。一般而言，变化通常

---

① Gregory Bateson et al., eds., *Schiophrenie und Familie*: *Beitr？ ge zu einer neuen Theorie* (Frankfurt: Suhrkamp, 1975), p. 64.

是与他者性遭遇的结果——与挑战熟悉的想法或揭示新的视角的他者性的遭遇。但是，要达到影响读者的目的，文学需要在熟悉与他者性或接近与距离这两极间引入独特的嬗变机制。在文学中"发现自我"这种陈词滥调涉及的只是这样一个事实：除非文学能引起我们的共鸣，否则我们不会受其影响。另一方面，完全的熟悉也不会激起我们的兴趣，反而会使我们对文学熟视无睹。

换言之，当展示的他者性能引发共鸣，陌生而不怪异的共鸣，文学将深刻地影响我们。"创新"或"陌生化"这类美学范畴正抓住了这种现象的结构和审美特征。但是要评价其文化内涵，我们需要甄别并探讨不同形式的文学他者性之间的关系。形式主义、结构主义和后结构主义美学认为，他者性产生的基础主要是象征秩序中形成某种张力或断裂现象的文本机制。由此看来，诗性语言和文学接受似乎是"另一种方式"的创作或阅读实践。相反，诠释美学（尤其是伽达默尔美学）主要是借不同视界的"融合"改变传统和阅读效果。将所有被意识压抑的内容都视为他者、陌生、低劣的事物或禁忌。心理分析美学赋予了诗性语言另一种功能：形成共鸣空间，置换内在他者性。

不难看出，这些理论都忽略了文化他者性，尽管文本、历史和内在他者性都是文化互动的结果。理论争鸣的文化转向逆转了这一潮流。文化他者性的文学建构、对其他文化的阅读阐释、混合文本的增生、变动的文本生产模式及日益全球化的文化背景中文化接触的形式等成了批评焦点。在此语境中，阅读理论的重心从审美体验转到了文化商榷或挪用。这一转变无疑影响着我们对文本他者性或作为边界行为的阅读的理解。在此过程中，受文化和文化接触观启发，我们重新界定并重构读者反应和审美体验这类概念。

如果阅读是严肃意义上的边界行为，那么与其他文化接触形式相似，阅读影响到疆界的划定（无论是个体读者的疆界还是诠释共同体的疆界），甚至影响到整个文化的疆界。文学文本是文化接触的能动力量，不仅越过那些将之纳入经典范围的文化的疆界，而且跨越原创文化的疆界。其次，在原创文化将文学文本社会化的过程中，文本在不同层面消解、重建、拓展或僭越自己划定的疆界。文本正是在这一持续过程中与读者发生关系。这类疆界变更现象的制约因素既包括个体读者，也包括文化共同体的阅读历史。近距离地审视这类阅读历史，我们不难发现不同的变化和发展阶段。这些不同阶段反映了特定文化史及主体心理嬗变过程中与他者性之间不断改变的关系。同时，读者的年龄、人生体悟、阅读能力和文化共同体的规范不同，他们与文学文本的他者性结成不同的关系模式。

这种理论也涉及教育层面与他者性关联的文化模式。有认知和情感教育，也有文化教育。所有这些领域——包括阅读实践和阅读文化政治——都在相互交叉、影响、渐趋成熟的过程中逐渐形成。在成长初期，儿童的疆界漏洞密布，非常易于接受阅读；但是阅读同时又具有明显的心理投射和"自恋"特征。因此对差异和差异化的体验一定程度上有助于改变或削弱心理投射。与此相似，如果无法透彻了解异己文化，阅读必然导致一种以本文化为参照、对异己文化的他者性的"种族中心"转释。

另一方面，如萨义德所论，历史上极具破坏力的种族中心主义都发端于有关异己文化的透彻、无所不包的知识建构。因此，存在各种他者转释模式，需要从有关特定文化接触的更大的嬗变机制角度理解这些模式。例如，为了克服他者性这个妨碍文本解读的障碍，蒂夫人将博安南改编的《哈姆莱特》转化成他们自己文化情景中的知识代码。他们借用哈姆莱特故事来建立两种文化之间的连接（而不是强调差异）。这样，通过对博安南这位西方人类学家讲述的西方经典故事的权威诠释，他们愉快地颠覆了因这位人类学家的在场而建构的权力关系。这个例子表明，不能脱离相关文化之间的权力关系来理解跨文化阅读隐含的文化接触模式。

两种极端的审美体验——浪漫认同和审美体验——也许能更具体地揭示阅读历史中与文本相关的独特文化接触模式急剧变化的过程。文化接触模式论认为，文本与读者的疆界涉及商榷机制，阅读过程正是借此影响文本和读者。文本和读者的共同转变通常在两极之间展开。一方面读者按照熟悉的参照框架诠释、吸纳文本，另一方面读者被文本同化。文本对读者的同化类似于福楼拜讽刺的爱玛·包法利被她所羡慕的文学模式同化的接受过程。与最常见的按照熟悉的参照框架来诠释文本这种现象不同，作者和批评家常常批驳成年读者受文本影响这种不正常现象。塞万提斯笔下的堂吉诃德就是这类与虚构世界认同的古典模式。他最终完全沉溺于虚构的冒险故事。这些故事左右着他的欲望，令他产生各种不切实际的幻想。福柯称这种堂吉诃德式的认同为"浪漫认同产生的疯癫"，视之为"最重要、最持久的"文学接受形式。

> 塞万提斯一劳永逸地确定了它的特征。但是这一主题却不断地被重复。对某个独特情节的直接改编、重新阐释……或以更间接的方式对幻想小说进行讽刺……幻想从作者传到了读者。但是幻想也改头换面地变成了幻觉。作者的策略被天真的读者理解成现实的图景。表面上这只是对幻想小说的简单批判。但也正是在表面之下隐藏着巨大的焦虑——涉及艺术品中真实与虚构关系的焦虑，也许同样牵涉到奇思妙想与谵言妄语之间混乱纠缠现象的焦虑。[1]

---

[1] Michel Foucault, *Madness and Civilization: A History of Insanity in the Age of Reason* (New York: Pantheon, 1965), pp. 28—29.

一种"浪漫认同产生的疯癫"的更温和的形式在文学、艺术和其他媒介创造的时尚史上存活下来了。如席卷魏玛时代的《维特》热就产生了一种时髦的忧郁自杀风潮。即使在当代大众传媒时代，流行报纸上仍登载着组织集体谋杀同学的青少年罪犯的托词——谋杀行为的动因是阿·加缪的小说《局外人》。所有这些并不是说，没有《维特》的影响也就没有魏玛时代青年人的自杀，不阅读加缪的小说也就没有今天校园中的青少年枪杀案。事实上，文学模型为个体和集体自我塑造提供了背景。换言之，文化产品的转型能量塑造了主体性，为建构文化无意识提供了集体意象。因此它们参与了贝特森所讲的文化母体同化青少年的文化接触过程。

历史上文学创造了这类文化"自我塑造"形式。例如，萨特在文学自传《语词》和描绘福楼拜的心理历史肖像的《家庭白痴》中突出"虚构人物"（一种受文学模式激发的派生主体性）的文化构成。《语词》揭示了童年时代的阅读形式及同步产生的欲望在成年生活中积极地建构主体和无意识这一过程。文学的这种强烈影响根源于虚构世界产生的强烈的情感焦注，尤其是借助风格和节奏传达给读者的情绪。

这类焦注使读者与文学人物的暂时融合成了一种普遍的、备受青睐的阅读快感。恰如中世纪时观看奇迹剧的观众忘情地冲上舞台去救护十字架上垂死的基督，这种融合自然地瓦解了真实与虚构的界线。卡尔维诺的《冬夜独行人》进一步表明，即使是高度中介化、距离化、自我反思的作品也能产生这种融合效果。越难以产生融合效果，读者就越强烈地感受到虚构的巨大力量的丧失。尼采将古希腊悲剧视为最后的艺术形式，容许观众在与虚构人物融合的净化过程中个体化施加的失落体验。

尼采对古希腊悲剧的评价暗示了文本与读者或表演与观众的融合所借助的古老欲望——对原始的、与他者和世界融合的同一状态的欲望。在福柯的"浪漫认同产生的疯癫"形式中,虚构对象具有瓦解接受者的疆界、渗透并占据他们的主体和无意识的能量,这使读者能短暂地体验同一与融合。在这类极端的接受形式中,文本潜在的他者性也自然地被读者吸收。与彻底排除对他者性的审美体验相反,这类与他者遭遇的极端形式通过合并来改变他者性。在与文学对象接触的过程中,接受者也暂时变成了对象,即他者。正因为如此,阅读可能瓦解自我疆界,成为一种疯癫形式——一种与弗洛伊德描述的情爱产生的暂时性疯癫相似的疯癫形式。从狭义的文化接触视角看,我们也可以将"浪漫认同产生的疯癫"视为一种"融入本土文化"的形式。然而与土著人不同,从中世纪的奇迹剧、歌德的《维特》乃至以后,文学对象都积极地诱发这种暂时的疯癫。部分原因是它们引起我们的共鸣,使我们与无意识包含的内在他者性接触。部分原因是它们将我们重塑成他者,占据我们的欲望世界,将我们改变成爱玛·包法利或堂吉诃德式的虚构人物。

20世纪的经典文学批评,尤其是现代主义和后现代主义实验文学研究,往往贬低这种认同接受。在法西斯主义和20世纪的其他暴行之后,许多作家和批评家极度怀疑人的情感控制力。不仅推动了戏剧,而且影响到同时代普遍的审美实践的布莱希特距离美学理论就鲜明地表达了这一转折。同时,心理分析理论产生深刻影响,激发着艺术家和批评家反思无意识的文学表现形式及无意识与审美体验的合并。从超现实主义到阿尔托的"残酷剧",这个时代的实验性审美实践都试图将诗性语言表达与无意识效果结合。无论是距离美学还是残酷美学都同等地排斥浪漫认同。阿尔托的肉体符号学以超越戏剧的语词和再现范围为目标,通过身体的戏剧性表现来深入观众的无意识。重要的是,这些都是专为戏剧建构的审美模式,特别讲究与观众的距离。比较布莱希特与阿尔托实践的两种不同模式,我们发现两者都需要与他者性遭遇，当然以完全对立的方式。布莱希特暴露戏剧的他者性和人为的技巧，目的是维持观众的他者性。福柯的"浪漫认同产生的疯癫"形式中这种他者性却被抹掉。阿尔托认为，处于痛苦或快乐巅峰状态的身体表现极端异样的情调，将观众暴露给自己无意识的他者性。

当代文化中，与文学人物的认同与融合日益扩展到儿童文学、通俗文化和大众传媒。然而，媒体中的接受模式短暂易变。因此旧的"浪漫认同产生的疯癫"让位于不断更新的媚俗对象产生的疯狂焦注。这是一种与家族罗曼司"英雄"和暴力文化偶像的幻象认同——仅仅令人依稀回想起旧时的"疯癫"。然而，大部分当代文学，哪怕是当代文学高度实验的形式，仍以浪漫认同的方式怀恋古老的疯癫。这也许就是我们为什么正目睹叙事、史诗甚至罗曼司光荣回归的原因之一。

更普遍的现象是高度技术化的媒体主宰了当代全球文化环境，其重心从文学转到视觉文化，挤压独特的文学公共空间，大幅降低人们对文学的重视程度。受大众传媒、新的书写和信息技术以及混合媒体艺术形式的影响，文学滋生出新的表现形式。新形式反映了阅读的命运及新的文化形态中文学可能提供的独特体验。面对新的文化气候产生的挑战和压力，更值得我们反思的是文学非但没有衰落，反而产生了由经典现代主义引领的各种实验形式。后现代主义任性顽皮，凸显类并和拼盘杂烩风格，挪用、改变现代主义。其实乔伊斯文本的形式和风格早就反映并包含了愈演愈烈的文化全球化、混合化以及文化的新技术转变等现象。这尤其反映在《为芬尼根守灵》的全球化跨国语言之中。这就是克里斯蒂娃所讲的诗性语言的"革命"。不断增生的文学实验形式提供的文化接触体验根本不同于其他文化实践或话语形式推动的文化接触。

无论是理论上还是具体情景中，文学文本阅读都涉及不同形式的文学他者性之间的关系和相互连接。有一类作家大力实验文本他者性的生产，如卡罗尔的文学妄语、霍桑的历史对话、乔伊斯的多语言实验、福克纳的幻影声音、巴恩斯的自相矛盾修辞和空间形式、杜拉斯的声音的表现式三角对应化。诗性语言的他者性似乎成了一种实验手段，谋求独特的审美体验形式。但是细细分析，我们发现文学的变化与他者性的其他文化表现形式（包括文化无意识）关联。例如，历史他者性常常以互文性、拼盘杂凑、戏仿为基础；内在他者性也许是原初过程语言、心理幻象、文学情感或作为移情空间的文学语言的结果。其他文化中的文学表现形式同样显露出与文学他者性的关联。在更形式化的层面，这种关联表现为跨文化互文性、文本混杂以及对外国语言或神话的吸收等产生的效果。

如《丛林中的莎士比亚》所示，我认为文学文本或艺术品产生的文化接触模式包括形式、修辞和审美手段等制约因素。将阅读视为对他者性的体验本身就预示了审美、文化、政治与心理（包括我们从具体的文化幻想和偶像中能捕捉到的文化无意识的效果）四维之间动态的相互作用。因此阅读理论应探索与其他文化领域相关的审美问题，提出文本生态观，借以关注文化实践（包括文化无意识）的文学形态和干预功能。[1]

我们尤其应关注进行"他者化"语言实验的文本以及在阅读实践中我们可与这些文本的文本"他者性"建立联系的不同方式。与文本的作用这个问题一样，文本的"他者性"问题也

---

[1] 这种以文化为语境的阅读互动模式预示了独特的文本能动性。尽管意识到能动性隐喻因其对文本的"人格化"而受到批评，但是我认为赋予文本非人格化的文本能动力是十分有益的，如将文本理解为一种实际的生命形式（维特根斯坦意义上作为生命形式的语言游戏）或不断重塑文化体系的能指游戏。在设想这种文本能动性时，我们可以分析作为一种接触形式的文学交流——与诗性语言本身的他者性的接触，与异己的、历史上久远的或其他不同的文化话语的接触。由此文学获得独特的文化功能，成了促进、建构或挑战某些他者性体验的媒介。

频繁引起争议。读者与文本的接触不是"中性的",受情感投入、欲望、文化和审美价值、接受习惯激发并建构读者与文本的接触。其实我们在文化中获得对他者性的反应模式且将之内在化,这种模式制约着我们的阅读习惯;同时阅读也影响、协调我们与"他者性"的关系。阅读可能影响、改变这些模式,增强我们认识、认可他者性的能力。我认为这种与作为他者的文本的关系是决定阅读政治的最基本的动因。[①]

现代和后现代实验文本肯定自身的变幅,区别并改变传统的阅读习惯。此外,它们也激发了新的阅读理论。新的阅读理论模仿我们可称之为诗学差异的实验主义实践。事实上,现代主义实验文学对许多影响巨大的后现代理论和哲学(从阿多诺到克里斯蒂娃或德里达)都产生了决定性影响。就我的研究而言,对实验文学的他者性、异质性、开放性和含混的强调,不仅促成我的理论探索,而且形成我阅读、使用理论的方式(包括我对理论争鸣的评价方式)。总体上,我按照文化接触模式来理解阅读行为及理论与理论干预和批评争鸣嬗变之间的互文性。这样,根据它们划定自己的疆界、与其他理论发生关系的方式,理论的争鸣、交换和挪用模式就显现出轮廓。它们也许更具包含性或更强调疆界,更充满了影响焦虑或更倾向于建构型的折中主义精神,对传统更忠实或予以怀疑批判,是更开放或保守(如果不是敌视)的、相互冲突的理论。

在此框架中,我将重审一系列涉及文化接触模式的阅读理论,

[①] 在谈论文本的他者性时,我们需要避免这样一个陷阱,即设想其意义位于文本之中。对文本他者性的认识必然意味着承认某些对诠释的限制以及文本具有的对影响(如果不是变化)根本的开放性。阅读理论几乎没有认识到,不仅对其他文化的解读而且通常意义上的阅读都会导致对他者性的挪用——具有潜在的暴力因素的他者性。诚然,对其他文化的暴力比针对语言的暴力更可怕,也更明显。但是我想指出的是我们应对语言他者性的方式反映了我们怎样应对一般意义上的他者性(包括文化他者性)的方式。

借以展示它们怎样反映或干预相关文化对他者性的主导建构模式。然而我的焦点仍停留在具体层面。对理论的探讨主要是为了深入理解诗性语言,尤其是强调自身变幅的文学文本实践和体验。

我使用的方法反映了我关于他者性和文化接触的理论设想。我的分析不是以一种描述方式来批判地评价理论立场,而是让不同理论和历史立场相互接触。与其揭示理论相互取代的方式,毋宁聚焦新理论是怎样在与旧理论的张力互动过程中发展变化的,新理论怎样以不同方式重写传统——既吸纳又排斥或简单地将思维的某些因素或方式他者化。

诠释圈、对话螺旋和互动环

在以对话模式为基础的认知解释理论中,伽达默尔诠释学对文学批评家的影响最深,直接催生了德国当代康斯坦茨学派,其核心是伊泽尔的读者反应理论和尧斯的接受美学。伽达默尔在《文本与解释》一文中提醒我们,"解释"这个术语根源于在不同文化间起中介作用的翻译者的角色定位。[1] 从更普遍意义上讲,他认为解释具有以人的存在为核心的人类学特征,形成人与世界之间无止境的交流互动。文本在此过程中成了中介物。因此在持续的对话过程中,以书写形式显现的文本只是交流暂时的停滞状态。

伽达默尔将文学文本视为这一语境中的特殊状态,因为文学文本中语言的自我呈现使其参照维度(文学文本与被再现的外部世界的联系)处于暂时的缺失状态。按照伽达默尔的互动和对话理论,文学文本的意义不受文本制约,也不限于文本之内,

---

[1] Hans-Georg Gadamer, "Text und Interpretation," in Philippe Forget, ed., *Text und Interpretation* (Munich: Wilhelm Fink Verlag, 1984), p. 33.

而是由积极地协调文本"视界"（文本的历史或语言变量）与自我视界的读者创造。尧斯在借鉴伽达默尔模式的基础上提出文学接受理论：读者促成"视界融合"并借此接受历史久远的文学文本（见《文学历史》）。有趣的是，尧斯认为只有当文本抵制这种融合并通过拒绝确认读者的期待和预想来维护自身的变幅时才产生"审美事件"。但是文本的变幅并非内在的，因此不可能在文本中"找到"，只能表现为受挫折的期待效果，与读者从他们自己的历史和阅读历史中推导出的审美标准、品位和文化定见相关。因此变幅不是文本的固有物，而是意义生产过程的产物。文本从一个文化或历史语境转入另一个文化或历史语境，其变幅和意义也根据新的期待视野相应地变化。

从这个角度看，伽达默尔应该认为蒂夫人对博安南的哈姆莱特故事的解释绝对合情合理，因为他们同样遵循伽达默尔的另一个解释原则。不是将博安南的故事贬斥为他者的、无意义或缺乏审美力的故事。相反，他们积极肯定并按照自己的传统来接受这个故事。这正是对解释者和批评家提出的要求——不应吹毛求疵地挑剔文化或理论变幅的缺点，而应尽可能地肯定文本的价值。

无法知晓伽达默尔对蒂夫人的哈姆莱特解读到底会有何反应。但是他的反应肯定会挑战他的跨文化阅读立场。因为他的诠释学只是在西方自我传统内部探讨对他者的挪用和支配问题。例如，伽达默尔强调与德国文化相关的希腊文化的变幅。但是希腊文化不是文化他者，仅是单一的西方传统中的历史他者。这种以跨文化他者为代价、片面地强调历史他者性的挪用的观点完全忽略了跨文化挪用的基本含混和历史暴力。伽达默尔没有考虑到充满压迫、压制、排斥和斗争的历史过程对文学和艺术生产和接受的影响；同样，对他者的文化、性别或种族偏见可能制约文学文本的阐释，这也没有进入伽达默尔的视野。

再者，如德里达指出的那样，伽达默尔诠释学缺乏对无意识概念及其在接受和解释过程中的作用的分析。① 同样,他也忽略了这个问题,即解释过程中产生的矛盾和暴力也许是对他者的消极、无意识焦注的结果。与他者的破坏性关系深深地嵌入文化无意识,渗入贬低他者或将之浪漫化的幻象和神话。② 伽达默尔积极地将他者伦理本体论化,同时在认知意义上将左右阅读和解释的正反矛盾、冲突、否定和压迫等排除。他的对话概念也忽略了等级化和边缘化过程,包括诸如男女之间对话立场的不平等等问题。③

伽达默尔和尧斯以人际间对话为基础建构文学接受理论,沃尔夫冈·伊泽尔"隐含的读者"④观却强调文本固有的交流维度。伊泽尔认为,从某种意义上讲,文本内存在一种固有模式。文本借此模式试图制约与读者的接触。隐含的读者这一概念不单指文学文本的经验读者或理想读者,而是特指文本的交流策略,文本诱导或刻意寻求独特反应的"导向性手段"。换句话讲,隐含的读者是一种文本手段,积极地确定、干预或瓦解预先被读者内化的熟悉的文化交流模式。尽管文本不能适应个体读者,也无法完全检验即兴情景中个体读者的反应,但是伊泽尔仍强调阅读的互动特征。从认识论角度看,"互动"隐喻特指制约文本接受的文本手段和积极"加工处理"文本的读者。

---

① Jacques Derrida, "Guter Wille zur Macht (I), Drei Fragen an Hans-Georg Gadamer," in Philippe Forget, ed., *Text und Interpretation* (Munich: Wilhelm Fink Verlag, 1984), p. 52.

② 这就是为什么心理分析(或至少是无意识的动态概念)继续在文化理论中发挥关键作用。相应地,为什么阅读理论需要整合无意识接受这个概念。这也说明了为什么在我的理论分析中心理分析和法国理论占据了相对大量的篇幅。

③ 然而,如同近年来后现代人类学对伽达默尔诠释学理论的频繁征引显示的那样,他的这种认知模式有利于分析文化他者性并区分各种不同形式的对文化他者性的挪用。例如,詹姆斯·克利福德强调文化他者性的"极端对话特征";迈克尔·费希尔认为伽达默尔的诠释学理论对当代人类学研究产生了巨大影响。这里跨学科性变成了一种与另一个可能填补自身空隙和盲点的学科的接触形式。

④ 参见伊泽尔的《隐含的读者》和《阅读行为》。此处我略过对伊泽尔新的有关文学人类学的著述。

伊泽尔认为，文本向读者的"'转移'常常被误解为是文本单独完成的。任何成功的转移都始于文本，却又依赖该文本能在多大程度上激活读者的认识和处理能力"①。

我将主要通过区别具体的历史和心理加工（包括无意识加工）模式来进一步拓展伊泽尔的某些观点。"加工"不再是中性的"转移"，而是读者与文本之间高度投入的"转换"。在此过程中，他者的心理动力和文化形态发挥作用。转换概念也使我们认识到文学文本诱发某种互动；或更准确地讲，形成某种形式的"有节制的投射"。转换模式保留了阅读过程涉及两种不同的介入者这一观点，同时认为文本具有与读者不同的作用。因此文本具有积极的力量，在接收者一方能产生特定的主体效果，从而产生能同时改变文本和读者双方的文化接触形式。

转换论应建立在一种以心理学为基础的阅读理论基础上。再者，如果将转换理解成个体与集体兼容的过程，那么这一基础需要文化心理学的滋养。文学理论家巴赫金对此进行了深入探讨。他写道："没有他者，我将一无所是。我必须从他者中发现自我，从自我中发现他者。"② 他的语言理论与融合了心理、身体和语言的心理学相辅相成。巴赫金的"哲学人类学"的基本假设是他所谓的对他者的"绝对审美需要"，因为"唯有他者的注视、保存、组合和统一活动才能最终形成人外在完美的存在。唯如此才会有人的存在。"③④

---

① Wolfgang Iser, *The Act of Reading* (Baltimore: Johns Hopkins UP, 1978), p. 107.

② Mikhail Bakhtin, "Toward a Reworking of the Dostoevsky Book," in Caryl Emerson, ed. and trans., *Problems of Dostoevsky's Poetics* (Minneapolis: University of Minnesota Press, 1984), pp. 311—312.

③ Tzvetan Todorov, *Mikhail Bakhtin: The Dialogical Principle*, trans. Wlad Godzich (Minneapolis: University of Minnesota Press, 1984), p. 99.

④ 我对巴赫金的分析主要受惠于托多罗夫的巴赫金研究。他系统分析了巴赫金有关他者性和异在的论述。但是许多分析尚未翻译成英文，故这里的引文直接译自托多罗夫法文原著。

巴赫金的文化心理学将符号与物质、意义与身体连接起来。或如雷纳特·拉赫曼的观点，*soma* 与 *sema* 交织成一种"身体符号学"。① 在巴赫金的理论中，凝视不是异化而是完成的媒介。在拉康的镜像阶段，主体屈从于对同一的、自恋式的幻想的痴迷状态。相反巴赫金却强调预示他者空缺的镜像体验的认知和情感"空虚"："我们最显著的外在形象似一种奇怪的空虚，具有幽灵似的特征和不祥的孤独。"②③

与萨特相似，拉康从他者凝视下的主体建构中发现至关重要的互动过程。在无止境的螺旋式逆退过程中，两个妄想狂主体的自我意识相互凝视，竭力维持萨特所讲的"虚假的单一性"。相反巴赫金强调主体的"相互凝视"。相互凝视的主体发现自己"在通向［他者］的边界上"或在"［边界］之外"的他者之中，意识到自我脱离他者的保全努力只会导致自我的丧失："将自我隔离，孤立自我，封闭自我。这些根本原因导致自我的丧失……结果所有的内在体验都在边界上发生。"④

巴赫金杜撰了一个新词 *vnenakhodimost*（"发现自己位于外界"）。托多罗夫将该词翻译成"exotopy"（"异在体验"）。异在体验指个体自我体验到位于边界、趋向他者的离心的"我"，正好与萨特讲的被他者"篡夺"的"我"对立。萨特或拉康理论强调相互篡夺和相关的他者妄想狂。巴赫金理论却强调相互完善和趋向他者的异在体验。这实质上提出了两套对立的他者和文化

---

① Renate Lachmann, "Die Schwellensituation: Skandal und Fest bei Dostoevskij," in Walter Haug and Rainer Warning, eds., *Das Fest* (Munich: Fink Verlag, 1989), p. 242.

② Tzvetan Todorov, *Mikhail Bakhtin: The Dialogical Principle*, p. 99.

③ 此处我们可以发现巴赫金的他者观更接近维尼柯特而不是拉康的理论。在批判拉康时，维尼柯特指出，如果没有母亲鲜活的凝视形成对婴儿的更早的镜像化，那么婴儿自己的镜像将处于绝对的虚无和无意义状态。

④ Mikhail Bakhtin, "Toward a Reworking of the Dostoevsky Book," *Problems of Dostoevsky's Poetics*, p. 311.

接触伦理。如果我们认为文化建构他者的模式涉及与他者关联的主体的社会和心理动力的建构，那么上述差异症候式地暗示了理论隐含的关于他者的政治。

巴赫金将其人类学和美学理论建立在关于主体的心理动力学理论基础之上。异在体验成了艺术生产的基本模式："只有这样的他者才是艺术视野的价值中心……我在美学意义上是不真实的……所有审美形式的核心力量是关于他者的价值范畴——与他者的关系……"① 这一点同样适用于巴赫金关于审美接受的对话模式。对巴赫金而言，阅读意味着对文本的吸收，以此来激活异在体验。文本则充满了同一与差异的张力。读者发现自己在将他者转变成"自我—他者"的边界上。

> 巴赫金拒绝"融入本土"的浪漫冲动，将异在体验确定为文化接触最富创造力的模式。
>
> 存在一种恒定的意象……因此要更透彻地理解外国文化就需要亲身体验，忘记自己的文化，透过这一文化来看待世界……在一定程度上融入异域文化并透过该文化来看待世界，无疑是文化理解过程中必要的阶段。但是如果在此阶段无法彻底理解，就只会导致简单的文化复制……充满创造力的理解并不摒弃自我、自我在时间中的地位和自我文化——它并不是忘记一切。理解的关键是进行理解的自我的异在体验——时间、空间和文化中的体验。②

"阅读这些文学，"托多罗夫写道，"使人觉得巴赫金是刻意将所有阅读、所有认知提到人类文化学——通过研究者的与研究对象

---

① Tzvetan Todorov, *Mikhail Bakhtin: The Dialogical Principle*, p. 99.
② Ibid., p. 109.

相关的异在体验来界定自身的学科——的高度……"① 事实上巴赫金正是以文化接触模式来论述审美体验。对他而言,恰如人们首先按照异国文化的标准来接触了解异国文化以便借助时间和文化异在体验来化解异国文化的他者性,纯粹的模仿模式并不能穷尽审美体验,因此必须立足异在体验、提供与他者性商榷的转换机制。

巴赫金的文学语言理论反映了这种审美体验模式。最充满生机活力的文学语言形式本身就是对话式的,保留着他者性或"异质声音"的印迹。狂欢式的文本中包含着有关文化无意识、身体的他者(重复主体的异在体验的怪异身体)的记忆。它们庆贺、讴歌那些被官方文化符码排挤压制的异质声音。

尽管身处斯大林时代的险恶环境,巴赫金的狂欢文学这一乌托邦概念仍发射出光照寰宇的文化乐观精神。他赋予文学语言和审美体验积极的颠覆和转换文化功能。无论是文化接触还是主体的心理建构都摆脱了黑暗的阴影,因为巴赫金试图强调的是文化接触的结构条件而不是各种历史病态状况。但是这种取舍结果将积极的或乌托邦式的对话接触浪漫化、本体化。巴赫金研究专家告诫我们,历史上很多时候"恶变的狂欢"释放出毁灭性的而非解放能量;权力周期性的冲突较量诉诸狂欢仪式,最终只不过是权力为求自身内部稳定而释放的能量。"确实人们如此振奋地赞美狂欢,"特里·伊格尔顿写道,"以致放弃了几乎是显而易见的必要的政治批评。毕竟狂欢在任何意义上都是被许可的事件,是霸权许可范围内的裂痕。……莎士比亚笔下的奥利维娅讲道,不能将诽谤的罪名加于傻瓜。"② 与此相似,玛丽·拉索和朱丽娅·克里斯蒂娃揭示了历史上怪异身体的性别化特征。因

---

① Tzvetan Todorov, *Mikhail Bakhtin: The Dialogical Principle*, p. 110.
② Terry Eagleton, *Walter Benjamin: Towards a Revolutionary Criticism* (London: Verso, 1981), p. 148.

此，文学中怪异身体的意象不仅挣脱了身体的束缚或死亡的威胁，而且强化了有关女性身体及对其幻影的鄙弃的文化原型①。文化和女性批评家都强调狂欢的政治化、狂欢的对话潜能及固有的含混：它可以发挥仪式的功能，最终巩固体制化的权力，但也可能变成象征式斗争的场所——一种释放强大的颠覆性能量的催化剂。

阅读的社会和心理起源

如前所论，巴赫金的文化人类学理论深受关于主体的心理理论影响，特别强调语言对他者性的调停功能。然而，他忽略了阅读的个体或集体历史及其文化影响。这些历史背离线型或固定的目的论模式。诚然，我们在阅读习惯的影响下"成长"，童年时代对故事的体验将影响我们一生，成为我们快乐的重要资源。我们不会彻底放弃童年时期形成的阅读模式。这些模式与成年后获取的新阅读模式融合，发生变化。不同阅读模式相互冲突、补充。受特定历史或心理需求支配，我们可能偏爱某种阅读形式，或交替使用不同形式。随着我们阅读习惯的发展变化，阅读形式也变得更差异化、复杂、含混。恰似儿童日益认识到外部世界或其他人的差异和他者的特征，想象的世界和人物也变成了他者。忽视或消除他者的习惯，在阅读习惯发展变化的某个阶段或某个文化环境中显得适当合理，在其他情形下会显得不合理，充满了暴力或颠覆性。大体讲，社会化过程趋向自我与他者、内在与外在之间不断增加的差异化程度，还有与此相关的与他者商榷的能力的增加。然而，不能仅从分裂的角度来认识差异化过程。同时

---

① 这里我不会专门探讨巴赫金理论丰富多彩的女权接受现象，因为这与我系统的有关作为文化接触形式的阅读理论建构关系不大。然而，我将细细分析朱丽娅·克里斯蒂娃的相关理论。布斯、赫尔曼和波尔都分别探讨了巴赫金的女权接受问题。

应考虑到关联因素。通过非破坏的方式与他者性建立联系的能力与区分自我与他者的能力同等重要。审美体验中关联因素尤其重要。因为，正如我前面所讲，文学他者性需要产生共鸣，以便展示其效果。我甚至认为，文学将我们引向分裂和关联的新模式。我下面着重分析关联和分裂的两种极端形式——内化与拒绝。

以主体起源和文化关系史论，内化和拒绝可算与他者建立联系的两种古老模式。我们接受、食用、吞没所有我们想吸收的食物；吐出或呕吐掉我们拒绝的食物。描述阅读行为时使用的口腔隐喻反映了这种"食人生番"的接受模式。我们"吞吃"书，有时却不能"消化"。哲学美学修辞和文学批评中的口腔意象俯首即拾。这暗示了阅读与接受或拒绝他者性的古老模式的关系。例如，黑格尔隐喻式地描绘阅读：书写文字被"食用"，像我们参加圣餐时食用的面包和酒那样消失。

与内化、融合或同化对立，拒绝是一种与他者性关联的更含混的模式。在与虚构世界建立联系的初始阶段，儿童仍将两种古老的模式——拒绝与内化（或融合）——结合在一起。在与想象世界融合的过程中，拒绝邪恶人物。拒绝模式具有极端复杂和含混的特征，常常伴随着潜在的对压迫者的迷恋或与之想象认同。文化体验的初期形式几乎没有显露出对想象世界的彻底拒绝。对特定文化体验的拒绝预示了一种针对他者性的评判功能或防御机制。

维尼柯特描述了与语言的另一种初期关系：儿童初期将声音处理成过渡对象。儿童会将自己的声音同时理解成内在的和外在的声音——"我"和"非我"。这种矛盾的体验构成过渡空间，引起自我和他者的差异化，有助于建构自我边界。维尼柯特认为过渡对象是文化对象的预兆。即使在以后的生活中我们对文化对象的体验也在过渡空间中发生；在此过渡空间，对象之间的传统边界和区别暂时被改变或消除。按照维尼柯特的观点，文学和艺术提供了一个受保护的"过渡空间"；通过瓦解真实与想象之间的边界，可以暂时地重新激发原始体验带来的快感。这种边界的崩溃暗含着日常生活体验的精神错乱的威胁。但是过渡空间涉及的边界问题主要导致对主体边界的重构。

我已提出诗性语言的过渡空间理论，此处我仅重复那些与作为一种文化接触形式的阅读直接相关的问题。在阅读发展的特定阶段，儿童典型地用"过渡"方式来处理文学人物或想象世界，部分吸纳、部分维持他们的他者性。例如，听童话故事或观看木偶戏，孩子会说："我是公主。"但是她（或他，因为文学认同涉及性别边界问题）只是模糊地意识到自己同时是和不是公主。根本不涉及现实检验问题。我的儿子曼纽尔三岁左右时常以自诩的"读者"身份扮演故事人物的角色。当他"是"克利奥帕特拉的老虎时（受 *Asterix and Cleopatra* 影响），他谈论曼纽尔（他自己）时就像在谈论其他人。有一次我问他："你确实认识曼纽尔，老虎？你是怎么认识他的？""哦，我当然认识他"，他回答道，"难道你不记得他曾在书里看着我吗？"

这类"过渡阅读"也许不会彻底消失。事实上，乔治·波利特的阅读现象学理论专门分析了这种类型的接受。与维尼柯特对过渡空间的分析相似，波利特的隐喻描绘了矛盾的审美体验：

有关书籍的不同寻常的事实是，你与它之间的障碍消失了。书中有你；你中有书。不再存在内外区别。①

因此，阅读行为中我之所以为我的主体原则被大幅修改，严格讲，我不再有权将其独揽为我的我。②

---

① Georges Poulet, "Criticism and the Experience of Interiority", in Jane P. Tompkins, ed., *Reader-Response Criticism: From Formalism to Post-Structuralism* (Baltimore: Johns Hopkins UP, 1980), p. 42.

② Ibid., p. 45.

在此阅读过程中，对他者性的体验不再与对自我的体验分离。波利特的修辞赋予文本能动性，取代读者"我"的功能："文学作品成了某种程度上的人，读者自己的生活却被悬置起来。这即是主体意识到自我，将我之中的自我建构成它自己对象的主体。"① 波利特将阅读理解成"另一个意识对我的意识的吞并"，② 读者被置于身处边缘的旁观者地位："尽管意识到我可能明白的事物，但是我自己扮演的却是一个更卑微的角色，满足于被动地记录下我内在发生的一切。"③

很奇怪，"被动记录"论似乎源于对某种干扰文本他者性的异质因素的惧怕。然而，尽管波利特给人的表面印象是他赋予文本完全占据读者意识的能量，但是他削弱了文学最有力的影响，即激发读者主动参与的能力。与强调受"意识吞并"律支配的被动读者观的波利特相反，维尼柯特模式强调读者积极塑造文本从而改变自我的能力。

维尼柯特模式对我的阅读理论至关重要，因为他强调我们将童年时期形成的与他者性关联的模式转换至以后的文化接触的方式。哪怕这类模式发生新变化，在新条件下改头换面，它们涉及的心理结构却揭示了某些古老的、持久的对他者性的反应、渴望或惧怕。其次，维尼柯特提出融心理学和文化于一体的理论。更准确地讲，他推演了个体成长过程中心理与文化之间系统的符码转换态势。维尼柯特模式有助于认识阅读的心理和文化层面是怎样紧密交织在一起的。

文学过渡空间论强调阅读与其他形式的文化接触的相似和差异。过渡空间在社会约束、审查制度的需求和其他意识规训机制

---

① Georges Poulet, "Criticism and the Experience of Interiority," in Jane P. Tompkins, ed., *Reader-Response Criticism: From Formalism to Post-Structuralism*, p. 47.
② Ibid..
③ Ibid..

允许的范围内。因此，我们可以在过渡空间演示幻想和恐惧，建立起在其他情形下将会被限制（如果不是被禁忌）的关系，或暂时化解那些在真实的文化遭遇中有必要维持的边界。我们自己甚至能感受到真实与想象之间森严界线的瓦解。当然，这也许会诱发精神错乱体验。

在此语境中，无意识审美体验至关重要，因为它使我们接触到内在他者性的各种形式。按照维尼柯特的观点，我们与之遭遇的他者性不仅指外在他者性（外部世界、其他人、异域文化），而且包括由受压抑的或无意识的思想、情感或情绪构成的内在他者性。除了受压抑的内容，无意识也包括自我被保护，以免遭到直接交流带来的侵害和骚扰的部分。这是自我最亲密的部分。然而，与此矛盾的是，也存在让他者与这个隐秘的内在空间接触或在此空间中"发现"他者的欲望。这种接触必须是间接的，因此它需要另一种与梦语言相似的语言，以利于在不触犯意识的审查机制的前提下实现交流。维尼柯特将文学确定为独特的共鸣空间；通过调停和转换的复杂过程能间接地促进有关隐秘的内在空间和无意识的交流。应立足动态的模式来理解维尼柯特的空间隐喻。在此模式中，文化和内在他者性都借助符码转换机制——横跨内部与外部之间的边界、不断往返循环地转码——来建构和传播。在此相互转码的动态过程中，文化与心理不断地相互建构。因此，无意识这一内在空间不具有本质，而是持续的自我边界重构的结果。在此语境中，文学成了一种媒介，参与所谓的他者性的反复商榷过程。我们可以像波利特那样断言，在阅读过程中我们变成了"他者"。然而，维尼柯特将此解释为自我最富创新精神的扩展，而不是"吞并无意识"。

象征之旅：法国理论中的他者性建构

在心理分析理论领域，雅各·拉康有关主体与他者（other/Other）关系的理论独树一帜。最独特之处莫过于拉康对他者作用下主体的消极建构的本体化和普遍化。而维尼柯特则赋予主体建构文化变动性。在批驳皮亚杰的一篇演说中，与波利特的读者"意识吞并"论相似，拉康论及神话和童话对儿童主体的"入侵"。"这个儿童，我们发现他具有令人吃惊的开放性，所有成年人加诸他的有关世俗生活的事物都对他产生影响。就他对他者的感知而言，是否有人思考过神话、传奇、童话和历史蕴含的这种巨大的开放性以及他承受这些故事的影响时的从容不迫到底意味着什么？"[①] 对拉康而言，一般意义上的语言，或准确地讲是言语，发挥的巨大功能就是割断主体与自身的联系。言语的功能变成了"如此坚定地趋向他者以至于它不再起调解作用，仅仅是隐含的暴力，将他者贬成主体的自我具有的关联功能"。[②]

由此我们触及当代法国思想中一个最有影响的观念：作为他者的语言建构和象征秩序及其在主体中的分裂作用。然而这种语言的他者性却被理解成内在的他者性，标志着主体与横跨内部与外部、自我与他者的象征秩序的含混关系。通过暂时弥合主体内在的裂口，语言矛盾地成了愈合它造成的创伤的唯一手段。对语言的独特使用，如心理分析交谈疗法中的移情或诗性语言的间接性可能突破象征秩序的封杀，使主体在语言中暂时地显现。

以拉康对心理分析的语言修正为背景，我们能更好地理解福柯、德里达、克里斯蒂娃或露西·伊利格瑞这些法国理论家提出

---

① Jacques Lacan, "The Ego and the Other," *The Seminar of Jacques Lacan*, Book I, p. 49.
② Ibid., p. 51.

的语言/主体关系理论。以下我着重梳理不同理论对作为他者性协调环节的诗性语言的不同论述。事实上,大部分法国理论家视文学为一种话语形式,是逾越象征秩序边界的另一种声音。在特定情况下,成了借文学移情而发挥作用的他者话语。

拉康的文学文本解读主要是为了确定他有关能指的首要地位这一基本论断。他理论中的象征秩序发挥他者的功能,将主体与有关主体的真理分离开来。在象征、镜像和真实结成的三元模式中,主体陷于镜像的自恋功能,因此具有典型的自我认识特征。有趣的是,拉康假定语言具有"他者化"功能,能克服"镜像的主体间"遭遇过程中发生的对他者的自恋式否定。诗性语言不仅能确立能指的权威地位,而且也是一种独特的言语或阅读模式。如拉康在《〈一封被盗窃的信件〉讲稿》中所论,这就是为什么文学影响我们的历史及"我们存在的根基"。

拉康的文学阅读主要是为了阐释其理论。例如,莎士比亚的哈姆莱特证实了"不充足悲悼"[1]造成的创伤使他在与作为需求的他者的母亲认同过程中"迷失在欲望之途上"。[2] 哈姆莱特沉溺于精神忧郁症,成了死亡冲动的人化隐喻:"生命仅仅孵化出死亡。如某位先生所讲,当一切都令人束手无策时,'是死,还是酣然沉睡,也许是梦想'。这就是令人踌躇犹豫的生死抉择。"[3] 拉康眼里,哈姆莱特的精神忧郁状况,只不过是他泛指的人的境遇:"这令我们作茧自缚的生活,这根子上被异化的生命,这被囚禁在他者中的生命,使我们变成了存在的躯壳,被死

---

[1] Jacques Lacan, "Desire and the Interpretation of Desire in *Hamlet*," in Shoshana Felman, ed., *Literature and Psychoanalysis*, *The Question of Reading*: *Otherwise* (Baltimore: Johns Hopkins UP, 1977), p. 39.

[2] Ibid., p. 12.

[3] Jacques Lacan, "Desire, Life and Death," in Jacques Alain Miller, ed., *The Seminar of Jacques Lacan*, Book II: *The Ego in Freud's Theory and in the Technique of Psychoanalysis 1954—1955* (New York: Norton, 1988), p. 233.

亡紧紧地攫住，总是回归死亡……"①

拉康借哈姆莱特将他者性解读为母亲形象隐喻的每一种需求的对象——对作为他者的象征秩序的吞并。结果，对母亲的欲望也衍生了将主体与死亡合并的"他者之中的生命"。在此语境中，拉康将"康复"解释为"通过或横跨来自其他地方的言语主体的实现"。② 拉康没有追问：阅读《哈姆莱特》对我们产生了什么影响？但是如果他的文学影响历史和存在论成立，那么文学就会像心理分析的移情机制一样成为一种"来自其他地方的言语"，将"他者中的生命"与主体连接起来。

然而，从方法论角度看，拉康不是将《哈姆莱特》处理成"来自其他地方的言语"，而是用之回应他自己的话语。在此意义上他的方式与蒂夫人的方法类似。

蒂夫人利用哈姆莱特确定他们自己的文化价值。拉康也依靠哈姆莱特来提出有关主体的最有价值的观点：他者主宰的主体和死亡冲动。蒂夫人和拉康都将莎士比亚的（或博安南的）故事处理成有关他们自己文化/理论的见证，而不是有关异己文化的信息来源。但是他们对格特鲁德与克劳迪斯婚姻的解读却大不一样。蒂夫人认为，叔嫂通婚是一种悲悼行为。拉康却从中读出令人震惊的省略。但是拉康的解读与蒂夫人的理解之间的差异并不像表面看起来那么大。它只不过更接近文本的原意。

拉康理论中每个文化的象征秩序都具有他者功能。与此相反，福柯强调，他者性是文化内部生成的力量，以界定文化自我为目的。他者性源于与文化规范抵牾的背离现象或对文化内外边界的僭越。福柯以差异和拒绝为标准来界定象征秩序。因此他者

---

① Jacques Lacan, "Desire, Life and Death," in Jacques Alain Miller, ed., *The Seminar of Jacques Lacan*, Book II: *The Ego in Freud's Theory and in the Technique of Psychoanalysis 1954—1955*, p. 233.

② Ibid.

指（似乎来自）从外部威胁秩序的他者。秩序与他者关系随历史而变，产生三种形式的括除或包含：文化在秩序空间内为他者性保留一席之地，不管是在中心还是边缘；文化试图彻底括除他者性并诉诸外部交流；文化采取压制性的内交流形式，以秩序为条件，借助理性化手段或福柯所讲的"殖民化理性"[1] 来吸纳他者性。

尽管他者性总是受文化制约，但是福柯更感兴趣的是在自我文化中与内在他者性遭遇的各种形式（如疯癫、犯罪、性变态、贫困，甚至童年），而不是具体境遇中与其他文化的狭路相逢。文化诉诸不同手段来应付内在他者性。如通过监禁来限制与罪犯或精神病人的接触，或通过规训青少年来祛除他们身上残留的他者性。

福柯认为，文学与文化的内在他者性直接相关。他认为，上两个世纪的文学与以前的文学不同，由此文化筛选出一种独特的文学语言，出现了真正的、以"非推论语言"（《词与物》第八章第五节）为标志的文学。文学成了文化认可的僭越实践，在沉默、无言的虚无中开辟了一个话语空间。借言说他者，被括除的或无法自我言说的他者，文学将自己树立成一种独特有效的媒介，使文化内在的他者性重新进入接触和循环空间。要实现这种僭越功能，文学需要创新各种突破官方符码系统的模式，如借助间接表述、自我指涉或沉默。这就是为什么文学语言的文化功能不受它言说的内容或产生意义的结构制约。关键是那些语言自行膨胀、间接暗示并暴露它所背离的符码规则的"褶皱"。诗性语言是一种能指，一种绝对不同于所有其他能指，又干预其他能指的能指，发出他者的声音。[2]

---

[1] Michel Foucault, *Madness and Civilization*, pp. ix—xii.

[2] Michel Foucault, "La folie, l'absence d'oeuvre," *Histoire de la folie à l'age classique* (Paris: Gallimard, 1972), pp. 573—582.

第三章　阅读、他者性与文化接触　81

因此审美体验不再是诠释游戏和意义归属的产物，存在于通往文学能指的极端他者性的开放状态。这种体验与自相矛盾比邻，似乎直接暴露给疯癫的狂风暴雨。福柯认为，19世纪末以前，文学与疯癫双双被建构成两种对立的言语形式；此后开始相互对话交流。疯癫与文学被视为文化内在的他者性，为我们提供了通向自我文化或异己文化他者的通道。

福柯认为，现代主义文学是文化内在他者性的调节者，提倡一种独特的保留他者性的阅读形式。大卫·卡罗尔写道："很大程度上福柯的'超审美'批评策略致力于赋予这些文本合理性，让它们自行言说，按自身的策略行动。换言之，避免任何可能限制它们的力量、将它们的魅力概念化并由此破坏这种魅力话语的干预。"① 最终，这种不干预态度导致的严重困境是：对解释的驳斥使批评变得无关紧要，至少成了它容许其合理存在的文本的应声虫。但是卡罗尔承认："非解释策略具有实际操作的难度。"② 因此福柯自己的文学阅读自然"留下了那些它们竭力避免的理论干预的痕迹"。③

福柯的立场对那些视阅读为文化接触形式的理论而言至关重要。他认为文学使我们接触到文化的内在他者性。同时他也指出，我们阅读文学的方式制约着我们与他者性的接触。福柯的极端立场使我们想起人类学的"融入本土"策略。他对解释的抵制源于与文学发出的僭越之声的激进认同，一种"与它们的破坏力量融合"④ 的主张，还有与此相关的惧怕。惧怕任何解释会使它们的他者性屈服于那些将文学"他者化"或边缘化的权力

---

① David Carroll, *Paraesthetics: Foucault, Lyotard, Derrida* (New York: Routledge, 1989), p. 109.
② Ibid., p. 127.
③ Ibid., p. 215.
④ Ibid., p. 128.

关系,从而玷污文学他者性。但是卡罗尔恰如其分地指出,这种非干预政治最终迫使批评家"敬畏它,无声地站在它面前"。① 难道这种浪漫冲动不正是导致文学"禀赋"与作为内在他者性协调者的文学分裂开来的根源吗?如果我们试图让文学自立自为,我们不是将文学变成了仅能从外部观赏、不对其施加干预,也缺乏转换、连接和互动的博物馆收藏品吗?

德里达也认识到文学干预的威胁,倾向于保护文学,使之免遭哲学范畴和概念化的暴力。但他同时确信任何文学阅读都不可能完全自足自为或纯粹是文学的,尽管文学文本可能限定阅读方法。与哲学不同,文学具有自身的独特性,与书写结成独特关系。但是与卡罗尔相似,德里达认为将文学改变成哲学的他者或普遍意义上受限制的变化空间,会使之脱离"文学与各种'非文学'形式构成的大语境。这些'非文学'形式与文学是通融和隔绝的关系"。②

换言之,文学总是与非文学环境——哲学的、政治的、文化的、心理学的——接触。但是德里达拒绝在这些领域之间划分界线。因此文学不可能具有极端变化的独特地位。如果存在文学的外部空间,那么它已经在文学之中,因为德里达设想的是持续不断地流动,而非僵死的疆界。他强调诗性语言是一个过程,不具有明确的他者性。延异运动生产文本;文本产生延异运动。同一延异过程产生作为被界定因素独特特征的差异。在此过程中,我们不能将任何事物理解成明确的对象。无论是某个秩序中的单个因素,还是系统、结构、文本或个人都是如此。我们在创造世界的过程中确立的(总是暂时的)明确性和秩序只不过是一种回顾式的投射。

---

① David Carroll, *Paraesthetics: Foucault, Lyotard, Derrida* (New York: Routledge, 1989), p. 127.

② Ibid., p. 97.

因此,"身份"总是暂时的幻想。任何干预"事件"都会使之改变。不再可能妄谈同一与他者的辩证法。身份的显现只不过是延异之流的停滞,是强加的、被忍受的禁制。德里达超越了福柯的文化边界和僭越建构论,也超越了拉康的强制性的、最终也是虚假的象征秩序观。矛盾的是,在流动和增生主宰的、无孔不入的文本性中,延绵的延异运动最终使他者性与同一之间的差异自行消除。最后不再需要完全不同于同一的他者性,因为一切都不相同。然而他者性概念仍存在于延异自身的极端他者性之中,阻碍了延异趋向所有类型的认同和在场的持续运动。

如果我们试图发掘德里达思想中隐含的他者性"伦理",那么唯一能确定的就是德氏哲学挑战任何对同一的稳定化行为。德里达不是立足本体论基础来认识他者。但是存在一场持续的防止生机盎然的过程被冻结成僵死的认同的斗争。"文本性冲决语义钳制的力量"成了抵制作为停滞征兆的再现陷阱的场所。德里达的反再现立场,或如赫伯特·布劳所讲的"几乎是对再现进行的无法遏止的进攻",[1]可以被理解为一种矛盾行为——通过挑战再现的停滞状况(德里达认为,停滞总是导致物化或偶像化)导致的他者性来保留持续的延异之流的他者性。

德里达的立场与将阅读确定为文化接触形式的理论相关,因为他不懈批判西方哲学将他者性吸纳进关于在场的形而上学的行为。但是那些本身就是阅读的文本怎样保留他者性?更准确地讲,我们如何确保在不削减他者性的前提下阅读?德里达理论无法回答这些问题。因为他的能指游戏观最后消除了文本与文本接受的边界以及诸如哲学和文学这些不同类型的话语之间的边界。

爱德华·萨义德认为,德里达的延异哲学试图削弱文本凌驾

---

[1] Herbert Blau, "The Remission of Play," in Ihab Hassan and Sally Hassan, eds., *Innovation/Renovation: New Perspectives on the Humanities* (Madison: University of Wisconsin Press, 1983), p. 167.

于我们之上的力量,警醒我们认清事实,即"只要我们认为语言主要是对其他事物的再现,那么我们就无法认清语言做了什么"。① 按照萨义德的理解,我们反抗文本的这种力量,有一种改变文本、施行滑稽模仿或哲学解构的冲动。因此他逆转了德里达的概念。他认为德里达的目的不是保留文本的他者性,而是刻意瓦解文本的力量,挣脱形而上学哲学传统对西方文化持久的压制。为了说明自己的观点,萨义德分析《哈姆莱特》的一场随意的滑稽模仿,以此印证德里达的解构论。这就是查尔斯·狄更斯的小说《远大前程》中一伙蹩脚的演员组成的流浪剧团表演的《哈姆莱特》产生的双重戏剧化效果。② 在阅读狄更斯的小说时,那些将《哈姆莱特》篡改成拙劣戏剧的笨拙演员或那位自诩为绅士、被表演挖苦讽刺的叙述者皮普令我们捧腹大笑;对《哈姆莱特》的滑稽模仿令我们兴奋不已,因为它使我们挣脱了《哈姆莱特》对我们乃至整个文化传统的控制。尽管我们承认"文本误读的根源是文本本身。甚至有些文本中每种意义可能性都处于自然、悬而未决的状态",③ 但是我们从狄更斯的滑稽模仿中领略到的是对文本故意的游戏式改变。

如果回复到蒂夫人的《哈姆莱特》解读,我们也许会发现劳拉·博安南和她的读者在相似的基础上对蒂夫人的"误读"行为的欣赏。蒂夫人对莎剧情节的改编令我们兴奋,因为它正好将我们文化极端他者的一面反馈给我们。进一步讲,我们甚至可以假定,在博安南讲述哈姆莱特故事时,蒂夫人完全意识到哈姆莱特故事的文化他者性。也许他们自我陶醉的"误读"带有复仇心理的成分,因为它极端讽刺地逆转了人类学家的见证人角

---

① Edward Said, *The World, the Text, and the Critic* (Cambridge: Harvard UP, 1983), p. 201.
② Ibid., pp. 196—201.
③ Ibid., p. 203.

色。在"见证"关于博安南的文化（欧洲文化）的至关重要的艺术作品时，蒂夫人有意或无意地模仿、戏弄了人类学阅读的暴力。

福柯和德里达有计划地破解了西方哲学的思想和分类体系。拉康细细解读了象征秩序的压制权力。这些激起的各色批评争鸣（尤其是法国女权）呼吁从性别立场修正基本理论假设。法国女权受后结构和解构影响，尤其关注她者性、边缘状况、变态和僭越现象。自西蒙·德·波伏瓦的《第二性》发表以来，女权理论持续关注女性的她者境况，提炼关于她者性的理论模式。二十五年之后，受解构论启迪，露西·伊利格瑞发表了《她者女性的窥视》——对将主体建构为男性、女性建构为她者的哲学和心理分析理论的女权批判。与拉康的男根凝视论对立，尤其是背离拉康理论对"一"和同一的眷恋以及与此相随的他者妄想狂，[1] 伊利格瑞揭示了"她者的力比多经济"，[2] 分析女性与镜像秩序和快感的不同关系。她者经济偏爱"不为力比多实践和话语所知的异质性"。[3]

伊利格瑞认为，她者经济屈服于男权资本主义经济及其对女性空间的控制，在很大程度上未被象征化。因此女性处于不可再现状态，只有借反叛的女性书写话语发出声音。伊利格瑞的女性书写概念以无意识的语言运作为模式，在女性与无意识间建立连接关系，重写将女性与他者性和无意识连接起来的、令人熟悉的二元论。尽管伊利格瑞将女性建构成绝对的她者，不受那些包含着"他者性威胁"[4] 的象征和再现策略制约，但

---

[1] Luce Irigaray, *Speculum of the Other Woman* (Ithaca: Cornell UP, 1985), p. 139.
[2] Ibid., p. 48.
[3] Ibid.
[4] Ibid., p. 135.

是她所有的理论建构都力图逆转同一基础上的男性经济的价值体系。讽刺的是，女性结果仍摆脱不掉亘古以来强加在她身上的称谓：非理性、不可再现、无意识。其次，尽管伊利格瑞批判拉康的视觉中心论及其对极端她者性或异质性的忽视，但是她自己的理论模式仍消极地建立在有关她者的视觉中心论断基础上。她对拉康的男根凝视模式的间接肯定使她同样摆脱不了笼罩在法国传统上的他者凝视的妄想狂迷雾——一种拉康从萨特承继下来的妄想狂。

在《重读伊利格瑞》一文中，玛格丽特·威特福德揭示了伊利格瑞的她者力比多经济论中鲜为人知的含混。她一面将女性刻画成不可再现的异质性；一面承认女性与前象征融合状态的消极纽带，故不可再现本身使她沉溺于因无力承受象征化的重负而产生的精神病态。正因为如此，女性书写的乌托邦设想才变得至关重要，不管与象征秩序之间的极端她者性相比这种设想显得多么含混微弱。伊利格瑞将女性写作建构成一个女性可自由地进行象征干预、探索崇高化的模式和边界的空间。她最终挑战的是那些将女性囚禁在语言牢笼中的历史条件。

伊利格瑞没有提炼出有关这种新文本经济的推论模式，借以肯定象征化的能量。在《诗性语言的革命》中，克里斯蒂娃将母性经济与诗性语言的颠覆力量联系起来。她借助语言三元模式来强调象征、符号和意指功能，给符号功能增加了"符指过程中受心理因素影响的特征"。[1] 与伊利格瑞的女性书写论相似，克里斯蒂娃的符号功能与母性相连，具有前象征阶段明显的异质、流动、运动等特征。但是与伊利格瑞对立，克里斯蒂娃强调符号功能在象征秩序中刻写的痕迹。作为一种图像的、有组织的

---

[1] Julia Kristeva, *Revolution of Poetic Language*, trans. Margaret Waller (New York: Columbia UP, 1984), p. 96.

前文字空间或符号建立前的动力功能阶段,[1] 符号功能是象征秩序的必要条件但不等同于象征秩序。"漠然无视语言,具有神秘和女性特质。这个空间潜存在语言下面,富有节奏,无拘无束,不能简约成可理解的文字形式。它具有音乐性,先于判断,但受句法限制。"[2] 因为声音、姿势、颜色、语调和节奏共同构成了符号化的物质基础,所以我们也可以说符号功能建构了文本的情态。

符号空间尚未涉及他者。只有与象征功能联系在一起,他者性才处于活跃状态。与拉康相似,克里斯蒂娃将象征功能解释成"与他者有关的社会效果"。[3] 所谓意指阶段[4]是符号与象征之间的过渡阶段。作为"通向语言的门槛",[5] 意指将符号阶段与象征阶段隔离开来,同时又是两者的边界,将主体定格为可符指的、分离的、总是与他者对立的范畴。与拉康相似,克里斯蒂娃认为,"作为所有需求的对象"的母亲占据的是一个变动不定的位置:"镜像自我与冲动运动、母亲与对母亲的需求之间的裂缝,正是奠定拉康所讲的作为'能指'位置的他者位置的断裂。"[6] 因此,意指阶段显现为"他者位置,是符指过程的前提,也就是语言定位的前提"。[7]

那么什么是所谓诗性语言的革命?克里斯蒂娃的观点是:"艺术实践中作为象征前提的符号竟是毁坏象征的元凶。"[8] 同时她又断定,与幻想或精神错乱对立,"对符指链的诗性'扭曲'"并不会导致"对意指的冲动式攻击",而是引向"意指的第二个

---

[1] Julia Kristeva, *The Kristeva Reader*, ed. Toril Moi (New York: Columbia UP, 1986), p. 95.

[2] Ibid., p. 97.

[3] Ibid., pp. 96—97.

[4] Ibid., pp. 98—100.

[5] Ibid., pp. 99—100.

[6] Ibid., p. 101.

[7] Ibid., p. 102.

[8] Ibid., p. 103.

层面"。① 因此诗性语言利用象征来"粉碎"意指，而不是抵制意指（这会导致对语言精神病式的抵制）。对克里斯蒂娃（对拉康也是如此）而言，发声要求"所指和符指位置上空缺的错位主体"，② 符号有助于主体在语言之中显现。作为他者位置的象征秩序分裂主体和客体，诗性分裂则引入异质性，使主体和客体融合成新的综合体。

克里斯蒂娃将诗性语言和女性确定为象征和律法秩序中存在的具有颠覆力的他者性。在与泽维尔·高蒂尔的会谈中，她指出我们的文化中"作家和文学通常被赋予女性特征"，③ 她认为女性力量或诗性语言都利用符号，重新将主体和快感置于象征秩序中。两者都是具有颠覆性、竞争性的"内在她者"，——一种"内在的外在性"。④

然而克里斯蒂娃除了将符号秩序的根本含混理解为极端的自恋或偶像崇拜，也将其理解为快感位置。重要的是，克里斯蒂娃将她的"过程中的主体"理论称为"生态学"。仅仅对象征的拒绝或否定就可能导致毁灭性的后果。已经受象征秩序影响的符号阶段不仅滋养着关于无限巨大的福佑的幻想，而且是关于原始暴力和毁灭的幻想的源泉。急剧的幻想是对前俄狄浦斯母亲的幻影焦注的结果，将母亲重构成碎片化身体——借毁灭来威胁主体的碎片化身体。这类幻想是"她者凝视"入侵的征兆，以象征秩序

---

① Julia Kristeva, *The Kristeva Reader*, ed. Toril Moi, p. 103.
② Ibid., p. 106.
③ Xavière Gauthier, "Oscillation du 'pouvoir', au 'refu'," *Tel Quel* summer 1974: 166.
④ 有趣的是这个定义与巴赫金的异在观平行并列。巴赫金更积极地界定他者性，他所谓的主体在自身之外发现自己。他的异在概念需要他者积极、建构性地完善自我。巴赫金对异化的理解完全与拉康或萨特的异化观对立：异化根源于建构不受他者建构性影响的自我的实践或幻想。从巴赫金的视角看，萨特和拉康的文本是文化症候，对独立、完整的主体的向往是一种隐而不现的自恋幻想。由此我们可窥见萨特和拉康整个的认知框架。

的律法来标记母性空间,将母亲建构成他者。这种男根凝视创造出幻影式的母亲。这是男性幻想和阳性标示的结果——男根母亲。

纵览法国理论,我们发现一个有影响力的传统。主体是被建构的主体,同时又是被他者凝视否定的主体。在此动态过程中,他者性同时兼具内在性和外在性。一种"内在的外在性"决定着意识与无意识之间的关系,也决定着一种不稳定的平衡——语言象征秩序对主体的排斥与主体颠覆性地重新嵌入语言象征秩序之间不稳定的平衡状态。大体讲,任何人都可能占据他者的位置。但是构成象征秩序的二元对立却将女性塑造成原初她者。这反过来将所有他者中介或占据他者位置的秩序"女性化"。这些他者位置可能是种族他者、儿童、原始人、精神病患者、非理性、诗、无意识或纯粹的混乱。

"其他书写者、其他部族":阅读的文化理论[1]

法国思想传统特别强调他者性。这持续地影响着将主要范式移转到文化的文化批评新理论。尽管文化批评极端怀疑后结构、解构和第一世界女权的霸权倾向,但是许多文化批评模式仍倚重法国理论对西方文化的激进批判及其他者性政治。[2] 正如法国女

---

[1] 对阅读的文化理论的分析有助于系统地突出与我的文学文本解读相关的某些特征。此处略去对文学批评、人类学和文化理论之间的交叉重叠现象的探讨。

[2] 某些更近的文化理论大量借鉴法国理论中有关他者的迫害性凝视理论,关注有关他者性的消极论断。这些文化理论都将具有破坏性的文化接触的历史模式本体化。然而,与拉康的心理分析理论相反,对象关系理论试图强调:他者的凝视并非天然具有破坏性,而是在充满竞争的文化环境中变得具有破坏力。如果我们将差异本质化或将资本主义、殖民主义甚至法西斯主义生成的暴力本体化,那么我们仍将消极被动地受制于文化妄想狂——建构这类形态的政治无意识的文化妄想狂。最终,它们都预示了针对他者和作为文化接触最高形式的战争的暴力的升级和恶化。最紧迫的是它变成了对这类模式未来前景的展望;或变成了一种重要的"思考和平"的方式。

权立足女性的他者性来挑战后结构理论,如今文化批评家们立足文化、种族或民族他者性挑战当代法国理论(包括女权理论)。这种持续的批评修正史充满了对不同理论立场的互文挪用或针锋相对的驳斥,因此本身印证了不同理论间动态的文化接触过程。该过程的显著标志包括花样翻新的挪用风格、各式各样应对普遍存在的影响焦虑的方式。

在文化批评的影响下,当代阅读理论强调作为新理论范式的文化,青睐文化他者性,赋予其他文化、种族和民族独特意义。从各种西方资本主义、殖民主义和帝国主义批判中提取认知模式,他们分析西方文化及其破坏性的文化接触形式中无孔不入的种族中心论。然而,这些理论概无例外地将文化接触理解为不同文化的接触,忽略了文化内部不同文化空间的动态互动也影响着与其他文化关联的模式这一事实。

发展到极致,反殖民主义和反种族中心论一跃成为当代文化批评潮流的驱动力,使文化批评蕴含着独特的他者性伦理。"去殖民化"似乎成了界定这种伦理的普遍态度——无论是其他文化、少数民族、女性还是无意识领域的去殖民化。去殖民化修辞设想,殖民主义的结构和效果渗透了一般意义上的文化接触模式,有必要将与一般意义上的文化他者性的关系与殖民主义的嬗变进行比较。以法国女权为例,我们再次见证了观念上对某个他者性立场(此处指被殖民者的立场)的青睐偏爱,将之作为通常的文化接触模式以及对抗伦理的基础。然而,对抗伦理内部衍生了一种种族或民族定位的文化批评家与跨民族文化批评家之间的张力。跨民族文化批评家遵循不同的他者性伦理,强调日益增加的文化全球化现象。例如,保罗·拉宾诺将"批评世界主义伦理"定义为"对主权、普遍真理……本土真实性、高雅和低俗的道德标准的怀疑"。① 两股潮流的共同目标是祛除殖民主义和帝国主义的影响，但是却诉诸显著不同的政治路径。

15 世纪的地理大发现以来，西方文化通过对其他文化的种族中心式解读来建构自己的意象。如今这已是老生常谈。针对历史上积习已久的种族中心意识，后现代人类学和后殖民文化批评都试图深化他者性阅读，借以批判干预、瓦解对他者的种族中心和殖民主义认识。如阿诺德·克鲁帕特所讲，"知识去殖民"修辞暗示了当代"种族中心主义"谋求"西方与非西方视角对话"② 的努力。要实现这一高远目标，关键是这类对话的推动者要彻底理解作为与他者性关联的投射机制的本质和含混。

在任何跨文化"对话"中，或在更普遍意义上的任何他者性阅读中，借投射来削弱他者性似乎成为必然。这是通过削弱复杂性来揭示意义。人类学家皮埃尔·马兰达甚至认为投射是最核心的接受模式：

> 我们表述有关"他者"的观点，使其他的"自我"能理解他者；恰如我们试图见证人类的多样复杂性以及永恒的结构一样，我们借助塑造了我们的意识形态来解释我们的见闻和体验……我们认定拒绝行为显示了读者无力适应新的特征。但什么是接受？只有让社会或文学作品与自己所持的定见和原型吻合时，人们才具有恰当的理解感。③

---

① Paul Rabinow, "Representations Are Social Facts: Modernity and Post-Modernity in Anthropology," in James Clifford and George E. Marcus, eds., *Writing Culture: The Poetics and Politics of Ethnography* (Berkeley: University of California Press, 1986), p. 258.

② Arnold Krupat, *Ethnocriticism: Ethnography, History, Literature* (Berkeley: University of California Press, 1992), p. 29.

③ Pierre Maranda, "The Dialectic of Metaphor: The Anthropological Essay on Hermeneutics," in Susan R. Suleiman and Inge Crosman, eds., *The Reader in the Text: Essays on Audience and Interpretation* (Princeton: Princeton UP, 1980), p. 183.

然而，此处的马兰达消除了文学与人类学的差异，因此也否定了诗性语言的他者性本身。人类学家对其他文化的解读与文学文本阅读最关键的区别根源于这样一个事实，即文化不是被动地供人类学家解读，而文学文本有待读者的阅读阐释。也许马兰达的以下观点是合理的：事实上对其他文化的任何人种学解读都是强行入侵，构成一种暴力形式。① 但是如果将这种暴力普遍推及文学文本阅读，会忽略它们的文化目的。文学文本以读者为目标，只有阅读才能赋予它们生命。

我已指出，文学本身提供了一种文化接触模式，且数个世纪以来都如此。作为与他者性真实接触的实践，在某些情况下阅读可能正好有助于削弱因解读他者而产生的结构或文化暴力（这是当代理论关注的焦点）。除了提供有关他者性和文化接触的直接形式，文学文本事实上使用复杂的推论策略和审美手段来协调这些对读者来说具有虚构特征的文化遭遇。因此它们构成了针对他者性（包括它们不断重构的文化想象空间）的文化政治的一部分。

按照自己的见解来弱化异邦文化或文本几乎无法穷尽与他者性的所有可能的文化关系。我们进入特定的文化，了解该文化，将它与其他文化互动的模式内在化，形成与他者性的文化关系。如前所讲，在主体的社会和心理建构及持续的文化社会化过程中，投射机制变得愈益需要加工提炼。在《启蒙辩证法》中，霍克海默和阿多诺将控制投射的能力视为内与外、自我与他者之间区别的前提条件。没有这种区别就没有封闭性或距离，就没有自我意识和对他者的责任。另一方面，借助这些区别，情感和智性能力变得日益差异化且

---

① Pierre Maranda, "The Dialectic of Metaphor: The Anthropological Essay on Hermeneutics," in Susan R. Suleiman and Inge Crosman, eds., *The Reader in the Text: Essays on Audience and Interpretation*, p. 183.

不断成熟。①

在心理发展达到一定程度后，差异化的缺乏被认为是病理反应——如我们常见的自我中心、自恋或妄想狂投射限制与他者的互动。在文化层面，这种病理现象可能表现为纳粹第三帝国时期的妄想狂投射和对他者的灭绝行径，或更普遍的表现为萨义德所讲的当代政治现象——"对'他者'的摩尼教式神学化"。② 按照理性反思和自我反思的相对线型的发展，阿多诺和霍克海默认识到主体和文化关系的差异化。其理论假设是：主体让意识包容外部世界，同时又将之视为他者。

他们将反思本身理解为一种"意识投射"形式，因此需从"被反射的投射"的缺失中而不是从这类投射行为中发现反犹主义的病态因素。他们认为，投射在反犹主义的心理史上被滥用成一种自我疆界的防卫式保护手段，最终导致彻底毁灭犹太文化的企图。以对他者性的妄想狂式拒绝为基础，纳粹文化政治可算一种极端例证。绝非偶然的是，纳粹也使用文化接触的大屠杀模式来引导他们针对文学和文化对象的政治。他们对"堕落艺术"的迫害和破坏可被视为借毁灭来实现拒绝的极端个例。反过来，他们自己的文化幻想将对他者性的毁灭宣传成一种自我建构和保全模式。例如，克劳斯·斯韦莱特在两卷本的《男性幻想》中揭示了亲法西斯主义的与纳粹的文学和艺术是如何在拒绝的基础上建立幻影结构，将对他者性的毁灭幻想化。

总体上讲，对崇高或迫害的幻想狂式投射滋生了控制、征服或摧毁他者性的殖民主义、帝国主义、种族主义或男权冲动。霍

---

① Max Horkheimer and Theodor W. Adorno, *Dialectics of Enlightenment*, trans. John Cumming (New York: Herder, 1972), pp. 196—209.
② Edward Said, *The World, the Text, and the Critic* (Cambridge: Harvard UP, 1983), p. 219.

克海默和阿多诺认为，这类投射已僵化成专横的文化、政治和心理模式。《启蒙辩证法》这个标题本身就暗示了作者将这类投射理解为他者或启蒙的政治无意识。

但是对启蒙理性的这种评判保留了一种悬而未决的含混。一方面，阿多诺和霍克海默将不断增生的反思力视为一种将文化投射的病态模式差异化并改变之的方式。另一方面，他们揭示了启蒙价值是如何激励了殖民主义和帝国主义意识将他者性贬损为非理性、野蛮或原始。因此"被反射的投射"注定了要失败，除非认识到并化解防卫行为——针对栖身于内在化的他者中的他者性的防卫行为。必须按照能同时兼顾投射的意识和无意识机制的双重策略将根深蒂固的对他者性的惧怕差异化。自我反思是一种意识策略，其补充策略是将意识结构和他者的幻想差异化。

弗朗茨·范农在《地球上的苦难者》中分析了制约殖民境遇及相应的解放斗争的无意识和意识机制的嬗变。因为殖民权力致力于摧毁被殖民者的他者性，所以被殖民者相应地觉得只有将殖民者的文化转变成自己的文化才可能生存。范农写道："他［本土知识分子］不会满足于理解拉伯雷、狄德罗、莎士比亚和爱伦·坡，他会尽可能地将他们捆绑在他的智性的羽翼上。"[①] 对范农而言，只有被殖民者自己的文化价值被吸纳进政治无意识，成为内在化的他者，殖民过程才算成功地完结。如他指出的那样，任何文化解放事业的成功都仰仗对无意识中关于他者的幻想和定型的挖掘。这就是为什么他的批判锋芒所指横扫西方文学经典——分析被殖民文化中内在的他者性的形成。

---

① Frantz Fanon, *The Wretched of the Earth* (New York: Grove, 1968), pp. 218—219.

事实上这种嬗变是欧洲内部殖民主义的标志。乔伊斯在《尤利西斯》中对《哈姆莱特》的挪用可算例证。斯蒂芬·迪达罗斯在"撒克逊人莎士比亚的哈姆莱特"的基础上形成有关天才的概念,展示了爱尔兰殖民地的跨文化影响焦虑。如大卫·劳埃德所讲,通过转向荷马而不是莎士比亚,乔伊斯超越了对被殖民爱尔兰的关注,其目的是揭示"彻底混合的'不列颠西部'文化中发生的文化转换的复杂性。在'不列颠西部',爱尔兰人娓娓道来的是英国、日耳曼和希腊文化;而英国人海因斯却研究文学中的凯尔特因素……"① 在《芬尼根的觉醒》中,乔伊斯将帝国文学之父莎士比亚的名字野蛮化,称他为"摇溢液体和鸡蛋"(shakespill and eggs)。在隐射培根及莎士比亚创作沽名钓誉的做派时,他再次求助于围绕文学经典形成的影响焦虑。他甚至为读者写下自我解嘲的旁白:"尽可能了解这一点,感觉你是多么地落后。"② 这不仅是对他自己大不列颠被殖民主体边缘地位的嘲弄,也是对自己超越单纯本土爱尔兰语言游戏、趋向跨文化视野的欲望的讥讽。

当代文化批评中存在另一种"影响的焦虑"以及文化、民族和语言边界的商榷。例如,阿诺德·克鲁帕特将种族批评界定为一种边界写作形式,重新挪用边界修辞来表现"两种文化遭遇相逢的移动空间"。③ 受持续的"跨边界往返移动的努力"的驱使,种族批评家必须占据"人类学与文学、文学与历史、历史与哲学等学科间遭遇互动形成的不同边界交

---

① David Lloyd, *Anomalous States: Irish Writing and the Post-Colonial Moment* (Durham: Duke UP, 1993), p. 101.
② James Joyce, *Finnegan's Wake* (London: Faber, 1939), pp. 161.
③ Arnold Krupat, *Ethnocriticism: Ethnography, History, Literature*, p. 5.

叉点"。①②

边界批评观暗合玛丽·路易斯·普拉特的"接触域"概念。在《帝国的眼睛：旅行写作与跨文化》中，普拉特修正了殖民旅行叙事的历史，提出"接触域批评"模式——她将之确定为"大规模的知识去殖民工程"③ 的一部分。她将"接触域"解释成"不同文化相逢、碰撞、冲突的社会空间，常常结成极端不平衡的压制与屈从关系"。④ 旅行写作成了对异域文化的殖民阅读，"生产其他世界"，有助于本民族与那些"借助主导的或宗主国文化资源进行选择并创新"⑤ 的臣属或边缘群体的文化转换。

普拉特的"知识去殖民"工程关注对异域文化的殖民解读

---

① Arnold Krupat, *Ethnocriticism*: *Ethnography*, *History*, *Literature*, p.32.

② 边疆修辞、边界和边界跨越也渗透了最新的阅读理论。我此处仅仅指出它们在主题上与作为一种文化接触形式的阅读模式的关联，因为细致的分析是想象人种学研究的任务。在《边界写作：多维文本》中，D.艾米利·希克斯提倡"阅读就是自愿参与边界跨越，即批判地思考作者、读者和社会历史符号语境之间的非认同现象"。在希克斯的模式中，阅读表现为一种跨越文本及文本的不同读者构成的文化边界的文化接触形式。

在所有这些模式中阅读过程意味着对文化差异的调停，甚至在那些读者和文本都属于同一个文化、差异现象相对微小的情况下也是如此。在《让懒女人活着：对美国印第安人文本的整体分析》中，格瑞格·萨里斯借助我在《读者—反应与他者性的审美体验》中提出的阅读模式，将美国本土印第安人的故事讲述解释为文化接触和文化批判形式。与此相似，在《作为文本和模式的种族特征》中，迈克尔·费希尔提倡"作为两种或更多文化传统并列的人种志阅读"。

其他许多作家和批评家重写殖民主义的断裂历史。在《边疆地带》中，美籍墨西哥裔作家和批评家格罗里亚·安扎尔杜瓦试验了一种"符码"转换方式，将英语、西班牙语、北墨西哥方言、得克萨斯—墨西哥方言、古老的本土语言那瓦特语糅合，形成一种批评话语和诗歌的混杂语言。她利用这种实验形式来重写殖民历史，借以反映新的"边界地区语言"。她所追求的是刻意将那些不熟悉边界地区的读者暴露给"陌生的"语言。

③ Mary Louise Pratt, *Imperial Eyes*: *Travel Writing and Transculturation* (New York: Routledge, 1992), p.2.

④ Ibid., p.4.

⑤ Ibid., p.6.

中对他者性的暴力挪用现象。她也间接地探索了批评在文化知识的生产和传播过程中的地位。在多大程度上"种族批评"仍与它批评的殖民事业夹杂不清？在什么情况下它真正干预解读其他文化的殖民实践？事实上哪怕是最根本的种族批评概念范畴，如文化、人类学、文学和跨学科，都是西方范畴。例如，阿诺德·克鲁帕特就承认，绝对不可能存在完全免于暴力因素的他者性话语。但是在追求"非强制性的"文化成果和知识的过程中，或更具体地讲，在追求"后殖民、反帝国主义的、对话式的人类学"过程中，克鲁帕特选择一种差异、对话模式，而不是在修辞意义上不断重复范农所讲的"摩尼教式的寓言"的对立模式。

这种有关对异己文化的种族学解读的论争挑战的对象是对其他文化的虚构进行评判的文学批评家，或普遍意义上与殖民事业紧密联系的知识的文学形式。文学怎样推动了普拉特所谓的"知识的去殖民"或克鲁帕特理解的对"非强制性知识"的追求？当然，这主要依赖人们是否首先承认强制性成分更少的知识形式的存在。这是当代文化论争中争论不休的话题。这种争论最终涉及与其他形式的文化知识相比较的文学知识的地位。特定文学形式或审美反思模式的创新的文化成果是什么？既然历史上存在具有文化批判功能的文学，那么文学史上也留下了殖民主义批判的痕迹。诗性语言和文学形式以虚构重写方式来干预殖民历史。这种方式对解读文学知识的独特性而言至关重要。文学形式的文化功能（包括詹姆逊的"形式的意识形态"）在很大程度上影响着他者性（无论是内在他者性或异己文化的他者性）的文学定型，因此也制约着它与读者的协调机制。风格、形式结构和文学语态在潜意识层面发挥作用，事实上比文本的历史或文化距离更深刻地影响着我们的他者性体验。

文学实验主义中的他者性政治

正是这种对文学形式的文化功能的关注使我进一步探讨实验文本。实验文本产生新的定型形式和模式，暴露诗性语言的物质性。借助创新形式、自我反思、诠释或"非交流"特征（借用阿多诺的话），这些文本执著地将诗性语言极端他者化。读者与这种他者性的遭遇成了一种与其他模式的话语的文化接触形式。正如随着当时印刷文化推动的交流模式的改变，18世纪小说的形式结构相应地发展变化，现代和后现代文本的自我反思、开放、碎片和实验形式也是对全球媒体文化中交流模式的变化的反应。例如阿多诺认为，现代主义假定的"非交流"首先是拒绝屈服于对受操控的言语的大众生产模式和矫情、小题大做、缺乏情感的文化幻想。非交流形式具有否定性，对抗的是现代消费社会中泛滥成灾的交流模式和意识形态。①

然而如果我们认为这种"非交流"不是与熟悉的交流形式对立，预示了新的交流形式，那么审美形式的构成性"自相矛盾"就成了我们关注的问题。这些文本通过将语言"他者化"来实现交流：废除推论和诗性惯例，违背语言的结构原则，忽略句法和语义约束，拓展理解的疆界。热衷言语混乱和无序，膜拜隐秘、晦涩、任意、不确定和无差别。这些都可被视为对他者性的欲望或对作为秩序的他者的混乱的欲望。

然而这种实验的诗性语言假定的混乱受严格的自我反思性限定。自我反思性是一种审美自相矛盾，最终导致后现代文化中新秩序感的出现。废除传统形式的欲望与这种认识——艺术最终无

---

① 另一种更后现代的反应可参阅巴塞尔姆、库弗或品钦等作家蓄意表现的"合并"和媒体垃圾的拼盘杂凑。

法否定形式，文学无法否定语言——相互冲突。因此哪怕是对诗性表现最狂欢式的颠覆（乔伊斯）、最强烈地将语言转变成身体（阿尔托）或沉默（贝克特）的欲望，这些文本最终还是生产了新的审美秩序。在文学形式的历史上，诗性语言本身以无穷的变化形式来反思这种自相矛盾，借此审视自己的状况和边界。文学不仅仅象征着秩序或混乱，而且扮演了弗洛伊德的表现消失与再现的游戏的另一种形式——嬉戏式地重现这种象征化固有的自相矛盾。

阅读过程中也存在类似的变化。那些以断裂、碎片化形式的诗性语言为试验对象的文本玩弄新的审美距离规则，使读者在距离极端的增加与彻底的丧失之间异帜换位。非常重要的是，语言混乱的文本游戏通常模仿无意识和梦语言；在文化二元主义与混乱、女性和无意识构成的换喻链的游戏过程中，实验的诗性语言不同的他者性相互连接。混乱、无定型及无差别产生的快感使实验文学形式与完整的、原始的、无差别的女性空间调和，将女性空间的含混矛盾焦注转化成快感或放弃焦注。无意识体验和自我反思是我们接受能力对立的两极。通过诉诸这两极，实验文本也强调对他者性体验的根本含混矛盾。例如，由此我们可能有意识地认识到实验的诗性语言是极端的他者，同时我们又无意识地抹除其"他者性"（一旦它成为他者）。默里·克里格将此解释为"被吸纳进诗人（最终是批评家）作为主体的自我之中"[1]。

这类高度变化不定的接受形式具有认识论意义，影响着文学知识的文化相关性。实验文本需要一种开放而非封闭的思维系统。这反过来容易增加对他者性的敏感和容忍，减少文化妄想狂。例如，萨特在《反犹分子与犹太人》中分析了本能从现象

---

[1] Murray Krieger, *Ekphrasis: The Illusion of the Natural Sign* (Baltimore: Johns Hopkins UP, 1992), p. 272.

世界到封闭的思想体系的转变,恰如笛卡尔式的欲望对稳定、限制和清晰的渴求。这就是以对他者性极端的破坏为代价来确保持续性。

文学,尤其是开放、实验形式的文学,似乎是一种独特的媒介,有利于训练跨越他者性边界的商榷行为。这也许是文学与西方哲学传统相比最关键的优势。勒维纳斯认为,西方哲学传统上笼罩着对他者性以及冥顽不化的他者的恐惧。"西方哲学等同于对他者的揭示;显现为存在的他者失去了他者性。一开始冥顽不化的他者就令哲学感到恐惧……"[1] 相反,文学体验保留了维尼柯特所论的对过渡空间而言至关重要的他者性的自相矛盾。与哲学对他者的系统解释不同,文学最大限度地提供了他律体验——趋向他者的、绝不会回返到同一的运动。文学反射不可通约的他者的他律性,也可能被吸纳、内化为他者。解释可能强调他律或内在化。每种情况下,都需要将他者性转换成语言,却又不抹去他者性。这就是被德里达哲学推到极致的与语言有关的问题和论争。"是否存在不以他者向同一的转换为终结的意义之意义?"[2] 这也是勒维纳斯哲学的核心问题。该问题关注的是自我言说的主体的地位。诗性语言可能产生的阅读和解释涉及并反映他者性和文化接触体验固有的自相矛盾,甚至将之主题化。勒维纳斯将这种响应特性视为与他者相关的责任:"我总是永远肩负着有关他者的责任","这种责任排斥我的帝国主义和利己主义"[3]。

作为文化接触的媒介,诗性语言的实验形式是可能形成强大的反社会化的审美体验的工具——只要文学保留其颠覆能量。哈特曼的有关理论和解释评述也适用于文学:"他在被批评的对象

---

[1] Emmanuel Levinas, *Die Spur des Anderen* (Munich: Alber, 1983), p. 211.
[2] Ibid., p. 214.
[3] Ibid., p. 225.

中存在，且试图孤立某些抗体。"① 以文化接触模式为基础的阅读理论强化了对这类抗体的敏感度，加强了对破坏性文化接触形式的抵制，同时又提高了非破坏性形式的能量。最根本的问题是生存②——不仅在地球生态环境中，而且在与其他文化遭遇相逢的环境中或在意识、言语、声音和日益边缘化的阅读空间构成的生态环境中生存的问题。

---

① Geoffrey H. Hartman, "The New Wilderness: Critics as Connoisseurs of Chaos," in Ihab Hassan and Sally Hassan, eds., *Innovation/Renovation: New Perspectives on the Humanities* (Madison: University of Wisconsin Press, 1983), p. 101.

② Herbert Blau, "The Remission of Play," in Ihab Hassan and Sally Hassan, eds., *Innovation/Renovation: New Perspectives on the Humanities*, p. 162.

第四章

旅行文学、旅行理论:东西方文学及文化接触

> 大汗有一本地图集,绘制了整个地球——一片又一片大陆、万里之遥的疆土、航海路线、绵延的海岸线、美轮美奂的都市和富庶繁华的港口。[……]地图集绘制的是马可·波罗或地理学家们无从知晓的城市[……]那些还没有形式或名称的城市。[……]地图集的最后部分绘制的是各种无始无终的城市网络枢纽;巨大,难以定型,像洛杉矶或京都—大阪。
>
> ——伊塔洛·卡尔维诺①

忽必烈大汗与马可·波罗的故事是一个关于全球化起源和文学的文化接触媒介作用的扣人心弦的故事。忽必烈大汗是13世纪中国元朝的奠基者,极力弘扬中国文学和文化,同时也是最伟大的帝国缔造者之一。殖民兴趣驱使他发动了无数次灾难性的跨洋异域远征,这些探险造成前所未有的国内压迫。他从土耳其斯坦、波斯、亚美尼亚和拜占庭选用大臣、将军、地方长官、外交

---

① Italo Calvino, *Invisible Cities* (San Diego/New York: Harcourt Brace Jovanovich, 1997), p. 138f.

使节、天文学家或医生，多年任用意大利旅游探险家马可·波罗入朝议事。

正是马可·波罗成了他在异域西方的传声筒。凭一本旅游散记《马可·波罗游记》，马可在西方世界赢得了无上荣誉。《游记》成了西方的首部东方学经典。游记故事充满了对东方异国情调的迷幻痴情，大量记载了各种想象的、源于流行的神话故事的珍禽异兽——长着狗头的人、邪恶的妖精和鬼怪。同时它又是一位民族志编撰者，在游记中记载下异域风物，如中国使用的炭；详列元朝帝国的文化物品，如异域的香料、宝石和纸币。

《游记》以独特的方式有效地验证了文学的文化接触媒介作用。这部13世纪末的文献后来成了新世界大发现时期殖民旅游叙事的范本和重要的交互文本。凭借其东方学幻想及对异域奇迹的迷恋，塑造了西方人的文化想象。《游记》影响深远，在15世纪的地理学、人种学和宇宙观中仍可分辨出印迹。哥伦布踏上新世界探险之旅时就怀揣着一本精心注解的《游记》。撇开真实与想象、观察与虚构、现实与神话、历史与传说的差别，《游记》完全可被视为想象的民族志叙事类型的奠基性文本。今天，人们普遍将之尊奉为萌芽时期的意大利民族文学之作。

至少在当时，《游记》验证了文学对文化想象乃至广义的社会想象的塑造力，包括历史、政治、科学以及各种相关的实践。本章开篇的引文的写作时代与马可·波罗的异域旅游相距七百年。它选自伊塔洛·卡尔维诺的《隐形城市》。该书以《游记》为交互文本，以高度实验的文学手法反思忽必烈大汗与马可·波罗知遇的事件，以流行的后现代手法重述马可·波罗的故事，将其嵌入宏大的哲学反思背景，探讨地图与疆土的关系。伊塔洛·卡尔维诺笔下的地图先于疆土，揭示的是"尚未定型或被命名的城市的形式"。卡尔维诺想象的地图是根植于对投射的空间的心理想象焦注的社会想象的结果。"我认为，与亲自游历那些城市相比,你在地图上能更轻松地辨认出那些城市",卡尔维诺笔下的皇帝对马可讲道。卡尔维诺颠倒了传统的观点,即地图仅仅是对疆土的抽象再现。相反,他将地图确定为疆土的想象基础:"直到每一种形式都找到对应的城市,新城市将不断诞生。"这就是卡尔维诺勾画的从古北京到后现代的洛杉矶的城市演变轨迹。他认为洛杉矶标志着"城市的终结时代的开端"。因此,卡尔维诺对马可·波罗游记的后现代反思构架的是一种关于类别的未来派式的考古学,即一幅将早期殖民遭遇的效果投射到现在的、荒谬的想象的地图。据说大汗的地图集的最后几页上包括宣告城市终结的未来城市。这些未来城市就是包括洛杉矶在内的今天的城市,被想象成铺天盖地的网络枢纽,没有开始或终结,也没有形状。我们认识的城市,以欧洲古代围绕城邦中心组建的城市为样板的城市,已是穷途末路。洛杉矶向外巨幅膨胀,匍匐延伸进边缘城市形成的城市区域。这标志着地理想象——城市是作为公共空间中发展、交换观念和关系的场所——的终结。

今天大众传媒将关于大都市空间的全球城市想象播散到全球范围,哪怕是世界上最遥远的角落。到这些空间旅行的外国人随身携带着他们自己内在的地图——电影或电视图像和文学描写拼凑成的独特组合。与马可·波罗不同,我们旅行时携带的想象行囊中已填满了我们游访的城市的意象。无论是在感知还是情感上,这些意象都为我们的异国之行增色添彩。例如,差不多二十年前,当我刚刚从欧洲来到洛杉矶时,正是一幅这座城市的文化想象图景促进了我对连接的最初、深刻的体验。我花了一年多时间来融入并试图爱上这座城市——这座空间四分五离、族裔散居与本土文化杂色斑驳的城市。文化批评家大卫·里夫曾称之为第三世界之都。讽刺的是,德国电视台每晚播出的一档电视节目激发了我最初的文化兴奋体验。驱车经过好莱坞,我漫不经心地驶上"落日大道"。突然间,我将其与《七十七道落日彩带》中的街景联系起来。那是我童年时最喜欢的侦探故事系列之一，主角是一位名叫库克的私人侦探。我马上有了一种归家的感觉。但家只是由已经融入我内在世界和我的青春岁月的文化物象形成的想象家园。我认为这一景象描绘的是再普通不过的体验。在今日之世界，当我们远走他乡，总是随身带着大量想象的民族志信息。这些信息由电影、书刊、照片、录像以及电视和高速公路广告牌上的广告提供的意象和故事组成。这类想象的"知识"给我们留下深刻的印迹，点缀着我们处理我们的世界体验的方式。

我下面更详细讲解的是另一个有助于阐明文化体验的想象构成的例子。为了回忆我在第二次世界大战后的德国接受的文学社会化过程，几年前我开始重读童年时读过的最难忘的文本。在此过程中，我意识到它们是多么巨大地影响了我未来的生活方向和我内心世界的结构。绝非偶然的是，我在战后德国所能阅读的书大多数都是翻译的外国文本，主要是流行的美国经典文学作品。书店和图书馆对书籍的挑选深受战后德国的美国化影响，甚至在法国占领的德国南部也是如此。当时德国青少年分享的文学主要包括海明威、斯坦贝克、赛珍珠这些大牌作家和《飘》、《汤姆叔叔的小屋》、《愤怒的葡萄》、《伊甸园以东》和《加利福尼亚交响乐》等经典作品。因此，在我接受文化濡化的关键几年中，我的文学教育至少是双文化的，如果说不是跨文化的。

为了能完全理解战后德国的儿童对这些外国译作的接受，重要的是应考虑到塑造当时所有文化体验的最有意义的语境。大多数情况下，这些阅读行为发生在那一代德国儿童初次了解到集中营和犹太人大屠杀的时候。因此我们有把握认为，童年时期的阅读空间与历史知识的处理空间在心理上连接在一起。无论这些阅读是否清楚地涉及大屠杀，童年时期的阅读必然影响了对有关德国暴行的创伤知识的处理、对所属的施暴民族和文化的认识。

　　下面是我用以佐证上述论点的独特一例——我童年时代阅读的赛珍珠的《牡丹》。① 我之所以选择这个例子是因为它揭示了独特的阅读与创伤历史知识之间的心理连接以及这类连接的无意识运作这个事实。赛珍珠的《牡丹》是我少女时期喜爱的小说之一。多年后重读这部小说，我发现这是有关无意识移情现象的绝妙例子，暗合对有关反犹暴力的创伤知识的处理机制。尽管当时不知道这些隐含的意义。它显得很偶然，甚至颇具吸引力。我现在终于意识到，这种无意识移情事实上揭示了更普遍意义上的阅读过程的范式范围。以18世纪末的中国为背景，《牡丹》讲述的是一位年轻的中国婢女悲剧式的跨文化爱情故事。我一遍又一遍地阅读这部小说，女主角牡丹与异国恋人之间悲剧式的爱情故事深深打动了我。成年后重读小说时，我才发现也许我以前从未意识到的内容：牡丹的异国恋人是住在中国开封古老的犹太人散居区的一位犹太富商的儿子。我现在相信，《牡丹》之所以在我心中留下难以磨灭的印象，是因为它起着移情媒介的作用，间接促进了对种族主义和犹太人迫害的处理过程。整个一代父母亲和教师在直接面对战争暴行时保持沉默，文学却成了必不可少的媒介，间接涉及萦绕心头的代际间创伤。尽管这一过程在相对微小的范围内进行，但它毕竟有助于瓦解上一代留下的沉默。

　　在阅读《牡丹》的过程中，与梦或白日梦相似，隐匿的与创伤历史的对抗遵循的是置换、倒置或反应结构这种心理逻辑。18世纪的中国没有对犹太人的迫害。他们生活在开封的犹太人区，是富有、受人尊敬的商人。心理连接的基础是一种在德国战后儿童中普遍流行的反应结构，即对德国人与犹太人之间的喜好犹太人的"家庭罗曼司"（弗洛伊德意义上的）情节的发展。以

---

① Pearl S. Buck, *Peony* (New York: Bloch Publishing Co., 1990).

刻画牡丹与犹太男人间的跨种族爱情故事为核心，赛珍珠的小说提供了有关"家庭罗曼司"的叙事框架。战后德国的儿童自然从中找到了认同感。我们不难发现该小说诱发的移情现象回避不了仍以颠倒方式作用于文化想象的种族主义的嬗变。《牡丹》容易在战后一代人的心理中滋生新的异域化的喜好犹太人情节，置换并缓解深重的罪恶感。然而，尽管德国战后一代对《牡丹》中犹太人族裔散居群的异域化仍可被视为纳粹种族主义政治的结果，但是它也是应对、抵制种族主义的初次尝试。

也许与犹太受害者的认同（尽管仍是种族主义余孽的一部分）是抵制种族主义余孽、通往更成熟的反种族主义政治的必要阶段。事实上，我对文化幻想的理解是，迫害者的后代与种族大屠杀的牺牲品认同，形成一种极其复杂、含混、与父辈留下的创伤遗孽商榷的模式。尽管这些文化幻想昭然若揭地在种族主义历史中繁衍并在种族主义历史中沉淀下来，但是仅仅将它们理解成颠倒的种族主义还不够。对代际间创伤的间接处理需要一种新的视角，能敏锐感知亚历山大和玛格丽特·米彻尔利希所讲的无力的悲悼涉及的变化、含混和陷阱。当然，不同代人之间历史创伤的传播和处理运作形式各异，取决于当事人是属于受害者文化还是施暴者文化。弗朗茨·范农就典型地勾勒了去殖民化过程中的心理嬗变。类似的嬗变，尤其是无意识"与侵略者的认同"，也体现出克服种族主义历史的意图。我认为，许多施暴者文化的后代中存在的"与受害者的认同"现象也许是克服种族主义、暴力和大屠杀遗孽的初始阶段。尽管这种幻象式的认同仍是种族主义的参量，但是其主观意图是拒斥种族主义，从而颠倒价值观。这颇类似于范农的去殖民化分析描述的价值转变现象。两种颠倒现象都以拒绝施暴者和受害者在文化分化过程中给定的角色为基础。

在总的嬗变背景中，我童年的《牡丹》阅读体验中的无意识移情也许显得轮廓更加分明。此处无法追寻其复杂变化。因此我的焦点是有利于揭示阅读过程中的情感变化和无意识基础的几个方面。粗略地勾画情节和历史背景，也许有助于凸显文本材料的适用性。这些文本材料是我的阅读体验需要的、变动的情感焦注的基础。《牡丹》的历史背景是 18 世纪末 19 世纪初，开封大量的犹太人家庭已被彻底中国化。他们有关希伯来语、圣典、犹太节日庆典和宗教习俗的知识变得日益淡薄。末代拉比日趋衰老，后继乏人。小说中多处涉及文化和宗教宽容问题，援引中国境外对犹太人严加迫害的事例。然而，重要的是，非常宽厚包容的中国民众和政府对犹太人友善、包容。因此，小说其实反映的是文化接触与同化以及与此相随的传统宗教和文化价值的沦丧这个大问题。它也描绘了男权律令和森严的阶级等级对妇女的生活和社会地位的破坏性影响。更重要的是，包括牡丹在内的所有主要女性人物都是坚强、独立、受过教育的女性。不屈不挠，但受社会习俗压榨并最终走向毁灭，因为妇女被动地成了逆来顺受的角色。小说强调犹太人和妇女、宗教和种族宽容、代际间冲突、经济和社会文化利益对个体的压制。这些是强烈移情的基础，被转换成我童年时期及之后对该小说持续的关注。大体上讲，这种关注根本上是不易被察觉的，如果说不是无意识的。这就是为什么在赛珍珠的众多作品中我单单反复不倦地阅读《牡丹》。很显然这是移情的作用，尽管我只是朦胧地意识到，后来忘记了最重要的历史细节——具体讲就是小说的犹太人散居背景及其对文化、种族和宗教褊狭的批判。数十年后，我惊异地发现与德国过去的历史的对抗是多么深刻地决定了我的《牡丹》阅读。在丝丝缕缕关于这部小说的记忆中，我恰恰压制了对我个人而言最意味深长的因素。

我的《牡丹》阅读体验涉及潜意识层面高度个人化的投射在阅读过程中发挥的关键作用。显然我童年时阅读《牡丹》的意义超越了故事的历史和文学语境提供的信息。总括而言，文学的情感焦注主要以读者的移情为基础发挥作用。但是为了参与这种移情，读者必须涉足一个与参与文本相关的能产的空间。尽管原则上进入移情过程的投射带有强烈、独特的个人色彩，但是它们并非单纯的批评阅读应予以杜绝的情感谬误。相反，我认为它们应被算作文学最显要的文化和心理功能。

借我童年时期对《牡丹》独特关注的事例，我也试图强调书籍接受过程中接受的文化和历史语境的关键作用。首先，这是跨越文化、民族和语言空间的阅读传播的效果之一。在跨越边界的过程中，书籍顺应诠释逻辑，适应新地方、语境和知识，从而在此过程中改变原来的意思。爱德华·萨义德的"旅行理论"观也适用于"旅行文学"现象。旅行理论和文学在新的、通常是完全不同的文化空间中重新定位，脱离原来的语境，并受制于由此产生的错位含混。但是这并非意味着我们不能理解这种错位状况下的文本。它唯一的意思是，我们必须意识到我们的理解发生了变化。恰如人的变化一样，受文化接触影响，文学和理论相应发生变化。我需再次强调，我感兴趣的不是那些刻意从文本自身的时空框架中理解文本的学究式阅读。我真正感兴趣的是日常文学阅读过程中发生的必然、事实上是必需的失真现象。在此过程中，文学形成自身独特的出版和分配经济，在日益全球化的世界中旅行迁徙。

我现在将我援引的例子中隐含的设想放在美国当代文学研究论争的理论框架之中。我自己的著述中对文化和文化接触的强调将我的反思与美国大的文学向文化研究的转向连接起来。我将自己的理论视为一种形式的文化批评，同时也希望借此干预文学研究，尤其是借助不断强调与文化密切相关的心理和审美因素来进行干预。以此为基础，我需特别强调的是文学研究和文化理论的范式转向。这一当代转向发轫于20世纪80年代中后期，辐射到人文学科及其他许多学科。这是从文学范式向文化范式的转变。有批评家称之为文学研究的人类学转向——不仅仅是向跨学科研究的转向，而且更是对涉及传统人文学科当代危机的文学研究的重新定位。人类学转向最重要的影响就是重提文学研究的根本问题："文学的文化功能是什么？"或更具体地讲，"怎样才能将文学理解为一种'书写文化'？"

"书写文化"这一术语源自人类学家詹姆斯·克利福德和乔治·马尔库斯编撰的论文集《书写文化：民族志诗学和政治》。[①] 该著激发了民族志研究领域新一轮理论运动，通常被称为"后现代人类学"。鼓动这场运动的人类学家加入 20 世纪七八十年代人文学科中兴起的大的理论转向和文本性范式的应用引发的理论争鸣。借用从福柯、列维－斯特劳斯、解构理论和诠释学到社会科学中的人类学理论等各种理论，理论人类学家探索民族志书写的文本和修辞基础，从而引领了人类学研究领域的修辞学转向。

这些理论家感兴趣的是"书写文化"的修辞和诗学问题，也就是语言的使用怎样在文化知识的生产过程中发挥定型作用。同时，他们也反思自己的民族志书写的修辞维度。

借跨学科交叉繁殖，理论人类学家受文学和修辞学研究启发而提出的新范式被称为作为文本的文化。该范式又以逆向影响的方式转而影响文学研究，重新将理论争鸣引向书写与文化的连接问题。如今的文学批评家从学科的另一面审视这一连接并追问："这些有关'书写文化'的人类学研究对文学意味着什么？""民族志书写本身与书写文化的文学形式之间的区别是什么？"我的立场并非抹杀这种差异，抵制那种将民族志书写单纯地理解为一

---

① James Clifford and George E. Marcus, eds., *Writing Culture: The Poetics and Politics of Ethnography* (Berkeley: University of California Press, 1986).

种文学形式或将文学理解为一种民族志书写形式的观点。尽管这种立场在后现代人类学和修辞学式的文学研究中很流行，但是我认为我们忽略了每一种话语独特的文化功能，如果我们抹杀形式与类别之间的区别。例如，为了传播文化知识，文学使用的形式、修辞手段、风格和文本组合产生的完全不同的接受模式，常常将强调的重心从信息知识转到包括情感、情绪和无意识反应的更广泛的体验。

我认为，对书写文化的文学形式的使用有着与对推论或学术形式的使用相比另一种不同的功能。如现代主义实验文学、新现实主义、新文献小说或传统的民族志小说等这类文学之中的类型差异传谕的是另一种形式的文化知识，产生的是极端不同的效果。因此这里涉及的大问题不仅仅是协调，而且包括文化知识进入不同形式的话语和表现涉及的转换和转换可能性。后现代人类学及文学理论经常强调作为文本的文化和作为转换的文化这两种观念。许多研究成果都分析"文化的可转换性"[1] 以及这种可转换性的限度。理论家们提出这类问题："如果我们视'文学为文本'，结果会怎样？""我们怎样解释在谈到并'转换'他者时涉及的通常意义上的语言暴力和特殊意义上的修辞暴力？"如果我们紧密联系文学来提出这类问题，那么我们需要的理论应超越单纯关注阅读和接受的意识过程或模式这种局限。因此我们也需要超越转换模式。文化遭遇过程中，我们不仅与其他文化相互转换，而且参与一种从意识情绪到潜意识（如果不是无意识）情绪这一宽广范围内的复杂的情感转换。情感投入包括认同和协调这类积极反应和抵制、拒绝或妄想狂这类消极反应。幻想和投射这类高度个人化的过程是我们阅读体验最基础，也许是最关键的

---

[1] Sanford Budick and Wolfgang Iser, eds., *The Translatability of Cultures: Figurations of the Space Between* (Stanford: Stanford UP, 1996).

方面，塑造着文学的文化功能。文学形式的特性反映了作者处理世界的独特方式。对大多数读者而言世界获得了文学、心理和审美意义。这正是为什么读者能借助文学文本将体验内在化。与文学密不可分的是文化与心理体验之间的持续交换，这为我所讲的文学移情提供了基础。

这种移情运作的模式是过渡性。D. W. 维尼柯特认为，我们在专为商榷自我与外部世界之间边界而保留的过渡空间中体验诸如文学和艺术对象这类文化对象。在《文化体验定位》[①]一文中，维尼柯特断言商榷文化的位置正是自我与他者之间的过渡空间——一个生产、交换首先是个体，其次是所有文化对象的空间。在我的著述中，我进一步指出阅读理论中这种过渡性的心理和文化含义。阅读影响主体性的边界及文学之间边界的商榷。最后，维尼柯特的文学对象的过渡空间论也与后殖民研究有关。在《文化定位》中，霍米·巴巴提出自己的过渡性模式，关注文学文本的文化商榷产生的"第三空间"。巴巴的过渡性使一种新视角以及相互接触的两种文化之间的商榷空间的形成成为可能。

文学和阅读极大地塑造了主体与文化互动、商榷文化接触过渡空间的方式。文学总是涉及文化空间与心理或内在空间之间的相互转换问题。如果文学传播文化知识，这通常是对文化意象或深受文化影响的想象世界的高度主观的再现反映。我们不应从单向转换的角度来理解这种交换，而应认识到交换过程中内在的和外在的空间之间持续的相互转换及相应的变化。在此意义上，文学总是关乎主体、主体性、主体位置及主体与语言和文化的关

---

① D. W. Winnicott, "The Location of Culture", in Peter Rudnytsky, ed., *Transitional Objects and Potential Spaces: Literary Uses of Winnicott* (New York: Columbia UP, 1993), pp. 3—12.

系。首先，这或许能解释为什么文学不仅在定型而且在代际间创伤[1]的处理过程中发挥着关键作用。要瓦解笼罩在暴力历史上的沉默，我们需要嘹亮的声音来摧毁阻碍我们的情感障碍，直接面对、处理我们借文献和信息获得的抽象化知识。

我前面论述的事例有利于传达文学深远的文化、物质和心理影响。恰如马可·波罗的《游记》证实的那样，文学能影响某个文化的信仰和欲望，其地理、民族和宇宙认知，与自身和其他文化的关系。这不是什么清白单纯的力量。文学的文化功能和效果非常复杂含混。某些文本迎合顺应意识形态、殖民贪婪、东方学甚至种族主义。其他的文本挑战它们，开启或保留一个难得的文化批判空间。我对赛珍珠的《牡丹》的解读证明文学也以非常个人的方式影响读者，帮助他们将文化体验内化。在最深层的范围，文学也许能帮助我们间接地抵制和克服创伤体验。文学的文化和心理影响展现为一个持续的过程，改变文化和主体的边界，因此有助于编织文化和生命的图案。这就是为什么我们需要在全球、共同、媒介化的当代世界为文学这一具有独特魅力和价值的文化产品的延续而斗争。

在本章结尾处我想起了一小桩轶事。这将我个人的《牡丹》阅读接受引到现在，证明了旅行文学和理论可能产生怎样惊人的物质效果。这桩轶事将话题扯回到本文开始有关我们游历异邦城市时随身携带的想象地图的评论。数年前，我在北京的几所大学举行的讲座中谈到我的《牡丹》阅读体验。在某场讲座终场时，一位同行学者邀请我到开封大学去讲讲我对赛珍珠小说的分析。这是游访赛珍珠小说赋予其独特意义的那座城市难得的机会。我

---

[1] 我使用的这个概念的理论基础是亚伯拉罕和托罗克提出的代际间幻影理论。参见：Nicolas Abraham and Maria Torok, *The Shell and the Kernel*。同时也可参见：Sue Grand, *The Reproduction of Evil: A Clinical and Cultural Perspective* (NJ/London: The Analytic Press, 2000)。

欣然接受了邀请。在开封大学做完讲座后，慷慨的东道主为我安排的翻译陪我到开封古老的犹太人居住区。我终于如愿以偿，脑海里舒展开来的是数十年来在童年阅读的基础上沉淀定型的想象地图。站在开封城的小巷里，漫长岁月里古城的小巷已变得残破冷清，不复有往昔世界商贸中心的繁荣。我激动的心情是笔墨所无法描述的。似乎这难得的瞬间浓缩成我昔日少女世界纯真的激情，渴望弥合现实与想象之间的鸿沟，将虚构的故事带回鲜活的现实。我与街上的老人们攀谈，发现唯一幸存并坚守犹太人生活方式的是一位垂暮之年的老妪。其他犹太人后裔已完全被主流文化同化，无论在种族还是文化上都被中国化了。然而，所有人都知道开封犹太人的历史且对他们的故事传说津津乐道。没有人知道赛珍珠的小说。但是当我这位外国学者告诉他们《牡丹》（似乎赋予开封城异域历史感，而他们总能将之与自己的历史联系起来）就是以他们生活的城市为背景时，他们都为此露出自豪、愉快之情。我提到这桩轶事，是因为它证明文学移情并不随阅读行为而终结。某些书会影响我们终生，塑造我们内在的叙事，有时甚至决定着我们具体的行动和事件令人吃惊的转变。

第五章

书写课程：文化遭遇中的想象书写

  除了从与菩提树下的圣人的冥想吻合的智慧中学到一点皮毛之外，我到底从教过我的老师、我阅读过的哲人、我游历过的地方甚至西方引以为豪的科学那里学到了其他什么？[①]

——克劳德·列维-斯特劳斯《忧郁的热带》

  克劳德·列维-斯特劳斯在《忧郁的热带》的"书写课程"这一章中反思了亚马逊热带雨林中居住的南比克瓦纳印第安人部落的口头文化中新出现的书写这一现象。这后来成为德里达的书写理论的奠基石。德里达据此提出有关认识、语言和形而上三个层面的声音主义和逻各斯中心论的批判性论点。在《论文字学》的第二部分，德里达用整章的篇幅来细读《书写课程》，抨击列维-斯特劳斯的种族中心同化/括除这种自由意识形态。他尤其指责列维-斯特劳斯的"种族中心论自认为是反种族中心论，一种解放进步意识中存在的种族中心论"[②]。在此语境中，德里

---

  ① Claude Levi-Strauss, *Tristes Tropiques*, tr. John and Doreen Weightman (New York/London: Penguin, 1992), p. 411.
  ② Jacques Derrida, *Of Grammatology*, tr. Gayatri Chacravorty Spivak (Baltimore: Johns Hopkins UP, 1974), p. 120.

达也提出审美问题。列维－斯特劳斯将关注焦点转到这样一个事实,即南比克瓦纳人将书写行为称作"iekariukedjutu"——字面意思是"绘制线条"。他由此得出结论:对南比克瓦纳人而言,书写首先具有审美符指功能。德里达却借此批评列维－斯特劳斯的"人们能隔离审美价值"[1]这一臆断及书写审美价值外在论。

我此处感兴趣的正好是审美问题。我完全同意德里达坚持将审美视为书写内在的、不可分割的价值这种观点。但是我要探讨的是作为文化间移情例证的审美的作用,从而为两位学者之间的论争增添新的内容。我使用的移情概念指心理分析意义上对影响和观念的无意识置换。移情充斥着个体间或文化间遭遇过程中的无意识欲望、幻想或存在及关联模式。这些遭遇包括文学或艺术品与接受者之间的间接遭遇。它在很大程度上显现为无意识运作,目的是连接、阻塞、填补或否定在认识其他人或文化时不可避免的裂缝并控制这类裂缝带来的影响。因此移情依赖想象的建构来削弱或改变他者性,赋予其熟悉的形态。这类建构包括极富创意和激情的对他者的包容、投射式的认同、对差异的心理排斥或妄想狂式拒绝。按照自己的参照结构和情感组合来想象地塑造他者(包括文化他者)能减弱他者性造成的焦虑。但是这类想象运作通常导致令人恐惧的投射、敌对的冲动,甚至非法的欲望,因此结果以对他者、自我及自我在遭遇中的作用的扭曲和错误认识为代价。

在更具体的文化间遭遇中,移情受两种因素左右——不熟悉他者交往行为的文化符码和规则及他者的情感文化。事实上,移情就是奠定我们所讲的"文化想象"或"文化无意识"基础的过程。文化能力及知识与具体的互动行为的不确定性之间的差异的作用类似弗洛伊德所讲的助长投射的心理分析情景中的"空

---

[1] Jacques Derrida, *Of Grammatology*, tr. Gayatri Chacravorty Spivak, p. 124.

虚的屏幕"。自然我们知道无论是个体间还是文化间遭遇中我们都不可能找到真正的"空虚屏幕"。我们真正面对的是充满裂缝和对陌生符号的象形文字符码化的模糊屏幕。文化遭遇的双方互不认识,都试图按照自己文化的符码来解读象形文字,用基于自己个人和文化知识的投射来填补那些裂缝。可将接下来的投射过程理解为移情,因为它激活了被内在化的处于习惯或无意识状态的文化接触模式,也因为它不可避免地隐含了想象的因素。因此想象的作用非常含混,即可能促进与他者的接触或通过忽视、否定或抵制差异来排斥他者。当然也存在对权力有意识或无意识的争斗。这涉及哪一种文化最终会占上风,提供互动的框架和价值。

《书写课程》阐明,田野情景同时积聚了人类学家和本土人的心理能量,因此构成了文化间移情的温床。让我简略地回顾一下列维－斯特劳斯强调的转变成书写课程的"独特事件"。书写课程之间和之后的场景事实上是绝妙的、具有强烈自讽色彩的滑稽模仿。人类学家将自己打扮成字母意义上不识字的本土部落中文化意义上无知的小丑。列维－斯特劳斯对他与犹蒂阿里迪人一道深入热带雨林探险的描绘略带哗众取宠的喜剧成分。他安排的场景是与塔伦德人交换礼物。塔伦德人与犹蒂阿里迪人一样是南比克瓦纳族的分支。尽管列维－斯特劳斯刻意使用一种略带自我解嘲成分的喜剧口吻,他的叙述却无法掩饰他在整个事件过程中强烈的恐惧感。这种恐惧感有时甚至濒临妄想狂的边缘。

故事开始时,列维－斯特劳斯强迫犹蒂阿里迪部落的酋长帮助他前往塔伦德部落,尽管两个部落之间一直维持着微妙的平衡关系。在搭载礼物的牛被减少到四头时,很不情愿的酋长终于顺从了。列维－斯特劳斯以回忆的口吻称这次探险为"奇异的幕间休息"。出发后不久,他的巴西同伴就注意到探险队里没有女人和小孩。"按照旅游书籍的介绍,这种情形意味着攻击即将来临,"列维-斯特劳斯这样写道。这暴露了他的文化无知。因为他完全依赖旅游书籍提供的外在的书本知识,即他自己有关本土文化及与新世界的文化遭遇的想象建构。列维-斯特劳斯满怀恐惧地继续旅行。然而一旦追上其他人,他就不得不承认自己的恐惧心理完全没有根据。它仅仅源自旅游叙事中的想象传闻,而不是与南比克瓦纳人生活的真实体验。事实上,恐惧诱使人类学家放弃对另一种文化的真实体验,青睐从自我文化想象中汲取的投射。在探险途中,印第安人迷路了,食物也告罄。因此族人们都责怪酋长,认为这是他顺从白人的结果。此外,在指定的会面地点,列维-斯特劳斯才明白是酋长强迫塔伦德人来赴约。这是违背他们意愿的做法。

意识到"危险的情形",列维-斯特劳斯安排了礼物交换仪式。由此产生所谓的书写课程。知道南比克瓦纳人还没有开发出拼音文字书写技术,他选送给部落的第一份礼物是一叠纸和铅笔,借以鼓励他们书写。令他欣喜的是,他们在纸上画满细细的波纹状线条,仔细模仿(如果不是提炼)他们从人类学家的符号中了解到的符号线型序列。回顾这件事情,列维-斯特劳斯认为这是口头文化部落中"书写的开端"。在某种意义上,当他开始如此戏弄本土研究对象时,他已经将书写的"前历史"置于进步的目的论模式中。总而言之,他的目的是要显示他对拼音书写优越的主宰地位。而对本土部落来说,这无疑是一项新技术。

《书写课程》的高潮是列维-斯特劳斯与部落酋长的交易。在交换礼物的过程中,酋长要求人类学家送给他一本书写簿,从而戏剧性地将他的身份改变成最初的本土调查的对象。此后无论列维-斯特劳斯什么时候向他了解信息,酋长的反应就是拿着书写簿并开始书写。面带礼节性的微笑,他交给列维-斯特劳斯一张画满极有规则的波纹线条的纸。列维-斯特劳斯对此的解释是,这反映了源于书写的权力的等级分布。酋长明白这种权力并

借此来统治部落:

> 无疑他（酋长）是唯一领会书写目的的人。因此他向我要书写簿。当我们都拿着书写簿在一起工作时，如果我就某个具体问题向他了解信息，他不是口头为我提供信息，而是在纸上画出波纹线条后交给我，似乎我能读懂他书写的答案。他完全沉浸在其中，每次画完一条线，他都满怀渴望地审视，似乎期望意义会跃然纸上。他的脸上同时也掠过失望的神情。但他从来不承认这点。我们之间达到一种默契：他难以理解的书写具有意义，而我假装试图破解这种意义。紧接着是他的口头评价。这免除了我需要他进行解释的麻烦。
>
> 一旦与其他人在一起，他就从篮子里拿出一张画有波纹线条的纸，装模作样地阅读这张纸。他一边检查纸张上我列出的礼物清单，一面装出犹豫的表情。[1]

列维-斯特劳斯将酋长的书写模仿解读为获取凌驾于本土部落之上的权威的努力。"酋长认识到书写是一种权力工具，"他认为。如引文所示，他的假设是，酋长诱使族人相信他与人类学家分享了书写的秘密知识。列维-斯特劳斯认为自己与酋长之间建立起秘密的共谋关系。在本土人面前，他公开承认酋长的书写能力。而事实上他们俩心里都知道酋长只不过是在装模作样。此外列维-斯特劳斯认为，他自己在书写能力的等级分布中又凌驾于酋长之上。后者在族人面前差强人意的表演最终依赖"无言的协定"，即人类学家愿意参与这个游戏且不会揭露酋长的真面目。

---

[1] Claude Levi-Strauss, *Tristes Tropiques*, p. 296.

我质疑某些列维-斯特劳斯有关书写的假设。我自己的阅读将提出审美问题及其作为一种依靠间接表现、婉转表达、表述言语行为和讽刺的交流模式的创造性用途。我认为，正是酋长表述言语行为的审美维度容许他进行政治干预。而这种政治干预动摇了新旧两个世界遭遇过程中文化想象的顺利运作。德里达只是蜻蜓点水式地提到酋长的言语行为的审美层面，却没有深挖其意义，因为他认为书写的审美价值是固有的。然而，要凸显酋长表述言语行为的政治含义，我们就需要细细分析对审美独特的想象运用，因为它涉及礼物和信息交换的文化实践。

在酋长与人类学家交换的语境中，审美主要显露在具体的交易行为中，即酋长对知识的仿真和他与人类学家之间达成的掩盖这种仿真的默契。我认为这种仿真行为是理解德里达所讲的"审美范畴"的关键。列维-斯特劳斯和德里达在《书写课程》中忽略的正是遭遇行为的两面效果。列维-斯特劳斯认为酋长是在捉弄他的族人。无疑这可以被确认。但是他完全忽略了酋长也与人类学家玩弄了另一种不同的伎俩。酋长对书写虚假的模仿是一种表演性的行动，对两方具有不同的作用。在族人面前，他假装自己是在与人类学家交换书写信息。但是针对人类学家，他也作出了有关在众人眼前进行的文化间交换的元陈述。因此元交流是在高度艺术、表演性的游戏框架中实现的，涉及本土部落和人类学家双方。

正是在这种元交流（不是列维-斯特劳斯或德里达进行的）的基础上，酋长贯彻了殖民政治的关键因素。酋长模仿作为权力工具的书写实践，同时又利用这种权力来抵制人类学家，从而颠覆后者的优越权威地位。再者，因为他推动的书写仿真表演针对双重对象，我们可以说"书写课程"并非标志着"书写的开端"，而是构成了一种表演性的交流行为，凭借的是熟悉的审美

第五章 书写课程：文化遭遇中的想象书写 121

技巧，如讽刺、混杂和隐喻转指。因此审美以酋长文本根本的艺术（如果不是文学）功能表现出来。尽管酋长文本不是严格意义上的文学文本，我们应认同德里达的观点，即酋长的书写无疑构成了一种具有内在审美价值的实用书写。我们见证的是酋长娴熟高超的嬉戏表演，借隐喻、混杂和讽刺产生的艺术技巧来对抗当权者。

列维－斯特劳斯认为《书写课程》揭示了印第安部落中"书写的开端"。正如德里达正确指出的那样，这暗合那种将南比克瓦纳人归入史前文化的种族中心分类历史。然而，如果从与列维－斯特劳斯的评价对立的立场来解读该事件，我们也许会得出不同结论——一个头脑灵活、随机应变的人将书写作为在文化无意识中进行想象刻写的工具。奇怪的是，德里达在他的列维－斯特劳斯批判中没有注意到，一个非常显著的细节使整个事件具有了讽刺意味。这就是为《书写课程》提供语境的礼物交换的首要作用。如果我们回想起列维－斯特劳斯催促酋长马上举行礼物交换仪式以缓解紧张的氛围，我们就不会忽略酋长在书写仿真中的表演性讽刺。列维－斯特劳斯将"书写礼物"呈现给部落的口头文化，从而打破僵局。作为交换条件，他期望酋长成为他的本土调查对象。但是酋长回赠给他的是什么呢？他确实向人类学家回赠了礼物，尽管以一种无法分辨其意义的书写仿真形式（同时也可被视为对人类学家礼物的模仿）。他对等地回赠了人类学家，因为人类学家赠送的纸张和铅笔当然不是真正的"书写礼物"，而是有助于他利用部落进行人类学实验的道具。可以说，这种具有欺诈目的的礼物交换使礼物失去了实用价值。酋长相应地进行了礼物交换，他的书写模仿有意或无意地掩盖了对人类学家的行为的模仿本质。假定人类学家呈给口头文化的"书写礼物"交换仪式在作为殖民实践的人类学框架内进行，那么我们实际上可以将酋长的书写仿真行为解读成间接或"模仿"① 模式,借此"殖民主体发出声音"。②

在《论模仿与人》中,霍米·巴巴提醒我们,殖民主义"通过滑稽剧手法来不断行使其权威",从而产生"与讽刺、模仿和重复这些传统一脉相承的文本"。③ 对巴巴而言,模仿代表一种围绕正反矛盾并存建构的讽刺性妥协。作为双重发声的符号,模仿"同时是相似和威胁"。④ 酋长似乎挪用了那些通常是殖民话语标志的特征,从而瓦解了以确定人类学家与本土调查对象间等级关系的权力分布。列维-斯特劳斯确定无误地将酋长的书写体验为一出闹剧,尽管他必须扮演同谋的角色,否则就可能失去本土调查的对象。再者,他受到酋长模仿的威胁,因为在模仿信息交换的行为中酋长事实上控制着行为。如果我们更仔细地审视交换过程,我们明白了酋长行为的双重性——礼物交换和信息交换。尽管他表面上顺从,以画满线条的纸张的形式将"书写礼物"回赠给列维-斯特劳斯,但是他无声地蔑视人类学家,拒绝提供他渴望的信息,因此也就否定了他的本土调查对象角色。然而,哪怕这种否定行为本身仍是在模仿作为无实用价值的礼物的书写,因为人类学家提供给部落的不是书写信息,而是无法辨认的图形。酋长以书写方式提供给人类学家的答案构成了复杂的交换,使他形式上认同人类学家的要求(即参与交换仪式,发挥本土调查对象的作用)。因此他一方面顺从交换仪式的规

---

① Homi Bhabha, "Of Mimicry and Man: The Ambivalence of Colonial Discourse," in *The Location of Culture* (London: Routledge, 1994), pp. 85—92.

② 我认为酋长对人类学家的反应提供了有趣的一例,即表明在特定状况下殖民主体或属下阶层主体不仅能言说而且能"反说"。参见:Gayatri Chacravorty Spivak, "Can the Subaltern Speak?" in Cary Nelson and Lawrence Grossberg, eds., *Marxism and the Interpretation of Culture* (Urbana: University of Illinois Press., 1988), pp. 271—313.

③ Homi Bhabha, *The Location of Culture*, p. 85.

④ Ibid., p. 86.

第五章 书写课程:文化遭遇中的想象书写　123

则,另一方面又一定程度地保留了对方需求的信息。酋长后来又乐意提供所需信息。这意味着在言语行为中信息控制行为及通过该行为间接传达的信息比对信息的控制更重要。酋长在语言游戏中扮演的是本土调查对象的角色。而语言游戏以元交流的间接方式包含了他有关礼物交换和文化转换的规则和特征的信息。我认为,酋长创造地、艺术地建构了一个将书写与参考信息分离开来的空间。这依赖他对书写的内在审美维度的利用。

在《命名游戏与书写课程》一文中,马塞尔·菲奥里尼从近几年来在南比克瓦纳人中进行田野调查的视角来反观列维-斯特劳斯与德里达之间的交流。他认为,更普遍意义上南比克瓦纳人的语言游戏的标志是在对抹掉的书写的表演性使用中对沉默、秘密、擦抹的使用:

让姓名或自己对事件的了解处于秘密状态,不让他们进入交流过程。这些强调了姓名主体的角色,要求言语行为接受者以相同方式"解读"这种控制行为或对之作出反应。这样沉默本身可被视为一种对话言语,因为它包含了与潜在的读者紧密相关的文本。这如同马奈瑞苏人以颠倒的方式玩弄表现消失与再现的游戏。①

在此更广的语境中,我们可以认为,只有读懂波纹形水平线条的隐意才能破解酋长以控制方式提供的信息。只有将这些线条视为抹掉的书写,才能充分理解人类学家与酋长之间"秘密交换"的双重本质。毕竟交换的两个参与者都明白各自游戏的含义。酋长的间接信息表现为表演性的施行形式,而不是狭义的间接言语

---

① Marcelo Fiorini, "The Naming Game and the Writing Lesson", Unpublished Manuscript.

行为。如果酋长将有关礼物交换的独特信息这份礼物直接呈现给人类学家，这也许会严重冒犯他。它包含了稍加掩饰的对第一份礼物的批判：你赠送给我们的是我们无法理解或使用的礼物，此外你利用赠送的礼物来捉弄我们。菲奥里尼坚持认为，酋长在礼物交换中对人类学家的模仿行为不仅是代替外来者的行为，而且构成了他自己和族人作为这位外来者的媒介和工具的异化地位。然而我这里需指出的是，酋长的表演不仅构成他的族人及他自己的角色的异化，而且通过赋予自己能转化人类学家的权力游戏的条件来抵制异化本身。最重要的是，这种权力转化的工具是对作为工具的书写（被用作交易的想象基础）的表演性和艺术性使用，从而干预文化想象。有趣的是，在此"语言游戏"中使用的"符号"横跨象形文字与书写、艺术与文学之间的边界。

菲奥里尼指出，可将酋长假装阅读的纸张理解为纯粹的表演道具或有助于他与外来者之间达成默契的符号。然而，我们也可以认为，酋长将书写处理成一种象形文字（这里特指最根本意义上的表演性语言游戏），使用几何符号、间接指涉、游戏和技巧来进行交流。那么酋长就可能将书写处理成一种超越字面意义的间接交流媒介，借讽刺和混杂达到愉悦的文化目的。我们也可能将"波纹形的水平线条"理解成罗兰·巴特的话语意义上的文学表现，词或形式主宰了观念。[①] 然而，只有甘愿进入酋长的语言游戏并能理解其作为另一种不同信息的表演性运作的功能的人，才可能触及酋长以准文学或审美模式传达的知识。我们可以这样解释这种"反说"的效果："不，我不会妥协。这是你的权力媒介，我不会让你使用它来维护你的优越地位，而是以子之矛攻子之盾。"列维-斯特劳斯没有解读出这一层意思，因为他设

---

① Roland Barthes, *Roland Barthes by Roland Barthes*, tr. Richard Howard (New York: Farrar, Strauss, 1977), p.152.

第五章　书写课程:文化遭遇中的想象书写　　125

想酋长仅仅将书写利用为扮演模仿角色的对象,是纯粹的对符号的模仿。因此他未能认识到酋长对书写的独特运用,书写的讽刺及其在表演性语言游戏中的作用。表演性语言游戏根源于元交流效果,通过间接指涉来表达意义。

因此如果我们将酋长的书写模仿解读为一种表演过程,那么权力的等级分布事实上具有与列维-斯特劳斯所强调的意义不同的另一种意义。酋长利用纸张的模仿游戏空间,将期待他以本土调查对象身份扮演的文化自我再现变成了有关文化他者性和接触及文化间交流的表演。他表演的语言游戏包含的意义不是关于南比克瓦纳族口头文化中"书写的开端",而是"文学的开端"。[①]图像获得了表演性,形成一种借助间接表现和曲折变化来进行交流的模式。其次,他的干预涉及表演互动的想象基础。因此我们可以认为,酋长的表演至少在基本意义上是一种文学言语行为,以对符号的表演性和非参照性使用为基础。其目的是通过间接表现进行交流,因此言语的形式比内容更重要。此外,这种言语行为构成了文化间交流的手段,尤其是表演性地利用象形文字审美特征。也许更重要的是,在这种情况下文学的开端先于拼音文字书写。我们甚至可以发掘出书写事件的寓意:生物学意义上人类精神创造文学/艺术[②]的自然倾向,完全可能先于创造作为储存和交换信息工具的拼音文字语言的倾向。

假定上述解读以书写、文学和想象的宽泛意义为基础,那么有必要进一步澄清这些术语。更细致地考察酋长与人类学家的交换,我们会注意到酋长的表演不单纯是书写模仿。列维-斯特劳斯与酋长的交换展示了仿真或更确定意义上的模仿极端不同的意

---

　　① 此处我从非常广阔的意义上使用文学这个概念,包括为达到讽刺、游戏和元交流的目的对符号的表演性使用。
　　② 另参见:Ellen Dissanayake, *Homo Aestheticus. Where Art Comes From and Why* (New York: The Free Press, 1992)。

义。这是最根本的问题。对列维-斯特劳斯而言，模仿是对某个行为的效仿，因此它是一个意义相对狭小的观念，以对书写简约化的界定为核心。对酋长而言，模仿具有表演特性，变化不定，涉及复杂的文化交换，产生差异而非相似性。因此他揭露了表演者之间的知识裂缝以及为弥合裂缝而介入想象领域的努力。此外，酋长的元交流与文化间礼物交换有关，涉及一种精确、十分有趣，尽管是间接的陈述。酋长的元交流指书写在与本土人的文化接触过程中的作用，更普遍地揭示了文化转换问题。他甚至戏弄书写这一人类学家赠送给口头文化的礼物，暗示了（如果不是颠覆）列维-斯特劳斯在交换过程中灌输的等级秩序意识。

酋长的元交流讽刺的对象是不对称用途，但是在与本土人的礼物交换过程中人类学家似乎认为这是理所当然的。列维-斯特劳斯认为自己拥有至高无上的权力工具，本土部落却处于无知的前文字状态。酋长干预并颠倒了这种不对称关系，揭露了列维-斯特劳斯面临的难题。这就是破译或转换异己文化信息的困难。这与部落在接受列维-斯特劳斯的礼物时面临的难题并没有什么区别。因此他也提出有关知识与信息差异的重要观点。难道酋长的语言游戏不正意味需要更宽泛地理解（而不是以纯粹的信息为基础）民族志知识，也许还有广义的文化间交流吗？酋长以整个交换符指过程为对象而不是单纯回应人类学家，因此他以戏仿的方式颠倒了权力关系。他将信息隐藏在艰涩的符码（灵活地将人类学家自己的书写变成大杂烩）中，借此展示他压制信息的权力。酋长的反应是霍米·巴巴讽刺的折中的殖民模仿行为，假装妥协顺从，实际上颠覆解构。酋长展示了自己的权力和技巧——在玩弄人类学家的游戏的同时从内部瓦解游戏规则。换言之，他更娴熟地玩弄人类学家的压制游戏，比人类学家技高一筹。

可以将此理解为一种发挥有关想象替代和文化移情的元交

流，一种"颠倒的表现消失与再现的游戏"（菲奥里尼语）。那么书写事件无疑揭示了列维－斯特劳斯忽略的权力维度，尽管他持续地关注权力。德里达曾仔细分析，在列维－斯特劳斯建构书写课程的场景中叙事展示了一种与妄想狂紧密联系的修辞。如前所讲，当人类学家以自己的文化想象（具体讲就是殖民旅游叙事）为基础时，这种妄想狂就露出端倪。事实上，这些恐惧和妄想狂场景表明，他摆脱不了对土著部落的投射性敌视，尽管他以特有的怀旧口吻将土著部落描绘成天真善良的群体。列维－斯特劳斯严格按顺序编排叙事，使之在不同的推论层面发挥作用。这有力地揭示了事件及其叙事特有的文化移情状态。在描绘了作为本土调查对象的酋长有趣的表演之后，列维－斯特劳斯接着讲述在与部落交换礼物的过程中酋长是怎样继续表演的。列维－斯特劳斯非常谨慎地评价这一场景："这场闹剧持续了两个小时。也许他是希望迷惑自己？更可能的是他想给同伴意外的惊奇，让他们相信他扮演的是交换仪式的中介角色、他与白人联盟且分享着他的秘密？"[1] 礼物的分享扩展到包括秘密的分享。然而，对秘密的分享并不像表面上显得那样均衡互有。与列维－斯特劳斯相似，酋长假装他分享了人类学家的书写秘密。对那些缺乏拼音文字书写能力的人而言，纸上的文字看起来像隐藏着秘密的象形文字。然而，所谓列维－斯特劳斯与酋长分享的秘密只不过是酋长对书写秘密的无知。是否酋长也可能与族人分享着什么秘密？他们是否也与列维－斯特劳斯一样参与了酋长的图谋？他们可能完全明白酋长玩弄的是"通过控制来给予"这种游戏，也许他们假装能理解人类学家无力理解的象形文字的意思？那么他们也与娴熟地玩弄文化商榷双重游戏的酋长达成某种默契？无论是列维－斯特劳斯还是德里达都与这种复杂的文化商榷失之交臂。

---

[1] Claude Levi-Strauss, *Tristes Tropiques*, p. 296.

在《奇妙的占有》①中，史蒂芬·格林布拉特探讨了支撑欧洲与新世界遭遇叙事的奇妙修辞。有趣的是，列维-斯特劳斯将自己打扮成带给新世界奇迹的角色。他带给新世界的奇迹正好是"书写奇迹"。"我们渴望离开，"他在叙述中突然笔锋陡转，"因为当我们将所有携带的奇迹给予土著人时，显然最危险的时刻也就来临了。因此我并不试图进一步探讨这个问题。"② 然而，在他的叙述中，"奇迹的转交"引向另一种转交——复杂的文化移情。文化移情中"奇迹"真正的功能是对殖民想象及其对他者的异域化进行讽喻。其修辞症候式地显示了人类学家的文化间商榷及阐释的幻象定型作用。"奇迹的转交"显然同时在礼物交换的物质层面和文化想象的意识形态层面进行。文化想象将礼物异域化并将之偶像化为奇迹。书写作为"奇妙的占有"，对列维-斯特劳斯而言在两个层面发挥显著作用。因此他对"奇迹"这个术语的使用本身具有特别强调的内涵，标志着文化想象的作用——将真实的转交（礼物交换）与作为殖民幻想结果的幻象移情融合在一起。将书写转变成"奇迹"的力量不仅包括书写通过传输信息表现出的权力，而且涉及它通过压制、传输或替代信息获得的另一种权力。书写拒绝单纯的指涉功能，构成不确定因素和含混主宰的空间。该空间仍残留着文化无意识印迹的想象投射，是铭写的土壤和容器。也许我们可以进一步指出，酋长的表演政治依赖的正好是这样一种文化交换——人类学家试图借助书写的奇迹来获取新世界的"奇迹"。酋长的书写仅仅突出了奇迹在表演、模仿和颠覆中的地位，因为这些都是在新旧两个世界遭遇相逢的过程中进行的。

换句话讲，书写课程引向有关文化想象的课程。"失败的会

---

① Stephen Greenblatt, *Marvelous Possessions: The Wonder of the New World* (Chicago: The University of Chicago Press, 1991).

② Claude Levi-Strauss, *Tristes Tropiques*, p. 296f.

面及我无意中导致的欺骗造成一种令人愤怒的氛围。更糟糕的是,我的骡子口腔中长满了溃疡。"列维-斯特劳斯继续说道。(为什么是"无意的",我们会问。当列维-斯特劳斯赠送纸张和铅笔时,他有意地期望什么效果?)从那时起,各种事件闹剧式地相互影响。溃疡使骡子向前狂奔一阵后又突然停下来。列维-斯特劳斯从骡子背上掉下来,跌进灌木丛中,手无寸铁地待在"危险区域"。按照想象的旅行叙事,他应该鸣枪以吸引其他人的注意力。他鸣了三枪。唯一的结果就是使受惊的骡子狂奔而去。他藏好武器和照相设备后去追赶骡子。骡子让他靠近,但每当他试图抓住缰绳时,骡子又跳开,害得他越追越远。最后,绝望的列维-斯特劳斯向前一跳,将身体吊在骡子尾巴上,然后再爬上骡子背,却发现自己的设备丢失了。这时他陷入妄想狂状态:"夕阳渐渐沉入地平线后,我丢失了武器,每时每刻都有被一阵急雨般的箭射穿的危险。"① 正当他准备生火时,南比克瓦纳人返回来了,不带丝毫敌意。找到他的设备(对他们而言这只不过是"小孩子的游戏")后,他们将他送回宿营地。

  事件的这种结尾导致另一处叙事断裂,引出列维-斯特劳斯对书写课程的评价。夜晚失眠的他得出有关书写与权力关系的结论。我们注意到他对书写场景的语境化,发现他对书写权力及自己凌驾酋长之上的权力的反思紧接着另一个情节——他觉得自己完全无能为力。讽刺的是,他在这个情节的两个事件中都被自己的想象投射愚弄了。以对南比克瓦纳人失败的解读非常幽默的描述为背景的书写课程变成了以列维-斯特劳斯的读者为接受者的阅读课程。叙事暴露了他的恐惧及相关的、妄想狂式的、以印第安人为对象的仇恨投射趋向;展示了对书写回望式的使用;目的是将恐惧变成幽默并恢复尊严。但是叙事也意味着书写课程本身

---

① Claude Levi-Strauss, *Tristes Tropiques*, p. 297.

极有可能受情感张力影响。这归咎于无法摆脱的对印第安人的恐惧（深刻地影响了书写"实验"）。其次，我们可以假定他的自我刻画中显示出的顺从修辞微弱地掩盖了他自己的恐惧，也有助于减轻他对西方人类学计划的负罪感。贯穿《忧郁的热带》始终，列维-斯特劳斯满怀眷恋之情地悲悼受到他在《书写课程》中描绘的书写入侵威胁的本土人享受的自然状态。因此在读者眼中书写课程也展示了真实遭遇及其回缅式叙述中文化想象的无处不在、文化间移情的复杂变幻。

因此文化间移情提供了一个重新解读书写课程的新框架。白色纸张上的波纹形水平线条充满了不确定性和被过分强调的意义。这些意义空洞的图形激发了想象铭写。表面上看这些图形刻意模仿书写，实际上却暗示了成熟的殖民模仿复杂的权力机制。它们形成一种巧妙的元交流形式，与书写、礼物交换、权力游戏和文化想象策略密切相关。在仿真层面，这些书写隐喻着无使用价值的礼物。在元交流层面，他们传输的是有关文化间交换和移情的信息。按照表演性的间接表现模式来利用书写，酋长表演的文化接触事件正好是民族志知识被压制的场所。因此酋长对书写的使用类似于艺术或诗歌，而不仅仅是交流的信息模式。书写课程由此变成了阅读课程。一旦我们将自己的文化知识扩展到民族志信息以外，包括文化移情效果的领域，我们就会了解更多不同的有关文化的事物。那些意义空洞的图形不仅是酋长表演的道具，而且发挥投影屏幕的作用，激发想象铭写。我们见证的文化商榷行为显示了幻想——栖居于文化之中的、生产或解读文化的人们的幻想——怎样影响、渗透文化和文化文本的诠释行为。文化接触的表演性政治和审美就隐含了具体的信息。因此要破译信息，我们首先需学会阅读。

要进一步深化对这种破译模式的理解，在确定文化接触特征中书写内在的审美发挥着重要，但常常是无声的作用。酋长在纸上画出抽象的线条，他施行的文化干预与列维-斯特劳斯的民族志实验产生的复杂情感交换共鸣。酋长教给人类学家的"书写课程"发生在文化移情中，礼物和信息交换成了等级森严的殖民政治的重要部分。首先，酋长将该课程作为"礼物"赠送给人类学家。然而，这是接受者无法接受的书写课程，因为他将波纹线条解读成模仿而不是表演性言语行为。也许更重要的是，他不能接受这个课程，因为在他潜在的假设中酋长在文化交换中的行为和权力仅限于他的部落。然而文化接触和商榷行为中主体发生了变化——从被动适应的主体变成了其想象和灵活应变的头脑反过来塑造文化商榷的主体。列维-斯特劳斯仅仅认为酋长模仿书写形式，借以适应并利用人类学家优越的技术。我认为酋长采取行动的情景是：他仅仅是另一方游戏的参与者。他有力地证明：文化适应甚至挪用不完全是被动的或仅仅是反思性的，也可能包含了想象、游戏和表演的成分。这种积极地介入文化接触的行为具有深刻的政治和心理意义。表演性言语行为或语言游戏对投射和移情的变化仍非常敏感，对威胁文化边界完整性的权力运作小心翼翼，也有利于促进对文化接触的心理处理和综合。

在《原始艺术的风格、优美和信息》一文中，格里高利·贝特森认为，艺术问题本质上是有关精神的意识和无意识部分的心理综合问题。[①] 我从酋长的行为中看出类似的心理和文化综合过程。他拒绝顺从人类学家定下的游戏规则，而是让这些规则顺应他自己文化的规则。他对礼物交换的操控综合了外来的书写礼

---

① Gregory Bateson, *Steps to an Ecology of Mind* (Chicago: University of Chicago Press, 1972), pp. 128—156. 另参见：Christopher Bollas, *The Shadow of the Object: Psychoanalysis of the Unthought Known* (NY: Columbia UP, 1987)。从婴儿最初开始融入文化的时刻就开始了文化无意识的建构、文化价值、品位甚至符码的传播。这就是克里斯托弗·伯拉斯所讲的我们在获取语言能力之前就已经获得的非思的知识。这同样适用于文化知识。在此意义上，沉默的或"非思的"知识活跃在文化想象、文化及跨文化传播层面。

物，但并非以牺牲灵活多变的文化边界的完整性为代价，因为他同时关注礼物交换的意识、无意识和沉默维度。因此酋长的"图形"与本土部落的文化审美或"内在用语"① 密切相关。它们的能动作用涉及部族的文化想象及与人类学家的文化间移情。换言之，这些图形成了对文化进行内在处理的工具。因为它们更宽泛的意义隐藏在无意识中，所以它们横跨两种文化与相应的无意识之间的边界，兼有文化和心理效果。

最后我们得出一个更普遍的结论。我的《书写课程》解读表明，要理解文化间遭遇及文化接触的特征，需要相应的理论模式，借以解释文化间交换或转换涉及的文化间移情的复杂运作。文化商榷必然依赖文化想象和文化无意识。为了理解这种相互作用，我们需要文化政治、心理学及文化修辞和诗学。诗性的、艺术的或表演性的交换建构了一个沉默的元文本或亚文本。元文本或亚文本不仅揭示了对其他文化的想象或无意识投入，而且僭越交换的官方规则和符码的边界，常常向不可一世的森严等级反戈一击。

---

① Christopher Bollas, *Being a Character. Psychoanalysis and Self Experience* (New York: Hill and Wang, 1992).

下 编

暴力历史与创伤

第六章

抵制记忆和遗忘的书写

孔眼和缝隙在虚构叙事中是如此重要,因为文本提供的重构世界(或故事)的材料不足以达到饱和状态。

——施罗密斯·里蒙-凯南《叙事虚构》

讲述故事是为了记录单纯的事实描述中缺少的真理。

——苏·格兰德《邪恶的繁殖》

为了再次终结黑暗空虚中孤零零的头颅没有脖子没有脸只有盒子黑暗空虚中最后的地方。

——塞缪尔·贝克特《为了再次终结》

我们讲述或书写故事,为了推迟死亡的来临。在故事《终结》中,塞缪尔·贝克特从关于可能的生活故事的遥远记忆出发,他差一点就接近终点:"关于我应讲述的故事的记忆已变得微弱、淡薄,与我生活相似的故事,我的意思是说没有勇气终结,也没有力量继续。"① "与生活相似"的故事位于记忆与遗忘之间的过渡空间。它们来自依稀恍惚的记忆——无法确定的记忆。生命书写常常源自创伤核心,占据两个平行世界——日常生

---

① Samuel Beckett, "The End," In S. E. Gontarski, ed., *Samuel Beckett: The Complete Short Prose* (New York: Grove Press, 1995), p. 99.

活与创伤——之间的空间。在现实生活中，这两个平行世界的交汇接触是危险的。在书写中，它们必须交汇。否则故事仍脱离现实，故事的语词在它们试图掩盖的寂静中踯躅徘徊，创伤就像被抛入轨道的卫星。扎根创伤核心的书写征兆了语词的殖民化权力与被拒绝、被沉默化的反抗力量之间持久的斗争。创伤将欲望的悸动、具体化的自我扼杀在摇篮中。创伤攻击，甚至有时戕杀语言。为了愈合创伤，身体和自我必须涅槃再生，语词必须与它们试图掩藏的死尸分离。在《被杀死的孩子：论原始自恋和死亡冲动》中，瑟奇·勒克莱尔写道："从身体与语词一次又一次的分离中，从能指永远重复性的交叉中，从与失去的却又转瞬间此在的对象（就在那里，因此与我们比邻）间可怕、虚幻的重逢中，主体的诞生犹如凤凰涅槃。"[①]

不存在没有创伤的生命；也没有创伤缺席的历史。某些生命个体将永远背负着暴力历史的重负，如殖民入侵、奴隶制、极权主义、独裁暴政、战争和大屠杀。人们施行的谋杀，包括心灵谋杀，诉诸被许可的、造成征服和压迫现象的规训政权。这包括绑架、私刑、拷打、肉体折磨、囚禁、隔离、警察暴行和强奸。集体创伤以各种曲折的方式传给个体。有些个体一次又一次地承受灾难性创伤的重创。然后，借如影随形的生存策略，创伤变成一种悬而未决的状态。防卫和否认、不断重复的创伤成了第二自然。作为一种存在方式，创伤粗暴地中断了时间之流，瓦解自我，戳破记忆和语言之网。此外还有人遭受弗洛伊德所讲的"命运神经症"（德语为"Schicksalsneurose"）的折磨。他们似乎生活在可怕的诅咒之中。这些如阴魂附体、与生俱来的诅咒，也许是承自祖先的诅咒，隐匿无形，处于秘密和沉默状态。

[①] Serge Leclaire, *A Child is Being Killed: On Primary Narcissism and the Death Drive* (Stanford: Stanford University Press, 1998), p. 53.

童年时我喜欢与老人们交谈。我努力亲近他们，因为我对他们的生活故事有一种无法满足的好奇感。回忆往昔，我明白了老人们常常讲述的是关于创伤的故事。然而，这些故事却常常以怪异的方式将创伤乔装打扮。词和意象为可怕的断裂和创伤贴上了封条。叙述声音变得索然淡漠。偶然间用几滴泪珠润洗旧伤。如青石上的苔藓，这些故事是伤口上长出的一层新皮肤。

　　也许我体验的生活叙事受我成长的环境至深影响——成人们围坐在餐桌旁夜复一夜讲述战争故事。我不是这些故事的听众。它们不是为我讲的故事。我在故事讲述现场，却似乎又不在那里；这些故事使我跌入一个无声的外部空间。

　　我记得这些故事的创伤核心。它们破碎的意象和残破的景象在我心中仍留下记忆的废墟：从天而降的炸弹、嚎叫的空袭警报、燃烧的房屋、蜷缩在潮湿的地下室里的人群、奔跑尖叫的人群、被埋在废墟中的人们。有一个意象不时猛然地撞击着我。那天母亲带我去看我们家那座被炸弹夷为平地的老宅所在的那条街道。"以前紧靠街道的是个运动场，"我母亲说，"有一天它们轰炸了运动场。到处是儿童的尸体，断臂残肢，还有一颗幼儿的头颅。"母亲告诉我这些时我刚刚六七岁左右。这个意象与我无数次听说的另一个故事重叠在一起——我从没见过的幼小的哥哥，被燃烧的房屋的浓烟活活毒死，他承受了死亡缓慢、痛苦的折磨。

　　童年的我成了这些战争故事沉默的证人，我无权询问问题或打断叙述语流。但也不仅仅如此。我成了一只空容器，容纳更深的不为人知的恐怖、被语词掩盖的沉默、被烙上隐秘印迹的历史、如碎裂的残片般传下来的极度罪恶和耻辱。我花了差不多半个世纪的时间才明白，这些故事的目的不是为了记忆而是忘却。讲述故事是为了掩盖，让痛苦、罪行和耻辱沉默，填补恐惧的空白。然而，哪怕还是个孩子，我熟悉了这些故事中某些残缺的东西。正是这些使我困惑。仿佛语词自身被掏空了我在面对恐怖事实时激发出的情感。不是故事缺乏情感，而是语词和情感相互脱离；语词传出的是虚假的回音。儿童有这种矛盾体验，却不能理解这种体验。如今我相信我所熟悉的是那些未被透露、被沉默化、被粗暴地删节掉的内容。只是当时故事表面下掩藏的沉默的恐惧令我困惑苦恼。这颠覆了我对语词的信任以及协调感；将我与那些我应信任的人（父母和祖母）之间的关系复杂化。语词可能被分裂成意义与言外之意的差异。它们似乎隐藏着秘密，将我排斥在外。我隐约感觉到某种可怕的东西以及充满了死尸骷髅的语词。我自己的语词被盗窃；我变得内向，寡言少语。没有语词的姑娘，我曾这样看自己。

在我的意识中，战争故事是真实世界的材料，是令人毛骨悚然的地方。它们与我喜欢的故事（当祖母与我两人待在家里时她读给我听的童话故事）形成强烈对比。童话故事也令人感到恐惧，但又是那么美丽鲜活。它们包含着恐怖，又将之转变成幻想。如今反思，我认为它们助我克服了强烈情感的冲击——过早受到创伤故事（包括掩藏创伤的故事）影响的儿童承受的恐怖、害怕和孤独。尽管我祖母朗读故事时的声音悲伤、遥远，这些故事却令我痴迷，百听不厌。祖母总是将椅子拖到窗前，将我放在她膝上。我依偎在祖母膝上，入神地听着，对外面的世界浑然不觉。一串串语词将我和祖母连接在一起，成为浸入我幼年岁月肌肤的生命细胞。

那些从书本中摘取的语词却不一样。只有成年人才能揭开这些故事隐匿的神秘和秘密。打我记事时起，书本和书本中的文字就令我着迷。我父母的起居室里有一个书架。我最初就是坐在书架前，一本接一本地将书从书架上取出来，捧着书，触摸着纸张，翻开书页，嗅着书的气息。我盯着书里的文字，试图弄明白它们怎样包含着我听说的故事。"有许多作家，"我母亲解释道，

"他们写故事让其他人阅读。"我想长大后当作家。当我手中攥着书、假装阅读时,我梦想将心中的感受形成文字,编成故事。当我独自一人时,我就悄悄地实现自己的梦想。在书中文字间的空白处,我填上弯弯曲曲的线条、点和符号——那是儿童才懂的象形文字。

几年前,浏览父母的旧书,我又看到曾涂写的那些内容。一行又一行的符号填满了书页的空白处,像小虫子似的爬满了页边空白。书虫。这使我想起生活在亚马逊热带雨林地区的印第安人赠给列维-斯特劳斯的那些弯弯曲曲的象形文字线条。这位人类学家为赠给他们书写礼物而自鸣得意。我现在意识到那些童年时图画的弯曲线条真切地描绘了我的感受:语词包含着渴望被破解的秘密。我自发地发明了自己的密码书写。只不过它从来就没有过编码。然而它有某种参照物,因为当我拿出一本书,发现我前一天留下的书写,我就记起了我试图让这些符号讲述的故事。我从来没有想过只有我自己才能读懂我的书写。写作一开始就是件孤独的事。写作也是试图占据一个秘密欲望空间的愿望的实现。

今天我试图掌握这些故事讲述和书写的沉默空间。我试图理解承受这些故事之重的儿童无声的见证;试图描绘语言和心理的长期效果。我将故事视为代际间创伤的载体。在那本有关悲悼和忧郁症的开创性著作《壳与核:心理分析的复兴》中,尼古拉·亚伯拉罕和玛丽亚·托罗克提出匿名理论,描述语言中隐匿的不同方式和形式。匿名指语言运用中显现的心理隐匿现象,常常表现为分裂、扭曲、缝隙或迂回形式。亚伯拉罕和托罗克认为秘穴是失败的悲悼的结果。它是自我在心中为失去的爱恋对象准备的墓地。失去的爱恋对象如活着的死者,被藏存在自我内部。秘穴是内在空间中充满忧郁和悲哀情调、模仿创伤损失的建筑结构。亚伯拉罕和托罗克断言,需要让创伤损失保持沉默,使之与世界分离。秘穴包含了创伤形成的秘密和沉默。同样,秘密隐藏了创伤，其发生及破坏性的情感后果被受难者埋葬，被交付给内在的沉默。弗洛伊德在《悲悼与忧郁症》中指出，对失去对象的忧郁依恋不仅仅限于被爱恋对象的丧失，也包括某个地方、共同体甚至理想的丧失。它也包括遭受如强奸、拷打、严重的拒绝和羞辱这类创伤后自我的丧失。例如，可将秘穴建构为某人失去的自我的坟墓。创伤分裂自我；然而创伤也常常阻碍悲悼。忧郁症可能接管旧的自我并将之藏匿起来；新的受创自我则被斥为不纯洁而遭到摒弃。如果失去的对象是自我，忧郁症就类似一种自我野蛮化行为——被藏匿的自我从内部侵蚀受创的幸存自我，企图割裂幸存自我与外部世界的联系并欲置之死地。通常身体成了叙事的场所，以一种身体密码术来模拟被藏匿的失去的自我与受创自我的冲突。在这类叙事中，身体内仿佛有个野蛮人在言语，在吞食食物或剧烈地喷出食物。它可能像旧自我那样言说，像仍完整和谐的幼儿需要抚摸，渴求具有康复效用的触摸使身体和谐统一。身体可能放弃自己，讲述被破坏的关爱造成的创伤；可能通过伤害自己来讲述痛苦；可能自暴自弃，言说死的绝望。

可能存在集体秘穴、共同体秘穴甚至民族秘穴。亚历山大和玛格丽特·米彻尔利希最先从理论高度探讨了第二次世界大战后德国民众体验的无力悲悼。战后德国疯狂的重建是一种狂躁的防卫机制，掩盖了民族心理中另一场疯狂的建设——秘密地建构起德国人埋葬失去的一切却又否认已失去这一切（他们作为人的尊严感）的秘穴。许多人也将自己的损失——战争中丧命的孩子、丈夫、兄弟或姐妹——藏匿起来。他们中的某些人是否有可能将失去的犹太德国人藏匿起来？施暴者是否有可能将自己的人性藏匿起来？或者——最令人感到可怕——他们中某些人是否有可能将失去的（理想化的）元首藏匿起来？犹太人又是什么情况呢？有多少犹太人藏匿了他们在德国失去的家园、他们失去的与德意志文化的联系甚至失去的与德国朋友的友谊？在什么情况下谈论集体秘穴才有意义？它怎样在言语和书写、故事和叙事中显现？

人类总是让暴力历史沉默。有些历史，无论是集体的还是个人的，是如此狂暴以至于我们不能安然地享受日常生活，如果我们无力让之保持哪怕片刻的沉默。一定的痛苦有益于生存。然而，太多的沉默却令人寝食难安。亚伯拉罕和托罗克将秘穴的形成与沉默、秘密和过去的幻影重现联系起来。秘密涉及心灵内部的问题，暗示了内在的心理痛苦；同时它可能被一个民族或国家集体地利用、分享。对暴力历史的集体或共同沉默化导致创伤的代际间传播以及暴力周期性的自然重复形成的心理阴影。历史、文学和创伤研究使我们懂得了这些。例如，汉娜·阿伦特在《极权主义的根源》中就讨论了"黑色大陆的幻影世界"。① 谈到那些在淘金热时期闯入南非的冒险家、赌徒和罪犯时，阿伦特将他们统称为"资本主义体制不可避免的垃圾，甚至是无情地生产人和资本奢侈品的经济的代表"。② "他们是完全不同于旧式冒险家的个体，"她借约瑟夫·康拉德的《黑暗之心》进一步分析道，"他们是那些他们与之毫无瓜葛的事件的影子。"③ 他们摧毁本土生活，从而完全实现自己"魔鬼式的存在"："与所有结果相反，本土生活为这些恐怖事件提供了表面上的保护，因为在这些人看来它毕竟如同'纯粹的影子游戏。影子的游戏，居统治地位的种族可以阔步前行，不受任何影响，无所顾忌，追求不易被理解的目标和需求'。"④ 阿伦特认为，当欧洲人屠杀这些土著人时，他们并不明白自己犯下的是谋杀罪行。与康拉德笔下的

---

① Hanna Arendt, *The Origins of Totalitarianism* (San Diego: Harcourt, 1968), p. 186.
② Ibid., p. 189.
③ Ibid.
④ Ibid., p. 190.

柯茨相似，许多这类冒险家沦为疯癫的奴隶。他们埋葬掉自己的罪行，使之沉默；他们埋葬掉自己的人性，使之哑然无声。但是他们的行径可怕地循环重复，幽灵附体般地折磨着他们。阿伦特分辨出帝国主义统治的两种主要政治手段：种族和官僚体制。"种族，"她写道，"……是一种摆脱任何人性的责任羁绊的逃避，官僚体制是一种任何人都不能为同胞、为他人承担责任的结果。"① 尽管殖民和帝国统治下对土著人的屠杀被一种进步文明的防卫话语沉默化，但是它仍以复仇的方式重演。种族和官僚体制也是法西斯统治使用的两种主要手段。殖民和帝国统治下膨胀起来的针对其他民族的暴力如梦魇般地重返欧洲之心。阿伦特认定是殖民和帝国暴力的幽灵驱动了对犹太人的大屠杀。

与此相似，艾梅·塞泽尔在《殖民主义批判话语》中指出欧洲纳粹的抬头是一种"可怕的飞返效果"。② 他认为，在欧洲人民沦为纳粹的牺牲品之前他们是纳粹的帮凶。"在纳粹将痛苦施加在他们身上之前他们容忍它，他们宽恕纳粹，对之视而不见，将之合法化，因为直到那时纳粹暴力的对象仅仅是欧洲以外的人。"③ 塞泽尔继续讲道："是的，值得对希特勒和希特勒主义的手段进行细致的临床研究。向那些20世纪踌躇志满、满口人本主义、打着基督徒幌子、浑然不知希特勒主义的中产阶级当头棒喝：希特勒隐藏在他的体内，希特勒占据了他的灵魂，希特勒是他的魔鬼。"④ 这与下述论点很相似：除非他们面对自己历史的幽灵，为所有他们统治下所犯的暴力历史负责，否则欧洲人只有将希特勒的幽灵隐藏在他们的心理生活中。塞泽尔的分析也包

---

① Hanna Arendt, *The Origins of Totalitarianism*, p. 207.
② Aime Cesaire, *Discourse on Colonialism* (New York: Monthly Review Press, 2000), p. 36.
③ Ibid.
④ Ibid.

含了有关同构式压迫的观点,即暴力史在牺牲者和施暴者中同时制造心理变态现象。他认为,没有谁会无辜地统治殖民地,也没有谁会不受惩罚地施行殖民暴力。施暴者的心理变态现象之一就是将自己变成他投射并试图摧毁的他者对象:"为了良心的安宁,殖民者习惯上将他人视为动物,用对待动物的方式来对待他,倾向于将自己畸变成动物。我想指出的正是这种结果,这种殖民化的飞返效果。"①② 塞泽尔所讲的"飞返效果"源自一种同构式压迫辩证法——通常处于未被公认的状态,属于文化无意识范围。与对创伤记忆的沉默化压制产生的寄生效果(幻影效果)一样,这种飞返效果增加了重复的危险和暴力历史可怕的回返。我们怎样才能弥补这种暴力回返的恶性循环?许多受害人强调证词、证人、悲悼和赔偿。许多理论,包括心理分析,认同这种假设。

因此我们转向分析创伤历史的讲述和书写及其与悲悼和赔偿的关系。关于暴力和创伤历史,什么被沉默化?可以言说什么?为了对抗沉默,历史的受害人生产了大量见证材料、证据材料和回忆录。同时我们拥有各种强调创伤的不可再现性的理论。大屠杀、种族灭绝、拷打和强奸等暴力形式被认为是不可再现的。然而它们也呼唤言说、证词和证人。这是创伤书写的核心无法化解的自相矛盾。那么我们应怎样书写那些抵制再现的创伤体验呢?我们知道创伤性健忘症能产生其他禁制——对那些与叙事和故事

---

① Aime Cesaire, *Discourse on Colonialism*, p. 41.

② 塞泽尔所讲的"像对待动物那样"和"变成动物"这种措辞本身是对殖民者惯常使用的人格化和种类观的援用。此处我无意缕述。动物不会以如此"昭然若揭的残忍态度"对待同类。阿迪·奥菲尔认为这是人性邪恶的标志。参见:Adi Ophir, *The Order of Evils* (New York: Zone Books, 2005), p. 14。动物不会施行种族灭绝、集体杀戮或蓄意的迫害。在这一段之后塞泽尔将殖民描绘成对适合本土人的自然可行的本土经济的破坏;换言之,殖民统治将与本土人的动物关系建构成殖民统治必然的一部分。

讲述根本对立的思想和情感的禁制。然而我们也知道讲述和见证是愈合创伤所必需的。因此我们需要一种创伤叙事理论来应对讲述不能被讲述的和/或被沉默化的创伤这种自相矛盾。

如果返回到亚伯拉罕和托罗克的秘穴和密码化的言语理论，我们也许能勾勒出创伤叙事分析的理论框架。其基本假设是：除非创伤愈合且被完全吸收，它将被传给下一代。如果这是事实，那么下一代将继承上一代的心理特质，显示出与个体体验不同的心理症候。这些症候源自父母、亲戚和共同体的心理冲突、创伤或秘密。这一过程形成个体独特的体验——被上一代的幽灵纠缠，被未竟之业缠绕。人们常常埋葬暴力或耻辱史。他们制造心理秘穴——为过去的幽灵修建的内在坟墓，借以与自我隔绝。秘穴是沉默的根源。然而未被讲述或不能被讲述的秘密、不被察觉或被否认的痛苦、被隐藏的耻辱、被掩盖的罪行或暴力历史，持续地影响、破坏那些深陷其中的人们，常常祸及他们的后代。对暴力和耻辱历史的沉默化使他们脱离了延续不断的心理生活。但这些未被容纳或吸收的暴力和耻辱史仍从内部侵蚀着这种延续性。生活变得阴影重重，成了内里空洞的心理常态的仿真。被埋葬的过去的幽灵正是以这种方式从内部困扰着语言，对语言的交流和表述功能构成毁灭性的威胁。

对语言的攻击是对记忆的攻击的物质表现。然而语言也保留了被破坏的记忆的印迹——这就是秘穴造成的书写的自相矛盾。W. G. 西博尔德的《奥斯德立兹》中有一段话生动地描绘了对记忆的攻击以及随之而来的语言能力的丧失：

> 那时我意识到，他说，我使用记忆的机会少得可怜，相反我是多么费力地尽量遗忘往事，回避任何与我未知的过去有关的事情。今天这对我来说似乎不可理解。我对德国人占领欧洲及他们建立的奴隶制国家一无所知，对我侥幸逃脱的

迫害一无所知。……我总是不断强化我的防卫反应。当我将自己的存在维持在越来越小的空间中时，防卫反应产生了一种隔离或免疫系统，使我免遭任何与我早期历史有关的事物的干扰。其次，我不懈、全神贯注地吸收多年来孜孜以求的知识。这起到了替代或补偿记忆的作用。……然而对心灵的自我审查需要更大的努力，最后不可避免地导致语言功能几乎全面的瘫痪、所有笔记和描绘的销毁……到1992年夏天我的神经完全崩溃了。①

为了将以前的创伤记忆沉默化，奥斯德立兹对记忆的攻击不仅导致语言能力的丧失而且造成他整个世界的收缩和崩溃。为了割断与所有属于创伤、令他想起创伤的事物的联系，他将自己变成了脱离历史时空的存在——没有归属的存在，甚至不属于自己。他与世界隔离，免除了创伤的侵犯和记忆的入侵——一种最终与存在隔绝的状态。这是一种生活中的死亡。失去了与世界的真实连接，他发现面前是裂开大口的洞；没有了装载记忆的故事，他拥抱的是空虚——他疯狂地想用"替代或补偿记忆"填补的空虚。这种空虚的根源是他记忆中仍存储着的抽象、孤零零、冰冷的知识，任自我在空洞的言语中游荡。在创伤性自我审查下写成的叙事禁止主观聚焦，试图彻底擦去心理生活的印迹，青睐客观描述。② 然而就有关创伤历史的叙事而言，我们可以设想：创伤的印迹以隐匿的形式确定自己。这种心灵的自我审查（奥斯德立兹这样讲）对言语的攻击达到一种"几乎令[他的]语言能力完全瘫痪"的程度。事实上奥斯德立兹的所有笔记和描绘都被

---

① W. G. Sebald, *Austerlitz*, trans. Anthea Bell（New York: The Modern Library, 2001）, p. 140.
② 有关内部聚焦的讨论，参见：Rimmon-Kenan, *Narrative Fiction*（London: Routledge, 2002）, pp. 72—86。

销毁，这隐喻式地实现了对记忆及其被置换和补偿的印迹的毁灭。我们很容易从这种行为中发现含混矛盾。对补偿性记忆印迹的防卫力的摧毁是一种绝望行为，一种试图阻挡对记忆、历史和生活的进攻的徒劳努力。有时精神崩溃是一种愈合的尝试。有时语言的崩溃迫使我们聆听沉默的支吾，承认裂缝，占据裂缝并彻底重建世界。精神崩溃后不久，奥斯德立兹光顾了商品交易会展览大厅——就是在这里纳粹将他的亲人驱赶到一起。他浏览了"上面盖有疏散或遣往犹太人居住区字样的身份证件"。读者肯定会意识到这正是他对自己创伤记忆的处理方式：他将创伤记忆疏散或遣往隔离区。① 这就是创伤效果如何继续重复创伤事件并完成施暴者的任务，这发生在很久以后，事实上是在事实被"遗忘"很久之后。在攻击记忆的过程中，奥斯德立兹与证件上盖的身份认同：与记忆一道，他的自我也被疏散、被遣往隔离区。

奥斯德立兹体验的记忆攻击不限于个体记忆，也包含他同伴的集体代际间记忆。记忆被一代代传下去，最直接地通过被讲述或书写的故事，但更间接地通过父母的情绪或存在模式（这产生一种独特的关爱经济和美学）。这发生在童年时期，在记忆中常常显现为存在意义上的情绪，甚至是肉体意义上被具体化的心理生活形式，而不是表现为纯粹的思想、语词或故事。② 创伤常通过身体记忆的代际间传播和肉体的心理生活等形式，被无意识地接受并存入记忆。在诗作《沙溪》中，西蒙·J. 奥尔蒂斯使用了一个关于细胞记忆受到创伤性破坏的绝

---

① W. G. Sebald, *Austerlitz*, p. 179.
② 有关这种下意识的肉体和存在记忆的详细分析，参见：Gabriele Schwab, "Words and Moods: The Transference of Literary Knowledge," *SubStance* 26, no. 3 (1997): 107—27; "Cultural Texts and Endopsychic Scripts," in Porter Abbot, ed., *On the Origin of Fictions: Interdisciplinary Perspectives*, a special issue of *SubStance* 94/95, 30, nos. 18i2 (2001): 160—76.

妙意象：

> 他们穿过旷野
> 　　将延伸到
> 记忆以外的角落
>
> 他们的细胞
> 将不再烦扰
> 记忆。
> 　　记忆
> 将不可信。①

个体间心理生活的印迹能在不同个体、不同代人之间传播。这一过程可通过个体及集体历史来展现，在未愈合的创伤、无法承受的秘密或不可言说的暴力面前变得特别重要。暴力历史的后代——无论是受害人还是施暴者的后代——都是几代人共同凝聚成的集体心理的负担者。亚伯拉罕和托罗克使用关于萦绕的比喻修辞——由幽灵、幻影和亡魂构成的比喻修辞——来召唤个体间心理生活的存在。他们在《壳与核》中声称："只有某些关于亡灵的事物反过来折磨生者——这些亡灵被剥夺了葬礼待遇，或夭折，或非正常死亡，在有生之年是罪犯或流氓，或遭受过不白之冤。"② 亡灵将悬而未决的冲突转嫁给后代。这种外来的影响诉诸言语和书写——亚伯拉罕和托罗克将之比成腹语术。个体或一代人可能不知情地言说上一代的某个人或整个一代人的无意识。

---

① Simon Ortiz, untitled poem, 47, lines 1—8, from *Sand Creek* (Tucson: University of Arizona Press, 1981).

② Nicolas Abraham and Maria Torok, *The Shell and the Kernel* (Chicago: University of Chicago Press, 1994), p. 165.

这种隐秘的言说以不可言说的秘密为标志。因此，我们可以看出神秘的家族、共同体或民族史的后果，能发现被沉默化或隐秘的历史是怎样萦绕着后人并以隐秘的形式嵌入被讲述的故事的肌理。这就是托尼·莫里森在小说《宠儿》中使用的寓言化手段——被谋杀的孩子出没无常的幽灵。莫里森在小说结尾处反复念叨"这不是需要传给他人的故事"。因此《宠儿》是关于隐秘的故事，它同时是个人的、共同体的和民族的。①

威廉·海因的一首诗名叫《1890年12月29日》，对共同体和民族萦绕的嬗变表达了独特见解：

达科他苏人被屠杀
在"受伤的膝盖"（地名——译者注）穿着具有魔力的白色鬼袍，其魔力场
没有/不能被白色子弹破解。②

在"受伤的膝盖"进行大屠杀期间，巫师"黄鸟"跳了几步鬼舞，喊唱了一首灵歌，意图以此来阻挡白人士兵的子弹穿透他族人神圣的战袍。"子弹不会飞向你，"他用苏语唱道，"草原辽阔，子弹不会飞向你。"③ 尽管"黄鸟"无法仅凭口头上改变子弹方向的祈祷就能保护族人，但海因提出了另一种解读灵歌的方法。苏人鬼袍的魔力场超越了物质范围，暗示了某种无法毁灭的力量——"受伤的膝盖"的历史不能被沉默化，它会始终萦绕纠缠着那些开枪射杀苏人的白人。然而，"受伤的膝盖"的历史

---

① Toni Morrison, *Beloved* (New York: Alfred A. Knopf, 1987), p. 274.

② William Heyen, "December 29, 1890," 254—5, lines 1—4, from *Crazy Horse in Stillness: Poems* (New York: BOA Editions, 1996).

③ Dee Brown, *Bury My Heart at Wounded Knee: An Indian History of the American West* (New York: Holt, Rinehart and Winston, 1970), p. 442.

又有多少能被讲述呢？讲述什么？如果我们连记忆都不相信，还有什么可信？我们对那些死去的人、那些幸存并将无名的恐惧一代代传下来的人的恐惧又知道多少？奥尔蒂斯在《沙溪》中描写了1864年10月29日在沙溪被屠杀的切恩和阿拉帕霍印第安人。诗集中收录的一首诗是关于那些以"显灵的命运之神"名义到来的白人殖民者，他们的征服留下的是尸骨遍地、鬼影出没的死城：

> 前面是边疆的尽头
> 恐惧降临到他们头上
> 　变得冷酷
> 无名的
> 无名。①

通常，无名的恐惧被转变成对记忆和语言的攻击：殖民者埋葬了记忆，以逃避自己暴行酿成的无名恐惧。然而他们与切恩和阿拉帕霍人共同分享着这无名的恐惧，恰如暴力历史同时伤害了受难者和施暴者。阿希兹·南迪称之为"同构式压迫"。② 无名的恐惧驱使施暴者徒劳地努力让历史沉默，但也可能让创伤的受害者沉默，将他们的证词括除，甚至使他们沦入哑然失语的状态——如同我们发现孩子在遭受创伤后丧失言语能力，有时长达数年。最后，无名的恐惧可能攻击语言的交流功能，运用独特的手段将语言的意义掩藏在无法破译的创伤印迹之下。亚伯拉罕和托罗克将这种在语言内部保存隐秘的现象称为"匿名"。因此可将他们的理论解读成一种有关创伤的秘密空间的可读性的理论。隐秘不

---

① Simon Ortiz, untitled poem, 43, lines 18—22, from *Sand Creek*.
② Ashis Nandy, *The Intimate Enemy: Loss and Recovery of Self Under Colonialism* (Oxford: Oxford University Press, 1983), p.31.

仅在含混或象形动词中，而且在语言的其他缝隙或变形（意义、语法、语义和修辞的不连贯、断裂、中断、瓦解）中变得有迹可寻、显而易见或易于解读。为了探寻语言的隐秘，我们需要将言语和书写解读成一个"具有表现印迹的系统"。① 可以将表现性的紊乱解读成印迹的症候和症候式的沉默——指向语言中自相矛盾的，同时被保存和揭露的印迹。被揭露的主要的不是秘密或故事的内容，而是内容在情感中留下的烙印（也许是数代人以来）及其在言语和/或书写中的表现。尼古拉斯·兰德谈到"记忆印迹被封锁的表现不能揭示自身［创伤性的］根源被掩盖的历史"。② 他强调这样一个事实：从现象学、结构主义、后结构主义到当代解构理论，都聚焦意义的显现或失败，而亚伯拉罕和托罗克关注创伤造成的失败后恢复意义的可能性。③ 创伤造成兰德所讲的"心理失语症"——扰乱意义并使之模糊，意图破坏语言的表现力。④ 以狼人的匿名个案为例，我们发现语词链中一个重要的环节被抹除或隐藏起来。然而亚伯拉罕和托罗克认为，该环节被保存在语言中的某个隐秘处。这就是为什么他们补充了弗洛伊德关于被审查情感的动态压抑理论。被审查的情感以摆脱情感的欲望为基础。压抑是一种"保护性的压抑",⑤ 保护情感但将之封闭加密，以便隐藏被抹除的事件的印迹。正是这种印迹在语言中幽灵般的显现暗示了隐匿的保护性经济。"幻影代表了沉默的个体间和代际间后果，"兰德在《秘密与后代》的编者按

---

① Nicolas Abraham and Maria Torok, *The Shell and the Kernel: Renewals of Psychoanalysis*, p. 7.
② Ibid.
③ 在这方面与阿尔弗雷德·洛伦泽尔提出的设想之间存在着密切关系。参见：Alfred Lorenzer, *Sprachzersoerung und Rekonstruktion*。他认为心理分析治疗是语言的象征功能被破坏及语言的意义被削减为陈词滥调之后再度将语言象征化。
④ Nicolas Abraham and Maria Torok, *The Shell and the Kernel*, p. 8.
⑤ Ibid., p. 135. See also the editor's note on p. 118 and p. 100.

中写道。语言自身被幻影纠缠；幻影萦绕的语言使用言语内的缝隙来暗示被沉默化的历史。幻影萦绕的语言通过迂回、间接和转指或碎片化和变形来指称不可言说的事物。可以动用一系列修辞手法来表现语言中隐秘的效果：隐喻、转喻、同音异义、歧义、双关语、语意含混、词语误用、回文构词法、画谜和其他类似的将隐藏与显示融合起来的修辞。这并不意味着使用这些修辞的目的总是为了隐匿。准确地讲，利用这些修辞是为了给语言加密，因为它们在隐藏的同时保留着显露的印迹。

通常幻影萦绕的语言腾空了依附于被沉默化的历史的情感、痛苦和恐怖。结果它成了空洞的言语，要么冷漠、抽象，要么充满了虚假的情感回响。幻影萦绕的语言也可能在随意的闲聊中消散，喋喋不休的语词的作用就是填补裂缝和沉默。在《幻影注解》中，亚伯拉罕指出有些词"剥夺了言语的力比多基础"。[1]在某些极端个案中，隐秘的"幻影文字"[2]成为另一个故事的载体。亚伯拉罕讲述了一个儿子的故事。他成了母亲幻影的携带者。祖母谴责了母亲的恋人之后，他被送到劳工营地干"碎石"活，[3]后来死在毒气室里。祖母的行为成了不可言说的家族秘密。从未听说过这个故事的儿子终生不仅对"强制劳动"[4]这类事感兴趣，而且也对"碎石"[5]工作着迷。他成了"地质学爱好者，'碎石'，捕捉蝴蝶，然后将它们处死在氰化物铁罐中"。[6]尽管这类"幻影萦绕的语言"的效果相对不明显，很难被探测到，但是幻影萦绕的语言的幻影效果具有许多形式，能成为确定

---

[1] Nicolas Abraham and Maria Torok, *The Shell and the Kernel*, p. 135. See also the editor's note on p. 118 and p. 174.

[2] Ibid.

[3] Ibid.

[4] Ibid., p. 175.

[5] Ibid., p. 174.

[6] Ibid., p. 175.

的社会实践（亚伯拉罕确信）。亚伯拉罕将"语词的上演"——无论是作为隐喻、异染色体还是匿名——比成"一种驱魔企图，即企图通过将幻影效果置于社会空间来缓解无意识的压力"。[1] 我们能在更普遍的意义上将匿名书写理解成一种尝试——尝试将暴力历史的幽灵驱入公开的空间，使之得到社会承认和补偿。

暴力历史可以被沉默化，转入秘密状态，尽管有故事和叙事在流传。即使故事被讲述，语言隐匿现象也存在，可从语言表层发现这种隐匿的印迹。一定意义上，为揭示这些印迹而解读语言就是撕开表层叙事来解读。这与以不同方式进行的修辞和解构阅读一致。兰德在《元心理学的新视角》的编者按中指出，匿名解读或"译解""试图揭示阻碍符指显现的过程"。[2] 关于暴力历史的故事和叙事可能以两种方式与这种隐秘的本质关联。它们可以使秘密完好无损，防卫式地掩盖秘密，增加内并和加密的程度。或者它们能促进融合、心力投入甚至补偿。按照亚伯拉罕和托罗克的理解，心力投入与内并的区别标志着心理功能的两个基本原则。我认为，这种区别本身在语言内部起作用，有助于评判与创伤和创伤历史相关的叙事和故事。但是叙事绝非仅仅反映心力投入和内并的心理过程；这种关系更是生成性的和转换性的，而不是参照性的。创伤故事的讲述不是单纯描述悲悼和心力投入的过程，实际上是心力投入的一种形式。亚伯拉罕和托罗克将心力投入定义为心理生命的实质以及永久的自我创造。因此我们可以说心力投入是一个自动的过程。在此过程中，损失被吸收、改变，被转换成某种新东西。换言之，心力投入是一个转型过程，深化连续的自我定型。相反，内并与阻碍、停滞甚至瘫痪相关。紧随针对痛苦现实的各种孤立心理倾向，内并使之脱离观念和情

---

[1] Nicolas Abraham and Maria Torok, *The Shell and the Kernel*, p. 135. See also the editor's note on p. 118 and p. 176.

[2] Ibid., p. 105.

感的任意流动及关联和创造模式。因此内并切断自我与世界的根本交流，将转变和显现排除在外。亚伯拉罕和托罗克将内并与匿名联系在一起，即内并是语言中心理隐匿的表现。然而不能用参照视角来理解匿名。尽管匿名与语言中各种形式的隐匿联系，但是我们必须记住它也带有它试图掩盖的秘密的印迹。遵循梦语言的逻辑和动态规律，匿名属于同时隐藏和显示的言语和书写的自相矛盾建构。就其作为隐秘的显现而言，匿名也提供了一条通向秘穴的秘密通道，使其转变且可能被社会承认。再者，叙事也能够描述创伤的隐秘化过程及其对心理和社会生活的影响，从而促成对暴力历史的另一种形式的社会承认——不是揭示被沉默化的暴力行为，而是例证其残留的有害影响及其向那些被迫承受沉默的人的传播。

创伤性书写和匿名在心理与社会生活之间的过渡空间展开，调节着两者之间的交流转换。创伤性书写验证了创伤的个体和集体表现——秘穴和幻影。如果秘穴是个体生活体验中产生的秘密心理结构，那么幻影代表了秘穴施加的沉默化暴力的个体间和代际间后果。根据亚伯拉罕和托罗克的解释，幻影的出现是在不知觉时对他人秘密的接受结果。换言之，幻影设定了被沉默化的创伤心理记忆印迹在个体间的循环流转。他们分析了源自上代人体验的记忆印迹的存活情况及不同代人之间秘密的悄然传播（不管是不体面的家族历史还是可耻的共同体或民族历史）。他们认为，对过去的歪曲或漠视或对集体记忆的破坏和沉默化都是幻影的温床——在个体、家庭、共同体甚至跨民族等层面上，耻辱的秘密借幻影重返生活现实。

众所周知，沉默永无止境。对过去的沉默化可能被空洞的言语、冷漠疏远的信息或混乱的防卫故事讲述掩盖。例如，"二战"后德国存在大量具体的数据和信息以及储存着可耻的秘密的战争故事。信息和故事在情感上仍分离、颠倒或未被承认，在那些超越秘密或将秘密封存在内的叙事中留下了裂缝或秘穴。因此关键的问题是：怎样才能书写有关不可言说之事的叙事，同时又避免在语言中造成秘穴？这个问题标志着纯讲述的叙事与见证的叙事的区别。另一个区别就是隐秘叙事（即隐藏秘密的叙事）与有关秘穴体验的叙事的不同。在真实见证的例子中，秘密处于隐匿状态。以儿童创伤为例，儿童可能向父母透露秘密，父母随之成了儿童秘密的中转环节。他们可能在讲述或书写故事时保护儿童，同时又允许听众和读者见证创伤和"家庭秘密"对儿童及整个家庭的影响。这类叙事将传达关于秘穴的体验，同时又保护秘密。在其他例子中，家庭秘密仍隐藏在将其消匿合法化的官方历史中。在《漫长的记忆》中阿什拉夫·拉什迪探讨了作为"美国家族秘密"[①]的奴隶制。拉什迪认为，混杂家系的家族秘密源自对黑人女奴的强奸，被官方历史沉默化，是整个民族的秘密。奴隶制和殖民造成的创伤后果和家族秘密仍是民族隐秘的一部分，尽管总是容易受到侵害——如我们从最近曝光的托马斯·杰斐逊家族秘密中发现对美国种族历史强制性的重写。数代人之后关于民族不可言说的种族谱系的隐秘才被公开；作为托马斯·杰斐逊几个孩子母亲的女奴萨莉·赫明斯及其后代才被承认为"美国家族秘密"的承载者。杰斐逊—赫明斯家族史几乎获得了象征意义，揭示了作为美国民族隐秘的家族秘密和梦魇般的种族主义传承的嬗变轨迹。玛格丽特·加纳这位逃跑的黑人女奴的故事激发了托尼·莫里森创作了《宠儿》。与之相似，这"不是一个世代传递的故事"。

多米尼克·拉卡普拉认为，创伤在象征秩序中引起动乱，因

---

① Ashraf H. A. Rushdy, *Remembering Generations: Race and Family in Contemporary African American Fiction* (Chapel Hill: University of North Carolina Press, 2001), p. 2.

此我们可以将某些关于创伤的文学作品视为对象征秩序进行补偿的努力。① 关于创伤历史的文学作品经常诉诸实验形式，目的是通过追寻创伤的效果及其在精神、身体和语言中的印迹来接近创伤。乔治斯·帕特里克的作品就是典型的一例。帕特里克对具有匿名功能的字母非常着迷。《虚无》是一本厚达三百多页的小说。小说使用的形式化限制就是排出任何含有字母"e"的单词。利用字母"e"的缺场，围绕空白和椭圆来组织小说结构，帕特里克将存在的虚无转变成字母和形式裂缝。在《解读乔治斯·帕特里克》一文中，沃伦·莫特写道："符号的空缺总是空缺的符号。《虚无》中字母 E 的空缺宣告了一种更宽广的、精心编码的关于损失、大灾难和悲悼的话语。帕特里克在小说中不能讲 pere，mere，parents，famille 这类单词，也不能书写乔治斯·帕特里克这个名字。"② 对专有名词的删除及无名的损失的结果是，自我中的虚无被隐匿在一个缺场的字母中。而这个字母又被三百页的匿名叙事所掩盖。帕特里克似乎想表现被压抑对象的回返，创作了另一个叙事《转让》。其中他只使用了元音"e"。该叙事的题目表明这是一种可怕的回返，尽管在产生创伤缺场的另一个意象时仍保留了镜像意象的完整性。

最后，在《W 或童年记忆》中童年时帕特里克就成了幸存者，战争夺去了双亲的生命。他创作了一个混杂文本，其中残缺的自传记忆与关于幻想世界 W——一个压迫和死亡主宰的社会——的故事交叉。帕特里克在少年期创作了最初的 W 故事——一个令人想起儿童想象视野中的纳粹集中营。我们再次发

---

① Dominick LaCapra, *Writing History*, *Writing Trauma* (Baltimore: Johns Hopkins University Press, 2001), p. 215.

② Warren Motte, "Reading Georges Patrick", *Context: A Forum for Literary Arts and Culture*, p. 2, Online Edition no. 11 (2002), http://www.centerforbookculture.org/context/no11/Motte.html (accessed March 26, 2006).

现了一种对字母"W"的迷恋。对叙述者而言,W 想象的民族志及字母"W"成了关于大屠杀和母亲被谋杀的创伤知识的存储符号。记忆碎片和 W 故事是接近不能被恰当记忆和体验的虚无或隐秘的尝试。莫特认为,这些叙事相互补充,"常常一个叙事讲述另一个叙事所不能讲述的内容"。①

《W 或童年记忆》开篇的献词——"献给 E"②——表现了缺场字母的新回返,同时又凸显对其"消失"的记忆。在回忆录部分,帕特里克从关于消失和损失的创伤内部表演了关于书写的元话语。这种元话语与断断续续的童年记忆残片平行。"它不是——多年来我声称它是——关于遥遥无期的摇摆不定的效果,即尚未被发现的关于真诚的语言与完全为了建立自身防卫机制的书写的托词之间的摇摆不定。它与书写事件和被书写的事件密切相关,与书写任务及记忆任务紧密联系。"③ 帕特里克的隐秘不是一种防卫性沉默化的结果,而是一种抹除。它必然在物质意义上将自身嵌刻进创伤书写,接近他父母早年"消失"后留下的记忆虚无。"被书写的事件"成了替代品,追踪这种损失在记忆和生活中留下的影响。帕特里克非常清楚这类说法:大屠杀书写意味着必须面对这种自相矛盾,即言说不可言说之事。对他而言,这种自相矛盾与为保存受到攻击威胁的记忆而在无意识中进行的书写需要紧密联系在一起。④ 受无意识推动,对记忆的攻击只能受到言说的反击——虚无中对抗虚无的言说的反击。这就是

---

① Warren Motte, "Reading Georges Patrick", *Context: A Forum for Literary Arts and Culture*, p. 2, Online Edition no. 11 (2002), http://www.centerforbookculture.org/context/no11/Motte.html (accessed March 26, 2006).

② Georges Patrick, *W or the Memory of Childhood* (Boston: David R. Godine, 1988), p. 1.

③ Ibid., p. 42.

④ 有意义的是,在完成心理分析之后的一年中乔治斯·帕特里克出版了他的童年回忆录。

他为什么挑战这种现象,即大量使用不可再现性修辞及隐秘语言。"不可言说之事并非被埋葬在书写内,它首先是使其成为所是之物。"① 帕特里克坚持认为,书写不隐藏不可言说之事,而是不可言说之事的产物。因此他超越了关于创伤的狭隘的再现视角,更强调书写的反应、互动和转换性质。受隐秘或虚无驱使,书写成了存在虚无的物质印迹和符号:"我知道我所讲的是空白,不确定,是符号,是彻底的毁灭。"② 毁灭被转换成语词、线条及线条之间的空隙。毁灭被转变成被书写的对象:"那正是我所讲的内容,是我所写的对象,所有都反映在我追踪的语词、这些语词构成的线条、这些线条之间的空隙产生的空白之中。"③

帕特里克强调扭曲的无意识物质及语言的物质性反映出的记忆印迹。这对于理解他对匿名的独特运用至关重要。他声称这不是照搬"弗洛伊德式的失语"论来解释无意识。他似乎尝试借隐秘的拼音和排列游戏来重写无意识。在与字母、记忆片断和儿童幻想的嬉戏中,他从符指的无意识链中提取新的记忆残片,有时在不经意间产生新的记忆。这种作家创作实践依赖自由游戏中产生的无意识,其疆界受物质制约。因此帕特里克给我们提供了一种关于无意识的显现和转换(而非再现)观念。同样,帕特里克也含蓄地与贝克特拉开距离,宣称他不是为了说明无话可说而写作。将悲悼行为与生活主张融合,对他来说书写是终极存在的印迹。"我将在重复中发现某个声音最后的反响,这个声音在书写中缺场,关于他们和我的沉默的流言蜚语。……我写作,因为我们生活在一起,因为我是他们中的一员,是他们影子中的影子,是与他们的身体紧贴在一起的身体。我写作,因为他们在我身上留下了抹不掉的印记,其印迹就是书写。他们的记忆在书写

---

① Georges Patrick, *W or the Memory of Childhood*, p. 42.
② Ibid.
③ Ibid.

中死亡；而书写成了他们死亡的记忆和我生命的宣言。"① 我们怎样从记忆的空缺中、从损失内来书写？在记忆中，损失更多地是一种情绪、存在的虚无或一种毁灭感。书写是在失去的对象的阴影中进行的。书写是缺场声音的影子，将浮萍式的身体的语言碎片聚集在一起。

帕特里克告诉我们，他11岁至15岁期间在一本又一本练习簿上画满与地面分离的人体、战争机器、死亡引擎、虚无中旋转的废车轮、飞机机翼残骸、与人体躯干分离的断臂。碎裂的身体和机器意象补充了记忆——"从虚无中攫取的生活碎片"。② 语词之间关系松散，不能组成语义行，更不用提能构成持续不断的叙事了。与帕特里克描绘或画的对象相似，他的文本也处于碎片、分裂状态。我们不由想起雅各·德里达对隐匿和匿名效果的描绘："因此我的舌尖能感觉到碎裂语词的倾斜状的切口。"③ 帕特里克花费了数十年的时间将碎裂的语词转变成能忍受虚无无言痛苦的字母——能承载记忆空缺及其在故事中的"幻想处理"④的字母。回忆录和W的故事都与痛苦相连却又不能表现痛苦："更像支柱而不是紧身衣，这些关于悬念的标记暗示了不可名状的痛苦。"⑤ 不可名状的痛苦浓缩成记忆，又掩藏记忆。这意味着儿童记忆异乎寻常的强烈，但是其内容显得无足轻重。与此症状相似，屏障记忆是一种妥协结构，抵御并置换痛苦的记忆。痛苦和屏障记忆共同标志着空缺的存在核心。这种空缺需要找到象征表现来呈现心理现实。"幻想治疗"尝试创造一个世界来填补空缺并将此世界比作创伤之前的记忆印迹。它们是创造性的转换

---

① Georges Patrick, *W or the Memory of Childhood*, p. 42.
② Ibid., p. 68.
③ Jacques Derrida, "Fors," translated by Barbara Johnson, *The Georgia Review* 31 (1977): 116.
④ Georges Patrick, *W or the Memory of Childhood*, p. 80.
⑤ Ibid.

对象，其目的是治愈自我的创伤分裂。

有时记忆使用类似的创造性途径来塑造将分裂的前创伤与后创伤世界连接起来的隐秘意象或对象。对帕特里克而言记忆不是叙事或情景，而是顺应作为刻写的机动工具的语言之物质性："我的记忆不是对某个场景的记忆，不是语词的记忆，只是对变成语词的字母的记忆。"① 这个字母就是两个 v 或 w。在他童年时喜欢的序列排列游戏中，帕特里克摆弄字母，直到它首先变成纳粹十字记号，然后变成犹太教的六芒星。最后，他利用该字母来讲述关于想象中的 W 岛的幻想故事。在这个字母结构及回忆与幻想间的联结之下，隐藏的是独特的记忆——帕特里克少年时接受奖章的记忆。他记得老师将奖章挂在他的校服上。后来，由于被诬告，老师又将奖章从他的校服上拽下来。帕特里克认为这是一个可能形成屏障记忆的场景："我猜想实际上这个记忆也许正好掩盖了相反的事实：不是对被撕掉的奖章的记忆，而是对衣服上［犹太教］六芒星的记忆。"② 与梦语言相似，与隐秘的记忆及来自秘穴的记忆连接在一起的常常是一种逆转系统。后来我们从他进一步描述的关于 W 岛的幻想中发现奖章与六芒星的联系。岛上的人穿着灰色衣服，"后背上都有一个特大的 W 字母"。③ 这一连串的幻想处理隐藏着至关重要的复杂变化：在身体的记忆印迹上，记忆的缺场和心理虚无产生了一连串置换。记忆印迹已经颠倒了事件，该事件已在记忆中消失，却又是明显可知的历史信息——在犹太人的衣服上别上犹太教的六芒星。因此屏障记忆取代了缺场的创伤记忆：奖章在身体上留下深刻的烙印。正是这种烙印驱使帕特里克考虑到一种无意识的颠倒——关于撕掉的奖章的记忆掩盖了对衣服上的犹太教六芒星的记忆。最

---

① Georges Patrick, *W or the Memory of Childhood*, p. 77.
② Ibid., p. 54.
③ Ibid., p. 67.

后，在关于 W 岛男性居民衣服背上的 w 字母的幻想中，这种记忆再一次发生了新的变化。记忆最后被隐匿在一个字母之中。因此我们不仅发现该字母在无意识中的顽强作用（如拉康所言），而且发现了字母的转换力量。它对死亡的隐匿实际上宣扬着生命。在表征记忆的缺场时，它却成了记忆的载体。

对字母的记忆构成了以思想为中介的某种体验中永远缺场的某种东西的印迹。它们构成克里斯托弗·伯拉斯所讲的"未被思考的所知事物"的印迹，即不能被思考但却以情绪、虚无或语言思想碎片被感觉的记忆。[1] "在词与物的对立中，人们怎样包含这个'词'所构成的永远缺场的事件的印迹？"德里达在分析狼人的人性智能时这样发问。[2] 对帕特里克而言，他离世的母亲永远不在场：她消失了；她未能享受得体的葬礼。她消失后留下的虚空吞噬了他的记忆。W 就是对某个字母和幻想的记忆。它表征了对世界的去-符指化，又上演了一出再符指化。这就是帕特里克为其文本奠定的基础，他最终完成了童年时的他所不能之事：将书写黏合在一起；把思想统一起来。通过对他父母死后的虚无记忆的书写，帕特里克积极地肯定自我的生活。

玛格丽特·杜拉斯的《战争》表现了另一种形式的从创伤内部进行的书写。"二战"结束数十年后，杜拉斯在简短的序言中反思了她在日记本中发现的这部作品。她回忆不起曾写过这部作品。"我怎么会写这部我仍叫不出名字、每当我重读它时就感到毛骨悚然的作品呢？"她写道。紧接着她又申明："《战争》是我生命中最重要的事件之一。事实上不能称之为'写作'。我眼前的书页上有规则地、非常均匀地排满了沉静、纤细的手写字

---

[1] Christopher Bollas, *The Shadow of the Object: Psychoanalysis of the Unthought Known* (New York: Columbia University Press, 1987), p. 4.

[2] Jacques Derrida, "Fors," translated by Barbara Johnson, *The Georgia Review* 31 (1977): 111.

迹。我发现自己面对的是一大片无力梳理的思想和情感混乱。与之相比，文学成了令我倍感惭愧的东西。"① 这篇序言，尤其是序言最后的一句话，总是令我感到好奇，还有一丝困惑。如果不是文学，这部作品又是什么呢？为什么与之相比文学显得令人惭愧呢？杜拉斯对自己几十年前的创作的评价令我深感矛盾，当然也好奇："这东西"令她毛骨悚然。然而它是"［她］生命中最重要的事件之一"。她从来没有明白地告诉我们，因此我们只能猜测是什么令她毛骨悚然。最有可能它与书写创伤的原初本质、它所需的自我暴露及对限制和防卫的自愿放弃有关。面对赤裸裸的恐惧事件，恐怖或暴力令人胆战心惊，但是我们也知道其不可抗拒的吸引力。也正是这种吸引力常常变得令人非常震惊、难以忘怀。羞耻本身是正反矛盾并存的。当杜拉斯承认《战争》令她震惊的时候，我们从中发现羞耻的印迹。但是她话锋一转，以自豪的口吻将"这东西"提升到超越文学的高度，甚至将文学变成了耻辱的对象。

在某种程度上，杜拉斯的作品与隐匿书写对立，与语言中的隐匿对立。正是因为这样，她对自我的披露矛盾地导致深重的耻辱和自豪感。然而，尽管杜拉斯百般否认，它毕竟仍是书写。暴露在我们面前的不是赤裸裸的创伤，而是从延迟的书写行为中可能重新获得什么。杜拉斯在谈到那些上面"有规则地、非常均匀地排满了沉静、纤细的手写字迹"的书页时，认为书写行为本身总是一种包含形式。这些字迹整齐的书页上容纳了女性的叙述声音。女性叙述者沉溺于与集中营水沟中尸体（她丈夫的尸体）意象的歇斯底里认同。这里我们甚至发现有趣的对隐匿的蓄意颠倒。杜拉斯要求我们见证的不是对被爱对象之死的否认而

---

① Marguerite Duras, *The War: A Memoir*, translated by Barbara Bray (New York: Pantheon Books, 1986), p. 4.

是预料。她不是将失去的爱恋对象埋葬在自我的秘穴中,而是歇斯底里地将自己埋在丈夫想象的尸体旁。这里歇斯底里认同成了隐匿的另一种形式。在这两种情况下,我们的印象是某人被活活埋葬。在秘穴结构中,活埋否认死亡,可是杜拉斯的作品中活埋预期的是死亡及对生命的否定。这两种方式揭示了生命中死亡的对立形式。两种情况下的书写都包含了死亡,尽管是以不同的形式——在秘穴境况中书写试图隐藏死亡,杜拉斯则暴露死亡。可以将她的写作视为与过度的照相曝光相似的心理形式:"在水沟中,脸朝下,双腿蜷缩,两只手外伸,死神攫住了他。死了。离布亨瓦尔德的尸骨不远处就是他的尸体。热浪席卷了整个欧洲大陆。乘胜挺进的盟军士兵从他的尸体旁走过。他在三个星期前就死了。是的,事情就是这样。"① 读者知道:事情并非如此。然而,杜拉斯沉溺于这种生命中的死亡:"我每天晚上都睡在他旁边,在臭水沟中,在他僵死的身体旁边。"② 以一种歇斯底里的颠倒方式,对死亡的恐惧变成了恋尸癖。"以后回想起这些,你会感到羞愧的,"她的伙伴 D 说道。③ 写作可以减轻耻辱感,但是书写耻辱这种行为的自相矛盾是:尽管通过曝光会产生耻辱感,但是写作中对耻辱的曝光同时又是一种补偿融合形式。这就是回顾性追溯的例证,即延缓从创伤内部进行的书写,不是从秘穴内部书写。

塞缪尔·贝克特也许是最激进的书写隐匿的作家。他的戏剧和文本场景中出现各种隐秘的建筑结构:洞穴、住所、壁龛、凹室、体腔、瓮、垃圾箱和头颅。人被埋在沙里,身体残缺,或无法行走,象征着生命中的死亡。贝克特的作品揭示了生命与死亡之间充满矛盾的过渡空间。他那永远没有终结的终局游戏同时是

---

① Marguerite Duras, *The War: A Memoir*, p. 7.
② Ibid., p. 10.
③ Ibid., p. 23.

对死亡的预见和否认——被封存在秘穴和拱廊意象中的寂静生活，永远凝固不动却又因不断增生的神秘声音循环不止。贝克特的书写立场也充满了矛盾——隐藏是一种快乐，但不被发现又是一种灾难。他将语言分解成低语和结巴、呼吸声和沉默、匿名及语意不清。无数声音覆盖了沉默和虚无；希望停止，却又不能停止。他的写作涉及损失，失去的事物或人从秘穴内书写，死亡过程是如此缓慢以至无影无形。"这里的一切都会死亡，但是渐渐地死亡。坦白地讲，死亡是如此地波澜不现以至于没有引起光顾死亡之地的人们的注意。"①

我们注意到秘穴是多么亲密地与心理虚无和语言中的缝隙捆绑在一起。似乎秘穴耗尽了世界和语言的生机。坟墓的静默笼罩着语言；生命中的死亡引起对虚无的恐惧。在走向生命的尽头时，我母亲写下了她的战争故事。她一本接一本地写着这些故事，一遍又一遍地重复，不时轻微地改变叙事，恰如她数十年来讲述这些故事时做的那样。她习惯用大而有力的手写字迹，在行与行之间留出大片空白。然而，她越来越无法容忍这些空白。它们变成了她生命中虚无的象征。最后，她再也不忍看着这些空白处，开始疯狂地用新的写作填满这些空白。有一天当我从书架上取出一本书时，我根本无法相信自己的眼睛：书页上留下了一层又一层的故事书写。仿佛我母亲是在神秘的书写簿上写作。然而，她没有擦掉以前的故事，而是将不同故事重叠起来。结果，她的手稿变成了完全模糊不清的故事积聚。这样她创造了自己的隐匿书写形式：在一层又一层的忧伤印迹之下故事掩藏着故事。她也以类似的方式编排她的相册，用她那口大箱子里的新照片填满所有空间，几乎是任意无序的，最后不同年代的照片重叠在一起，不同的年代形成无序的时间混合。各种不同尺寸的照片组成

---

① Samuel Beckett, *The Lost Ones* (New York: Grove Press, 1972), p. 18.

奇异的共时性，我们生命的年轮销匿无形。看着她和我们生命不同时期的蒙太奇，我觉得自己见证了她对历史——我们的历史——不由自主的毁坏。我情不自禁地回想起幼时的行为：尚未识字的我在父母的书上写下自己的故事，那些弯弯曲曲、语意难辨的字行。我的第一本书和我母亲的最后一本书都语意含混不清。我们的故事隐藏在语言之下，被减弱成无法辨认的印迹。

我发现母亲越过空寂的空间疯狂的书写成了失败的悲悼的隐喻。对她而言，空寂的空间隐藏着弃绝和死亡的威胁。她一层又一层的故事书写是针对她生命的丧失和对自己死亡的恐惧的疯狂防卫手段。它们竭力阻挡如影随形的痛苦。"痛苦需要空间，"杜拉斯在《痛》中写道。但是有时痛苦不能容忍空间，因为空间，尤其是空寂的空间，令人回想起过去的幽灵，藏匿着已被放逐的自我恐惧。如果过去的幽灵带着罪恶、耻辱和痛苦，会是什么结局？是否存在施暴者的秘穴？难道施暴者已隐匿起他或她自己的人性？如果这属实，那么我们不禁会问：施暴者怎么能言说呢？

  正是在那个时刻，眼睛被撕出来，狼和面具突然遁形，真实显现出最初的轮廓，比虚构更令人吃惊、更离奇的是，还伴随着声音、语词和意象的进军前行，就像紧闭的嘴唇上紧贴着食指。[1]

---

[1] Serge Leclaire, *A Child is Being Killed: On Primary Narcissism and the Death Drive* (Stanford: Stanford University Press, 1998), p. 83.

第七章

认同障碍：罪、羞耻与理想化

无法挽回的事实是：我是白人。因为无意识中我不信任我内在的所有黑人因素，那就是不信任我整个的存在。

——弗朗茨·范农①

啊！感到如此哑然无声，我不能回答所有那些问题，我不知道怎样做一个地道的基奥瓦印第安人。

——N. 斯科特·莫马迪②

我［……］仇恨德国。我憎恨自己是德国人。③

——塞宾·雷赫尔

我选取的三段铭文揭示了认同障碍的独特形式，其根源是种族、人种或民族召唤引发的情感冲突。阿尔都塞将召唤定义为：将主体召唤进特定的文化、政治或法律立场。例如，我们沿街而行，突然听到警察的叫喊："喂！马上停下！"我们觉得自己就像罪犯那样被召唤，尽管我们从来没有犯过罪。种族特征和人种

---

① Frantz Fanon, *Black Skin, White Masks*, trans. By Charles Lam Markmann (New York: Grove Press, 1967).

② N. Scott Momaday, *The Names: A Memoir* (Tucson: The University of Arizona Press, 1976), p. 101.

③ Sabine Reichel, *What Did You Do in the War, Daddy?* (New York: Hill and Wang, 1989), p. 9.

划分并非本体特征，而是文化和政治召唤。它们召唤我们，要求我们将之变成自己的一部分，或至少我们通过它们来确定自己的境遇。我们非常清晰地意识到种族或人种身份，当其被从外部、通过我们自己的共同体、主导的民族或殖民政权或外来文化或宗教的成员（通过贬低、诽谤或理想化将我们原型化）施加给我们时。

然而，范农著名的论断"我是白人"将我们的注意力吸引到昭然若揭的召唤背后种族与情感的连接处。他一针见血地指出了文化和种族无意识的兴衰变迁。在作为殖民主体这个现实层面上，范农仅仅被召唤成黑人。可以说，殖民权力总是一锤定音地将他界定为黑人。然而，在描摹殖民心理效果时，范农揭示了无意识召唤的间接隐晦特征。从与侵略者高度冲突的无意识认同中他发现自我意象中掺杂的白人感觉的印迹。他的理想自我是白人的理想自我。他永远不能独立地感觉到自己是自由的黑人。事实上，阴险狡黠的精神殖民化控制了黑人的情感。他们不仅无法摆脱"我是白人"这种感觉，而且效仿白人，拒绝自己的黑人存在。甚至比《黑皮肤，白面具》一书的书名更具破坏力的是，白人特征导致的种族移情不局限于面具表层。面具可以被摘掉。范农所讲的白人特征却浸入自我的核心。认同障碍的根源是黑人顽强、无意识地与白人入侵者的认同，这甚至持续地影响了范农有意识的反殖民斗争。"根本无能为力，"他说。更有害的是，范农对殖民者价值的内化将喋喋不休的自我贬损情节植入他的自我关系结构中。"我不信任我内在的所有黑人因素，那就是不信任我整个的存在。"自尊（如果还有自尊的话）必须建立在白人、建立在他者基础上。这就是萨特在分析成年人的"镜像儿童"或"镜像人格"认同时精辟阐述的嬗变机制。"包法利夫人，那就是我，"萨特在对福楼拜进行心理社会研究时这样讲道。镜像受充满矛盾的召唤影响，被重新建构，毫无例外地越过种族、人种和性别的边界。精神去殖民将不得不面对存在核心的这种不信任和自我憎恨。它不得不将各种相互冲突的态度融入自我塑造过程中，悲悼在自我的镜像重铸过程中失去的一切事物。

范农之后，差不多四分之一世纪之后，在另一个殖民种族主义语境中，N. 斯科特·莫马迪同样感到哑然无声，因为他不知道怎样做一个地道的基奥瓦印第安人。毫无疑问，他针对的是另一种形式的召唤。许多年之前盎格鲁—美利坚文化从他的民族手里窃取了他们的国土，如今却期望他与基奥瓦印第安人自我认同。按照盎格鲁—美利坚文化的设计，作为众人皆知的发起了文学领域的美国本土文艺复兴的作家，无论在任何时候进入公共空间，他都应扮演本土印第安人身份。然而，无论怎么讲，他都是在盎格鲁—美利坚环境和体制中接受的教育。他的种族自我意识姗姗来迟且不得不依赖民族志叙事来实现他所谓的印第安人自我创造。许多土著人都痛苦、讽刺地体验到成长过程中与文化母体的异化。因此，为了"重新创造"文化母体，他们必须求助于殖民者的叙事。然而即使那些在更传统的本土共同体中长大的人也体验到殖民权力强加于他们的价值和地位必然带来的认同障碍。

第三段铭文进一步转换了文化和立场。"我仇恨德国。我憎恨自己是德国人。"我之所以选用这段铭文是因为仇恨明白无误地写在你的脸上。塞宾·雷赫尔用简洁的语言描绘了德国战后一代共通的体验。"谁能理解，生活在具有如此可怕的历史过去的人群中，成长是一种什么体验？"[1] 在描述以罪恶和羞耻为基础的否定身份的形成时她这样问道。"罪恶可能是种感觉，不是事实，谈论我生活的时代永远不会使我摆脱父辈的重负。"[2] 她确

---

[1] Sabine Reichel, *What Did You Do in the War, Daddy?* p. 7.
[2] Ibid., p. 4.

信存在罪恶（或通常所讲的集体罪恶）的代际间传播现象。这是施暴者的后代，而不是受害者的后代面临的认同障碍。罪恶、羞耻和自我憎恨是那些将暴力的罪恶内化的人建构否定身份的主要因素。结果，他们总是疲于奔波，拒绝与母文化认同，也永远不会认同其他文化。不足为奇，德国人甚至提出了"内部流放"这个新术语。然而内部流放是把双刃剑。饱受战争磨难的一代人在战后使用这个术语来逃避（如果不是说开脱）与纳粹暴力的共谋关系，不管他们是积极的参与者还是旁观者。他们的后代继承了"内部流放"，因为它成了不可能的民族认同的条件。范农讲："无法挽回的事实是：我是白人。"我们这一代德国人会说："根本无可挽回，我不能是德国人，但也不能不是德国人。"他们不知道"怎样做"德国人。但其原因与莫马迪的印第安人身份认同障碍不同。直到今天，每当有人问我"你从哪里来？"时，我仍会退缩回避。这使人觉得仿佛有一种召唤的力量迫使你向地球上最苦难的人们坦白自己的认同和根源。

人们怎样分别从殖民受害者和施暴民族的后代这两种不同视角来思考文化认同问题？又怎样理解与此相关的两种否定身份建构不同的政治和心理含义？这些是我反思的核心问题。暴力对受害者和施暴者都造成心理伤害。除非恰当地悲悼和补偿，否则心理扭曲会传给后代。从心理视角看，暴力循环重复的危险集中在这种创伤的代际间传播。历史上受害者和施暴者双方都受到社会和经济体制暴力的伤害，如殖民主义、帝国主义、企业资本主义或宗教原教旨主义暴力。认识到这一点绝不意味着推卸历史行动个体的责任。这仅仅是强调，如果人自己就是体制暴力的受害者，那么他们易于将暴力施加于其他人。这种唯物主义心理学观念将人类暴力置于我们在民族、政治、经济或宗教结构中发现的体制暴力语境中。如果我们考虑到调节物质生活条件的环境、血亲和性别关系及教育体制以及与人类（包括来自不同民族、种族、人种和宗教共同体的人）以外的物种和自然环境的关系，那么我们只能理解人与人之间暴力的心理侧面。

　　儿童时期我就意识到自己属于一个由施暴者构成的民族。或许这就是为什么我终生都执著于发现促成我们独特感觉、建构我们独特身份的根源。童年时我想知道怎样才能更不像德国人或根本就不是德国人。当十多岁的我了解到犹太大屠杀后，与塞宾·雷赫尔相似，我也憎恨自己是德国人，仇恨我的国家，渴望摆脱罪恶和耻辱感。我也幻想自己是他者——法国人、日本人、美国本土印第安人或其他什么。① 德国战后的一代不可能将少年时期极端个人的身份之争与民族身份分离开来。德国人臭名昭著的对犹太大屠杀的沉默化永远以失败告终，恰如永远不可能将暴力沉默化。大屠杀无处不在，又无一处存在。我们从幼小的童年开始就尝试从书的字里行间读出隐匿的内容。我们总有办法偷听到紧闭的门里传来的低语声。我们知道在我们懂得那些秘密和恐惧的意义之前，它们就复归沉默。我们变得对那些抚养、培育我们的成年人的生活和言辞中的矛盾和虚伪极端敏感。战后的德国文化变成了不折不扣的罪恶和耻辱文化。但是所有这些都是在无意识中发生的。如今回想起来，我感到非常自信，因为在了解到德国的暴力和种族大屠杀历史之前我就为自己的德国身份感到有罪、羞耻。这种情感的根源是那些似懂非懂的故事和暗示、那些成年人之间的窃窃低语以及将希特勒的名字等同于德国的撒旦那种方式。德国儿童也感染了从父母那里感觉到的而非公开体验到的罪

---

① 最后我想知道怎样引导并避免我们不应该有的情感。这种情感主要根源于基督教（对我而言是天主教）与普鲁士独裁主义可怕的混合。这种混合主宰了我这一代人的成长。牧师、教师和父母整齐划一地将得体的情感与不得体的情感区分开来。情感及其公开表现受制于对不得体情感的苛严审查，尤其是愤怒等不得体的情感成了秘密感受到的羞耻的根源。比僭越行为导致的羞耻更糟糕的是，不得体的情感产生的羞耻感浸入了自我的核心，伴随着挥之不去的隐匿的羞耻感，导致自尊感的严重缺乏。

恶和耻辱。他们有自己的方式去了解、去倾听沉默无声的话语。儿童也有办法内化父母面临的悬而未决的冲突、矛盾和耻辱的秘密。这就是为什么儿童可能从暴力世界的边缘跌进心理上无根无助的非人世界，完全失去了归属感。

从阅读被殖民或受迫害民族书写的回忆录、小说和诗歌开始，我就震惊于他们表现出的确信无疑的文化归属感。在共同抵制种族主义迫害的斗争中，犹太人、美国本土印第安人和非洲人的创作展现出不屈不挠的文化自豪精神，哪怕他们描写的是纳粹或殖民统治下难以言说的耻辱，哪怕他们承认殖民矛盾的内化带来自我贬值和认同障碍。相反，我们这一代德国人发自内心地憎恨哪怕是一丝一毫的民族归属感。感受至深的民族耻辱甚至影响到我们对德意志伟大的诗人、哲学家和音乐家的态度，因为青少年时期我们大都听说过从屠杀犹太人的毒气室返回家后纳粹党徒会若无其事地欣赏贝多芬的音乐。

这最终导致了学生革命，引发了不同代人之间围绕德国的种族大屠杀和法西斯主义历史的大辩论。激烈的对抗使两代人之间的个人冲突不可避免地变成了对父母一代在大屠杀中的作用的审问。此外还有德国父母在教育孩子时采用的独裁方法引起的冲突——法西斯主义余孽决定了冲突的本质。我们坚持认为，德国父母和教师对年轻一代的残忍态度可追溯到与纳粹暴行相同的根源。"二战"期间流亡美国加州的法兰克福学派在西德成了最重要的意识形态建构工具。受马克思和弗洛伊德影响，法兰克福学派的哲学家们大讲特谈个体与政治之间必然、盘根错节的关系。阿多诺和霍克海默影响广泛的《独裁性格》系统地探讨了德国独裁主义及其对法律和秩序的过分强调导致的儿童情感压抑和残忍、法西斯主义政治和纳粹政权的犯罪行为之间的共谋倾向以及上述两者的关系。塞宾·雷赫尔简洁地讲道："只有那些童年时亲身体验过情感和肉体暴力及侮辱的人才会将这种对人性尊严的践踏和蔑视传给后代,甚至从放纵的暴力行为中得到快感。"①

　　学生革命期间,德国战后一代试图打破对大屠杀的沉默和否认。这些冲突充满了愤怒、谴责、痛苦和控诉,以欲罢不能的僵局,甚至仇恨报复收场。20 世纪 70 年代德国通过的臭名昭著的肃清法案禁止任何参加左派组织或革命激进主义的人在公共机构中工作。法案以政治报复为基础,差不多以肃清德国的政治异端为目的。需要将法案视为更广阔的代际间创伤嬗变机制的一部分。沉默化或掩盖暴力、拒绝承担责任并否认罪恶和耻辱都是对后代形成持续的或短暂的心理伤害的主要因素。对内在的异端的报复和迫害仅仅是更有害的整个暴力过程的征兆。该过程揭示了暴力历史的矛盾是怎样从内部被内化并重演。这发生在德国"二战"一代身上。经历了早期殖民战争的美国人也有相同体验。如今我们目睹了伊拉克正在发生的惨剧。同时,在今天的美国,一道深深的裂缝将那些否认这个国家暴力历史的人与那些承认并抵制暴力历史的人分割开来。然而,从官方展示的公共情感中我们见证了对一种关于恐惧的妄想狂—精神分裂系统的狂热防卫。一种失控的军国主义助长了这种恐惧,沿着那道想象的"邪恶轴线"将世界分成两半;同时,代际间创伤在政治无意识被置换的战场上发挥着作用。但是代际间创伤的效果在德国更明显,至少对战后一代人而言如此。然而,不同代人之间的僵局使战后一代被动地与父母的战争罪过联系在一起。60 年代弥漫着对父母一代的愤怒情绪,这表达了扼死过去的幽灵、逃避传播给他们的罪恶和耻辱的强烈意图。我们欣喜若狂地加入分裂政治阵营。德国善良、革命的新一代怀着幻想并从反抗可恶的法西斯父母的斗争中吸取力量。这种幻想有助于我们缓解被内化的自我仇恨。

---

① Sabine Reichel, *What Did You Do in the War, Daddy?* p.184.

在分析殖民关系的心理动力根源时，弗朗茨·范农恰如其分地将分裂世界的政治称为"摩尼教二元对立精神错乱"。精神错乱这个术语恰当地揭示了对现实的病态扭曲——将不同民族分裂成善良与邪恶、文明与野蛮两大对立阵营。梅拉妮·克莱恩指出这种感觉模式的特征是"妄想狂—精神分裂症"。按照她的解释，它是儿童心理世界的特征，充满了迫害焦虑、贪婪和嫉妒、愤怒和绝望。① 如果这些心理症候延续到成年生活，它们将助长攻击型政治、沙文主义、军国主义和宗教原教旨主义。为了提炼出成熟的共存模式，梅拉妮·克莱恩认为，我们需要转向一种所谓的"压抑立场"，其特征是对损失和伤害的悲悼。在集体层面，我们可以将压抑立场等同于为暴力历史负责所需的悲悼和补偿。例如，在那本开创性的著作《无力悲悼》中，亚历山大和玛格丽特·米彻尔利希认为，德国民众拒绝积极地承担他们与纳粹政治共谋的责任，这将他们的集体罪恶感推入文化无意识，从而阻碍了他们对自己的损失的悲悼。我认为我们需要将对受害者的损失的悲悼包括在内，因为这是施暴民族开始弥补对他者及自身心理健康的损害所必需的。雷赫尔得出的可怕结论是，德国战争一代从来就没有能力悲悼。

    他们仍没有能力悲悼。我坐在他们的客厅里，听他们的回忆和沉思，感到一阵寒意。他们的目光冰冷无情；与我父亲的声音相似，当他们谈到大屠杀和镇静的良知时，他们的声音是一种记者式的声音。就像模拟艺人一样，他们的表演表现出一定程度的技巧，但是基本上是空洞的，失去了所有的感觉。但是被压抑的记忆不是被忘却的记忆——任何一点

---

① 梅拉妮·克莱恩将这种婴儿情感本质化为先天的、无处不在的情感。相反，以社会建构主义为基础的视角使我们发现迫害性的幻想是儿童身处的物质和社会环境中产生的挫折和损害的结果。

抓痕裂缝都足以使所有不同、相互冲突的情感爆发。但是记忆仍是被忽略的领域。这些人衰老得不愿意冒险打开他们衰弱的心脏,让层层淤积、悬而未决的情感之流奔涌流淌。①

我同意雷赫尔的观点。"二战"一代从来没有悲悼过。但是如果存在罪恶、耻辱和创伤的代际间传播,也许战后一代的任务就是尽力承担父辈的罪恶并为之悲悼和补偿,因为上一代压制了他们的罪恶或过分地为他们的罪行苦恼,无力悲悼和补偿。在美国,集体的悲悼和补偿仍遥遥无期,暴力的车轮仍辚辚向前,仍缺乏有助于严肃地反省殖民、种族和帝国暴力的公共文化。对破裂的条约的容忍本身就不是好事,除非它们被转换成有意义的补偿政治。赌场特权不属于这种政治。悲悼和补偿需要一种情感的关联政治来跨越受害者与施暴者的界线。②

自然,很难想象对种族大屠杀历史暴力的补偿。某些个体或集体的暴力历史将永远是不可饶恕的。③ 我认为这不是饶恕问

---

① Sabine Reichel, *What Did You Do in the War, Daddy?* p. 188.
② 如果我们将不同民族中有关暴力历史的公共政策和公然表现的情感解读成不同文化态度的症候,因此也是民族身份建构过程中差异的症候时,会是什么结果呢?例如,我想到德国、南非、澳大利亚和美国在对待各自的殖民、种族主义及与之联系的暴力的历史时采取的不同方式。德国强调司法体制、罪恶的公开表现及对受害人的物质赔偿,仅仅在表面上重建德国人与犹太人及其他受害人——诸如今天的政治难民和移民——的关系。南非强调通过忏悔,通常是草率、表面的和解来重构施暴者与受害者的关系。澳大利亚竭力公开地承担针对土著人的暴力招致的责任,保障,甚至通过立法来规范公开表现的忏悔情感。今天任何在澳大利亚进行的公开活动都必须承认对土著人犯下的暴力行为,将内疚和希望的表现延伸,谋求未来与被掠夺了土地的土著人更和平的共处。令人震惊的是美国却缺乏对其各种迫害史上犯下的罪恶、耻辱及其承认的公开表现。相反,一种胜利者的腔调仍主宰了各种美国叙事——对美洲大陆早期的殖民入侵、对土著印第安人的种族灭绝大屠杀以及近年来对韩国、越南及今天的伊拉克发动的入侵和战争。可是只有越南战争引起了声势浩大的全国性抗议,其主要原因仅仅是民权运动和学生反叛形成的席卷全国的民众抗议。
③ 我们在这里需要思考德里达提倡的"对不可饶恕者的饶恕"。因篇幅有限,此处就此一笔带过。

题。补偿事实上意味着承认、包容不可饶恕的对象，目的是现在就尽可能弥补。[①] 悲悼和补偿政治属于更大的集体政治。古吉·塞昂哥以及其他思想家称之为"精神去殖民"。我们必须集体承担起精神去殖民政治，因为今天的世界侵犯、贬低所有的人和物，甚至包括其他物种和星球。不管怎样，这在今天破碎的生存环境中成了我们共同的命运。进步政治的动力来自一种更广阔的意识。阿希兹·南迪称之为"同构式压迫"，即意识到压制关系中主人与奴隶、殖民者与被殖民者、施暴者与受害者都体验着异化和心理损害。这种深刻的辩证哲学洞见始自黑格尔的主/奴辩证思想。

仍需要对"同构式压迫"进行充分的理论探讨。南迪从"精神去殖民"分析中发现人们很少关注殖民者和帝国建设者的"精神去殖民"问题：

> 如今殖民主义广阔的心理轮廓已不是什么秘密。归功于奥克塔·曼诺尼、弗朗茨·范农和阿尔伯特·梅米等的努力，我们甚至多少了解到构成殖民境遇（尤其是在非洲）的个体间模式。但鲜为人知的是在殖民本土社会中殖民产生的文化和心理病态现象。[②]

南迪认为，精神去殖民斗争的矛头应指向这样一种否认，即"殖民者至少同等程度地受到殖民主义意识形态的影响，他们自

---

① 以作为整个民族表现的公共情感一部分的悲悼和补偿为焦点的政治——如南非真理和调解委员会、澳大利亚的对过去暴力的公开承认和道歉政治——只有扎根于跨越文化、人种、民族和宗教分界线的新交流和交往模式才会卓有成效。除非它们不懈地申讨当代全球范围内愈演愈烈的经济、环境和心理种族主义，否则就只是美妙感众的说辞。

② Ashis Nandy, *The Intimate Enemy: Loss and Recovery of Self Under Colonialism* (Oxford: Oxford UP, 1983), p. 30.

身的贬值有时也非常可怕"。① 这就是南迪所讲的"同构式压迫"。与此相似，雷赫尔断言德国人"残酷的种族大屠杀并没有免除巨大的心理损害，但是他们却没有意识到这一点。伴随着每一次对生命的毁灭，谋杀者心中的某些东西与那些在战壕里、毒气室及烤炉中被处死的受害人一起死亡"。② 就我们所知，被否认的暴力和压迫将会噩梦重现。许多代人之后，德国人将会，且一定会深陷过去的梦魇而无力自拔，尽管"二战"一代否认，"二战"后的第三代人对过去的意识已变得依稀淡薄。但是这种代际间的噩梦同样对其他暴力历史的参与者纠缠不休。

尽管在精神去殖民的过程中受害者与施暴者之间存在根本的不一致，但是更值得我们关注的是针对"同构式压迫"的斗争的条件和阶段。例如，范农认为被殖民民众的解放斗争必然经历不同阶段。他大致划分出以下四个阶段：（一）与入侵者认同；（二）单方面拒绝任何与殖民或种族主义文化认同的事物；（三）眷恋前殖民传统且将之理想化；（四）融合被殖民者的历史，承认在反暴力历史中形成的充满矛盾冲突的身份。我们发现范农划分的四个阶段都伴随着（如果不是受制于）不同的情绪或情感状态。前三个阶段以罪恶、耻辱和理想化为基础，第四个阶段以悲悼、融合和补偿为基础。或者用梅拉妮·克莱恩的话讲，前三个阶段属于分裂政治及一种妄想狂—精神分裂立场，第四个阶段与压抑和补偿立场对应。让我们略为思考一下施暴者的"精神去殖民"经历的补充阶段会是什么样：（一）与受害者认同；（二）单方面拒绝任何与殖民（或种族主义）文化牵连的事物；（三）将他者的前殖民传统理想化；（四）承认自己作为暴力传统的参与者或继承者的矛盾身份，愿意参与反对压迫、暴力和战

---

① Ashis Nandy, *The Intimate Enemy: Loss and Recovery of Self Under Colonialism*, p. 30.

② Sabine Reichel, *What Did You Do in the War, Daddy?* p. 191.

争的集体斗争。范农和古吉都从被殖民者的视角聚焦精神去殖民问题。南迪的理论则有助于我们探讨施暴民族同样经历的精神去殖民过程。这最突出地表现在文学中。例如，库切的小说《耻辱》是研究南非殖民文化中心理扭曲和代际间创伤传播的典范。小说的男主角大卫·卢里无力正视自己的罪恶，而他的女儿露西则将这种罪恶内化，甚至采取几乎是自我牺牲的极端行为。她行为的基础是认识到无路可逃。《耻辱》最具破坏性的一面也许就是，一方面无路可逃，另一方面通向精神去殖民的道路也是一条死胡同。根本不可能实现文化转换，也没有施暴者和受害者共同享有的语言。暴力循环持续，敌对的双方彼此隔绝，尽管他们分享着同一片生活空间、骨肉相亲。一旦权力关系逆转，施暴者变成了受害者，受害者则成了施暴者。但这不是简单的逆转，因为曾经的施暴者带着罪恶和耻辱被卷入新一轮的暴力，昔日的受害者则满怀愤怒和仇恨。在另一个不同的权力格局中暴力再次粉墨登场，对暴力的集体悲悼仍遥遥无期。然而，希望的微火仍蕴藏在可能的集体悲悼之中。

例如，范农认为，被殖民者经历了与入侵者的认同阶段后为去殖民过程打下了基础。他甚至坚持认为，没有经过与入侵者的认同阶段，被殖民者就无法达到融合和自我肯定阶段。对被殖民者而言补充性行为是否可行？历史使一种良好的跨文化认同模式的产生变得举步维艰。我们都非常清楚西方想象中理想化的陷阱是漫长文化史的产物——东方主义、闪米特嗜好或高贵的野蛮人意象。美洲印第安人的处境尤其如此。历史上对非西方文化的理想化产生于种族主义殖民想象。与此相反，肆无忌惮的种族主义常常包含了无意识认同，他者包容了被拒绝和分裂的自我。

然而，如果我们严肃地对待范农的精神去殖民理想和阿希兹·南迪的"同构式压迫"方案，那么我们必须探索在特定状况下这种与受害者的理想化认同是否能推动精神去殖民进程。如果这种认同沦为与受害者的反压迫斗争联合、参与的形式，我们又怎么办？如果它变成积极地借鉴学习被压迫者的文化和斗争的形式，我们又将如何？我们唯一的建议是，借助文化想象（包括文化无意识），重新引导，甚至颠覆殖民主义和种族主义的心理能量，使之服务于精神去殖民事业。这种颠覆与尼采论述的价值本身的价值转化有着某种密切关系，即重新确定、在很多情况下是颠覆原来的态度。与非西方文化的认同仍是殖民传统的一部分，但是我们可从中遴选出有益于反种族主义斗争的精髓。将其片面地理解成种族主义的一部分无疑是一种理论简约化，低估了理想化过程中的心理正反矛盾并存现象。每当思考他者被理想化的复杂状况时，我就记起与一位华裔美国同事的对话。她更喜欢诚实的种族主义者而不是闪米特迷恋者。露丝·克鲁格尔这位大屠杀的幸存者反驳道："在奥斯威茨集中营，我们也许希望人们将我们理想化而不是处死我们。我宁愿挨打而不愿被枪杀或毒死，我宁愿受凌辱而不愿挨打，我宁愿被浪漫化而不是被蔑视。我怎能怨恨将我们的形象理想化的闪米特爱好者呢？在世界产生了所有关于犹太人的消极意象之后，我们才有了理想化的意象。"

政治上重要的转变是从理想化到历史融合的转变。与此对应的是从范农四阶段说的第一阶段向第四阶段的变化或从分裂政治向悲悼和补偿政治的转变。作为分裂的妄想狂—精神分裂政治的一部分，理想化仍潜在地与其对立面连在一起，因此仍以不太明显的方式延续着消极的歧视。范农的四阶段说有助于从理论高度澄清认同的意识和无意识含混矛盾。哪怕它们属于殖民和种族主义传统，都可以从与入侵者和受害者两者的认同中筛选出有助于反殖民斗争的因素。

认同的心理嬗变之所以如此复杂，是因为它在变幻莫测的文化无意识和想象的共同体领地内发挥作用。在《起源、连接》

一文中，爱德华·萨义德告诫我们，在整个现代性的历史上，蓄意斩断与家庭、家园、阶级、国家和传统的纽带，这成了现代自我意识一再自我肯定的、最普遍的实践。在《作为文本和模式的人种划分》一文中，人类学家迈克尔·M.费希尔进一步指出，除了是社会建构的产物外，种族划分也是"每一代人中的每一个个体重复创造、重复阐释的结果"。他写道：

> 种族划分是自我的一部分，常常令个体感到非常困惑，是一种他或她无力控制的东西。就其作为认同根深蒂固的情感因素而言，它很少通过认知语言或学习（社会学几乎完全将自己局限于此）来传播，更多通过与梦类似的过程和心理分析遭遇中的移情环节。①

在一个充斥着暴力对抗和压迫的世界中，自我塑造的过程必然与情感、文化和政治冲突及矛盾交织在一起。它们比我们常常认识到的还要更频繁地在文化、人种和种族间穿梭往来。与他者、入侵者或受害者有意识或无意识的认同是这类过程必然的部分。在殖民主义、种族主义或其他压迫文化中我们都无法避开影响我们与他者关系的消极的心理扭曲，不管我们位于分界线的哪一边。以他者的丑化或理想化为底色的分裂政治就属于这类扭曲变形。不仅是我们相互接近并连接所依赖的情感差异，而且包括展示的公共情感，都充斥着各种矛盾。对种族主义的挑战需要放弃理想化，谋求悲悼和补偿。如我上面所讲，它也需要文化转换行为。我们需要寻觅新的途径来促使被暴力历史分割开来的人们越过鸿沟、相互交流对话。我们需要努力让罪恶、耻辱、愤怒、

---

① Michael M. J. Fischer, "Appendix: Work in Progress-Ethnicity as Text and model," In *Anthropology as Cultural Critique*, George E. marlus and michael M. J. Fischer eds. (Chicago: Chicago UP, 1986), pp. 173—177.

仇恨、自我憎恨和伤害发出声音。我们同样需要竭力商榷、化解情感差异。要完成全球跨文化素养的培育这一任务，相应地需要一个了解学习其他文化的过程。作为全球跨文化素养的基础，文化转换有助于遏制单一文化主义和单一语言论的危险。在《动荡的生活：悲悼和暴力的力量》中，朱迪丝·巴特勒坚持文化转换的紧迫性：

> 所有民主文化的关键作用之一就是迎接文化转换的挑战，尤其是当我们发现自己与之为伴的那些人的信仰和价值根本上挑战我们的信仰和价值的时候。[1]

文化转换弥合的是暴力历史撕裂开的深深裂缝。但是仅有文化转换还不够。它不足以触及文化无意识或费希尔描绘的通过文化移情实现的种族传播过程。"移情"这个心理分析概念囊括了拒绝和原型化、构成文化无意识的分裂和投射性认同等过程。要克服文化移情就需要为历史损害作出补偿。分裂政治造成历史损害，其根源是投射性认同、原型化和替罪羊化。这是一种抵制当今日益多极化的世界的"摩尼教二元精神错乱"的形式。在全球文化素养模式中，成功地克服文化移情是文化转换的补充。跨越文化分界线来讲述故事，这也许是通向跨文化素养的第一步，因为故事讲述是历史暴力和损害的见证，能商榷情感差异。故事讲述的根茎延伸到我们的童年时代。也许范农是正确的："我相信，为了把握某些心理现实，有必要回到童年。"[2]

---

[1] 另参见朱迪丝·巴特勒最近对文化转换紧迫性的强调：Judith Butler, *Precarious Life: The Powers of Mourning and Violence* (London/New York: Verso, 2004), p. 90。

[2] Frantz Fanon, *Black Skin, White Masks*, p. 190.

第八章

梦魇般的传统：施暴者后代的创伤

当伊拉克被轰炸时
我告诉她
我是多么愤怒于
对平民的侵袭
不管有什么理由
因为我对那种感受记忆犹新
一个六岁的小孩
住在城里
遭到地毯式轰炸
周围是成年人
因恐惧和饥饿变得半疯狂
当我告诉她
那是怎样的感受
从掩藏处爬出来
　　在空袭之后
目光扫过街道
看谁家的房子被炸塌了
我怎能忘记
惊恐的成年人低语着

第八章 梦魇般的传统：施暴者后代的创伤

磷光炸弹
　　没击中火车站
　　却落在贫民窟
　　人们在街上奔跑
　　像燃烧的火炬
　　尖叫着跳
　　进河里
　　溺水而死
　　　[……]
　　我的希腊朋友身体后仰
　　我从她的眼神中看出
　　我是她敌人的孩子
　　她记得那些暴行
　　我的同胞们犯下的
　　在她家乡的小村里
　　在希腊的群山中
　　　　——节选自厄秀拉·杜巴《来自敌人的孩子的故事》①

首先我试图阐明这样一种观点：在施暴民族中成长的儿童遭受的创伤影响。"二战"后我出生在德国南部的一座边境小镇，在黑森林地区外缘，紧邻瑞士。借用厄秀拉·杜巴诗歌的题目，我是"敌人的孩子"之一。但与她不同，我对地毯式轰炸的体验是间接的，是通过不断重复的战争故事。我母亲和外祖母那些关于战争的故事已融入了我童年的记忆。我将这些她们灌输给我的内容保存在记忆中，它们最先刻写在我的历史

---

① Ursula Duba, *Tales from the Child of the Enemy* (New York, Penguin Books, 1995), pp. 1—3.

中。她们每天晚上都坐在客厅里，讲述着相同的故事，一遍又一遍。我的记忆中这些故事几乎有着一种与生活现实难分难解的怪诞特征。这些记忆与对其他故事的记忆不同。几乎如同我亲身经历过这些故事情景，我记得那些当时令我产生幻觉的具体意象、细节和历史片断，从而将我家庭的故事转化为心理现实。空袭警报和飞临天空的轰炸机的声音，逃往防空掩体的人群，或仓皇之间逃往地下室的人们。在尖叫的防空警报声和炸弹的爆裂声中，熟睡在装苹果用的板条箱里的孩子。此外还有人成群结队地逃离燃烧的城市，在冒烟的房屋废墟和爆炸的炸弹中摸索。人们被浓烟熏得哭啼流泪，不停地咳嗽、尖叫，完全迷失了方向，陷入疯狂。

我刚出生的头几个月内，"恐怖和饥饿的折磨使成年人处于半疯狂状态"，因为战后德国随处可见的是恐惧和饥饿在蔓延。父母告诉我，还是婴儿的我难挨饥饿，整夜整夜地哭啼。同样令他们心碎的是战争夺去了他们刚出生不久的第一个孩子的生命，将他们的房子变成一片废墟。许多年后，与杜巴相似，我与许多我的民族将战争和大屠杀加给他们的犹太人、法国人和希腊人成为了好朋友。我太了解作为敌人的后代那种感觉。我也知道属于某个在世界的文化想象中因邪恶的化身而使其历史陷入停滞状态的民族是一种什么感觉。在我记录下这些关于战后德国一代成长经历的思考时，美国再次入侵伊拉克，将伊拉克人民（包括小孩）推向死亡。如今我在美国是外来户。当我通过电视转播目睹这场新的战争时，意识中再次泛起记忆的碎片——我童年时代感受到的那些关于惊恐惧怕的氛围、饥饿和绝望的故事。有一次参加完在洛杉矶举行的大型和平示威游行后回到家里，我十三岁的儿子问我"二战"后的岁月还有多少留存在记忆中。我觉得应该将这些记忆和思考变成一种可传递给他的形式。

在我出生时，刚战败的德国到处贴满了盟军的标语：

第八章 梦魇般的传统：施暴者后代的创伤

> 这里是文明世界的终点。
> 你正在进入德国境内。
> 禁止滥撒博爱的种子。[1]

仅仅离此几年前，在我家乡小镇的入口处挂着这样一块破旧的牌子，散布的是纳粹时期的反犹主义：

> 田根不欢迎犹太人。
> 田根欢迎远方的客人，
> 但是犹太人最好走远点。
> 因为不管你出于什么目的，
> 请记住，犹太人，
> 田根过去、现在且永远是德国人的田根。

当镇上的人们以这种方式来对待犹太人时，我还没有出生。当然，刚出生的我也无法读懂盟军的告示牌。但是这两种符号都借助德国的文化无意识间接地传给了新的一代。盟军符号的传统复杂难辨。它否认德国属于"文明世界"的地位，将德意志民族与野性和野蛮话语等同。这一话语延续了常见的殖民主义传统，将德国建构成文明世界中出现的"野蛮"的第一例。尽管野蛮修辞暗示德国放弃了西方文明的价值和成就，但是德国纳粹党（如阿加姆本和其他人令人信服地证明的那样）事实上在现代性逻辑中发挥了作用，利用根深蒂固的现代因素来生成大屠杀。其次，似乎很重要的是，德国大屠杀受制于一种无情地征服或消灭其他民族的冲动，与更普遍意义上的西方殖民主义和帝国主义有

---

[1] Sabine Reichel, *What Did You Do In the War, Daddy? Growing Up German*, p. 4.

着许多密切联系，尽管其冷酷、机械、工业化的死亡机器举世无敌。最后人们可能要问：征服和消灭其他民族的冲动的根源是什么？这个问题超越了本文的范围。

不管人们怎样解释纳粹对西方文明价值的毁灭，盟军的符号向关于文明和进步的殖民叙事中隐含的发展论题提出了挑战。它不仅提出了是什么使文明从内部遭到破坏这个问题，而且引出另一个涉及与被占领地那些所谓"野蛮"的人们有关的盟军的作用的问题。从许多方面讲，盟军力量对德国（许多主要城市遭到破坏，幸存的人们忍饥挨饿）的重建可与殖民化相比，都包含了政治征服及道德和文化再教育。然而，我们需要谨慎地估量这些以杜绝这个国家的种族屠杀政治和对其他国家的侵略为目的的"过渡性干预行为"的状况。它们以独特的方式区别于针对土著人的殖民主义统治下完全肆意妄为的入侵、侵略和大屠杀行为。战后德国见证的是盟军无孔不入的文化再教育和强加的价值观。尤其是美国和苏联这两个在后来无情的冷战时期成为历史主角的国家，在分裂的东西两部分分别将美国和苏联价值观系统地强加给教育和文化体制。横穿前首都柏林的一道钢筋水泥墙最终将德国分割成共产主义的东德和资本主义的西德。这生动地展示了"西方文明"内在的戏剧性冲突、差异和分裂。而当今的学术话语却常常笼统地将这些同质化为"西方文明"。

对德国文明国家的地位的否认基于以下认识：对犹太人和其他少数种族的迫害、集中营和大屠杀都是与西方文明的价值背道而驰的行为。最近的分析，尤其是阿加姆本的研究，试图全面驳斥这种例外视角，将德国塑造成西方文明的一个重要时刻而不是反常现象。例外论基于以下假设：德国从来就不是西方文明的一部分，也无所谓脱离西方文明主流可言，因为它从来就没有转向政治民主化（或法国式共和主义）或在哲学上转向人本主义的理性主义。我们也不应忘记，首先是纳粹自己提出有关德国文化的例外论视角,宣称自古以来德意志文明逐渐发展了自己的生活模式。例外论视角和非例外论视角构成了一道分水岭,根本决定了人们看待大屠杀受难者的态度,这些受难者包括德国犹太人、吉普赛人、同性恋、精神病人和共产主义信徒。它也左右着人们怎样评价"二战"期间及战后德国人遭受的另一种不同的创伤。

最后,关键是德国人在面对或拒绝面对他们作为战败的施暴民族一员的作用时,是否将自己视为西方文明的变种。我们知道战后德国人身上压着巨大的沉默,他们妄想对战争的残暴避而不谈。然而,人们无法逃避集体的耻辱和罪恶及其代际间传播。在公共论争中对耻辱和罪恶的承认越趋沉默化,它们就越可怕地郁积在心理和文化无意识中。对施暴的一代而言,关于大屠杀的知识变成了"缄默的知识",在公共论争中成了绝对的禁忌。在战后一代眼里,它成了一种类似于民族秘密的东西,完全显露为残暴的事实。这通常发生在十多岁这个年龄段,隐藏在冰冷、枯燥的历史课中。事实上不存在消化有关大屠杀的更深层的对抗和对时间的加工处理的公共论坛。将德国视为西方张狂的殖民和帝国历史的重要组成部分,有助于人们认识到纳粹暴行仅仅是在上演西方文明优越神话的过程中最有害的、野蛮的形式。德国的心理机制明显不同于其他西方国家,因为它使得其他国家更轻易地避免了与自己的殖民暴力和大屠杀历史与传统的对抗。对德国例外论的反对并不是容许德国推卸大屠杀的责任。相反,它使我们在纳粹大屠杀与其他暴力和大屠杀历史之间建立起联系。我认为,有必要开始构思一种对抗压迫、大屠杀、种族肃清以及对其他民族的帝国主义入侵的联盟政治。其关键是将这些暴力历史联系起来思考。其次,这最终有助于为政治对话铺平道路。对话的一方是那些新兴的或仍遭受压迫蹂躏的民族和国家;另一方是那些殖民或帝国主义国家内顽强地抵制对其他民族和国家的压迫的人们。

以这种方式来建构我的思想使我能提出与创伤话语中的对话转向有关的观点。创伤话语普遍、排他地关注创伤的受害者。我认为需要将焦点转到受害者与施暴者之间的互动界面，因为他们都是暴力历史产生的心理变态现象的受害者，尽管他们采取不同方式且负有不同责任。暴力历史中普遍存在着创伤的代际间传播。或如亚伯拉罕和托罗克所讲，这是一部被沉默的过去的幻影纠缠不休的历史。下面更细致地考察这种可怕的代际间创伤传播现象。

　　创伤的代际间传播可能有哪些具体表现？让我再次分析一下我家乡小镇的纳粹标牌上的语言："请记住，犹太人，田根过去、现在且永远是德国人的田根。"这突出地展示了德国"二战"一代惧怕被另一种文化取代的恐惧心理。这种恐惧伴随着战后对饥饿的极度恐惧，还有人们在听到那些被重复讲述的战争故事时的惊恐。所有这些都传给了战后一代。纳粹符号也告诫德国人应在外国人中区分出好坏。边境小镇田根的居民实际上没有什么仇外情绪。但是种族主义成了一种时尚，人们打出种族主义的旗号而无需有任何耻辱感或良心的刺痛。毕竟种族主义总是与爱国主义和民族自豪感夹杂不清。惧怕德国文化，也许更重要的是德国的经济垄断地位被犹太人取代。这种熟悉的借口掩盖了德国对德国犹太人的残忍进攻并将之理性化为一种自我防卫手段。战后这种替代恐惧心理几乎原封不动地被置换成对德国境内的俄罗斯人和共产主义分子的恐惧。"等着瞧，有一天俄国人会侵略我们，"我祖母在我不顺从她时常这样恐吓我。她也认为是俄国人的核试验改变了气候环境。"他们甚至接管了天空和云层，"她常常抱怨道。与许多德国人相似，她似乎成功地"遗忘"了仅仅数年前希特勒妄想占领整个欧洲的帝国欲望，将之轻易地投射到敌对方身上。

　　我几乎记不起是否对美国和法国向德国文化的渗透、对德国

第八章　梦魇般的传统：施暴者后代的创伤　　187

南部的占领有任何抱怨之词。也许我应强调，尽管我家居住的地区属于法国占领区，但是在我们的印象中主要是北美文学、好莱坞电影及许多宣传大量渗透德国文化和教育领域。德国文学教师公开批评这种德国文化和教育重塑现象。他们抵制德国语言的英语化，禁止我们使用"外国"词。悲叹战后一代的成长缺乏德国文学的滋养，因为几乎一夜之间学校课程中的德国文学被海明威、斯坦贝克或赛珍珠这些新的美国作家的"低俗"作品取代。然而，无视老师们的规劝，我们狂热地接受美国文学。之所以如此，我认为是因为在我们了解到大屠杀之前就已经将德国是一个劣等的国家这种意识内化了。当时我自认为自己具有反叛和进步精神，实际上只是被文化殖民蒙骗的羔羊。这种深层矛盾征兆了战后德国文化的转型。我们的老师抵制美国教育计划的殖民冲动，但是他们的行为被打上了老式的、问题重重的民族主义的烙印。相反，我们这些学生抵制师辈的民族主义，积极地拥抱外国文化，在无意间顺从了美国教育计划肤浅的宣传论调。美国文学构成了这种教育的核心，使情况变得更复杂。我们阅读的文学本身常常诟病或批判自己的文化。例如，福克纳、海明威、斯坦贝克和赛珍珠这些作家与自己文化的关系是如此复杂以至无法从单一的文化视野中看待他们。其次，正是对美国文学的接受再次将德国文学与纳粹统治时期被压制的现代主义和先锋派运动连接起来。这种矛盾与范农描绘的殖民教育中莎士比亚的接受并没什么差别。我们需要记住，文学是一种高度矛盾且危险的殖民或再教育工具，因为它很容易被挪用，其接受更具批判力量且与权力企望达到的目标相左。因此不能将美国文学阅读视为在德国战后一代中施行压迫的工具。具有征兆意义的是，我后来在大学学习美国文学时又重温童年时代耳熟能详的这些书；移居美国后，我发现与我同龄的美国人分享着同样的基础文学经典和其他文化产品（尤其是好莱坞电影）。

"二战"一代将对盟军接管的恐惧内化为一种心理结构,甚至将之延伸到包括更普遍意义上的文学和语言。因此它开始变得无所不在,在更潜意识的层面上肆意无阻地运作。在某些方面,父母一代将这种恐惧转移到战后一代身上。父母亲传给孩子的恐惧反过来与另一种恐惧联系在一起,即惧怕被沉默化的历史可能会显露出来且导致他们与孩子的对抗。这最终在 20 世纪 60 年代和 70 年代给德国的学生运动打上了独特的代际间烙印。如果说"二战"一代退缩进"沉默"背信弃义的庇护所,那么具有征兆意义的是知识、教育,尤其语言变成了这种恐惧的储存器。孩子们可以发出自己的反叛声音。这令许多父母感受到了威胁。德语词"Widerrede"特指一种最可怕的孩子对父母权威的僭越。这个词的意思是"反驳"或公开的"争论"。德国家长式教育的核心观念"你不准与父母争论"至少可追溯到俾斯麦时代。然而这种对下一代声音的沉默化在"二战"后获得了新的内涵和急迫性,因为争论导致这种威胁,即可能暴露作为施暴者的父母是纳粹暴力积极或被动的帮凶。60 年代这种教育风气开始与德国人盲目地顺从纳粹统治这种弱点联系起来。随着阿多诺和霍克海默的《独裁性格》的发表,在德国人的社会想象中独断专行最终与法西斯主义倾向联系在一起。因此 60 年代德国的革命激进主义完全变成了战后一代第一次声势浩大的呐喊疾呼,将大屠杀的罪责归咎于父母一代,而不仅仅是声讨在纽伦堡被推上断头台的一小撮暴力元凶。

这就是战后德国仍猖獗不止的无情的独裁主义的心理气候。战争的失败削弱了任何意义上的真正权威。但是转而施加于社会中"劣等的"或脆弱的人们(包括孩子)的暴力却常常疯狂地膨胀。美国承诺重建战争时期遭受摧毁的国家。这使得德国人在战争刚刚落下帷幕就投身于艰苦的重建事业。这些艰辛的劳作真正成了偏执狂式的防卫——抵制无法忍受的损失、失败、罪恶和耻辱情感。这种狂躁的防卫与降临到战败国头上的对战争暴行的可怕的沉默同台共舞。这种沉默反过来产生了极度的"无力悲悼"现象。这就是法兰克福学派的心理学家亚历山大和玛格丽特·米彻尔利希在同名专著中分析的内容。战后的德国人变得如此顽固以至于他们不仅无力为他们在集中营中处死的六百万人悲悼,而且也同样不能彻底悲悼并承认自己的损失。如果你的人犯有将另一个民族集体消灭的罪恶,你又怎能够为自己家里失去的几个亲人而悲悼呢?我不是说根本不存在对死者的悲悼。但是罪恶和耻辱共同阻碍且扭曲了(如果不是主宰了)悲悼过程本身。与之密不可分的是所有的损失对德国人来说都是罪有应得这种必然的感觉。这种心理状况下,无力悲悼的重负使人濒于疯狂的边缘。相互冲突的情感是如此无法忍受以至不可能公开地加以处理,更不用提在公共空间中加以处理了。但是也不可能使之销声匿迹,因此它们被强行挤入文化无意识,处于受压制、分裂的状态。

重建热潮之下郁积的极端自卑感深刻地影响了"二战"一代父母与下一代的关系。"父母亲可能碰到的最糟糕的事就是孩子们会接管,"我父亲常这样讲。在我成长过程中接受的苛严的专横教育方式下,我对他的话百思不得其解。因此曾问过他:"你所谓的孩子们会接管是什么意思?""嗯,意思是他们会爬到父母头上拉屎,"他用熟悉的德国口语(Die Kinder wachsen den Eltern ueber den Kopf)反驳道。当我想进入德国大学时这种恐惧变成了一个大问题。我父母试图劝阻我。在我读高中的时候,双方的争战常常转到语言问题上。每当我使用他不懂的单词,尤其是那些孩子们开始使用的新外国词或术语(被斥为德国语言的"美国化")的时候,我父亲总是勃然大怒。"不要附庸风雅地咿呀学语!"他带着极端仇视的态度对我吼叫。我很快就学会了在他面前谨慎地措辞用语。用父亲的语汇讲话成了我个人的语言牢笼。我以沉默这种方式来进行反叛。因此沉默化同时体现在集体和个体层面。书面语言，包括诗歌和小说，也被视为一种危险的影响。我母亲无法阻止我阅读后就尝试将我带回家的书藏起来。我很快就学会了将已经看完的书交给她，因为我常常躲在毯子下借着手电筒的光来阅读。最糟糕的就是那些美国连环漫画册完全被视为毒药。父母亲和老师在描绘这些漫画册时使用的是他们在描述纳粹宣传时使用的术语——对大众的"愚化"。我记得曾躲在森林里偷偷地阅读米老鼠漫画册。之后我试图确定自己是否真正地变得更蠢了。这又怎么可能发生呢？探讨语言是否会变成有毒的物质，这几乎成了一个哲学难题。

　　强加于语言的这种禁令影响深刻，甚至影响到自我最核心的部分。过去常认为自己是"失语的姑娘"。这至今仍萦绕在我的意识中。现在我感觉到被置换的形式的影响。其中最狡黠的形式就是与作为施暴民族的后代发出声音的要求联系在一起的罪恶和恐惧。某个话题离我自己的历史和利益越远，也就越容易讲述。因此不足为奇，我开始积极地学习外语——学习法语和英语这两种战胜国的语言。也不足为奇，我最后成了外国文学教师，专攻最抽象、理性的批评理论这种话语模式。如果我现在首次在公共论坛上讲述施暴者后代的传统，我难免带着些许焦虑和不安。尽管我相信自己不会再回避这种对立，但是仍为发出自己的声音而斗争。许多年前我被邀请到以色列特拉维夫大学讲学。在与一帮女同事共进午餐时，围绕最近流行的大屠杀幸存者后代撰写回忆录这一潮流发生了争论。一位朋友认为这些作者展示的他们自己的苦难削弱了他们父母承受的不可估量的苦难。大屠杀幸存者的后代应接受道义上保持沉默这种义务。其他人反驳道：不可能让整整一代人保持沉默，任何人都不应被剥夺掉自己的声音。我无言地坐在那里，试图想象他们对一个渴望发出声音来讲述施暴者后代的创伤性传统的人会是何种感觉。返回美国后，我将自己的想法冰封了整整十年。

然而，对创伤的代际间传播的心理分析研究再次唤醒了我。作为唯一能描摹无意识体验效果的理论，心理分析不可估量的价值在于它有助于人们直面自己从未生活经历过的过去的幻影，或仅仅通过其叙事的甬道和代际间心理传播来体验。创伤历史遗产可以通过父母和祖父母的无意识幻想在个体间传播，或通过文化无意识集体传播。心理分析专家在理论上将这种传播归纳为一种心理萦绕形式。他们认为，受害者和施暴者的后代都无意识地生活在父母和父母一代的可怕遗产和秘密的阴影中。在大致勾画代际间创伤理论的基本假设后，我想以亲身经历的两个具体事例来说明创伤的代际间传播。

创伤是否会传给从未体验过具体的创伤事件的下一代？这一争论可追溯到20世纪七八十年代发表的尼古拉·亚伯拉罕和玛丽亚·托罗克的代际间萦绕理论。在《壳与核》一书中，亚伯拉罕和托罗克提出"秘穴"概念——一个将无法忍受的体验、记忆或秘密围阻起来的心理空间。亚伯拉罕分析了萦绕那些经历过创伤历史的父母的孩子的"幻影效果"。他认为个体能继承祖先生活的秘密心理实质，[①] 因此个体可能显示出并非直接源自他自己的生活体验，其根源是父母或祖先的心理冲突、创伤或秘密的征兆。在论述幻影、萦绕或幻影式萦绕时，亚伯拉罕使用幽灵修辞来暗示自我中异己事物的在场。如他的编辑兰德所讲，他事实上暗示了"个体心理中存在着数代人构成的集体心理"。从鬼怪故事和民间传说中我们得知，只有那些没有享受葬礼、暴死、犯罪、无辜死亡或因极端的不公平而屈死的亡灵才对活人纠缠不休。换言之，这种萦绕是悬而未决的创伤的结果。托尼·莫里森的小说《宠儿》就是有力的例证。小说中被谋杀的幼儿出没无

[①] Nicolas Abraham and Maria Torok, *The Shell and the Kernel*, p. 166.

常地缠绕着塞丝和她的家人，直到她们成功地治愈了过去的创伤。《宠儿》也揭示了个体与集体创伤交织的现象。虽然故事的焦点是家庭悲剧及那些卷入谋杀事件的人的个体创伤，但是塞丝行为的根源是奴隶制创伤史。只有立足创伤史才能完整解释她的行为。暴力历史上个体与集体和政治不可分割。尽管亚伯拉罕的理论主要局限于家庭范围及代代相传的家族史，但其理论框架同样有效地囊括了更大的共同体和背负集体创伤史的人们。亚伯拉罕的"幻影"概念有助于分析通过文化无意识传播的历史创伤。再以《宠儿》为例。托尼·莫里森借用鬼魂形象来追踪女主角无意识中集体创伤的效果。这不仅是黑人女奴塞丝谋杀幼女的个人历史，而且也是所有那些被夺走了孩子的母亲的历史。塞丝的母亲遗传给她的是这种独特的意识——与其做奴隶，毋宁死；与其像自由母亲那样，毋宁做割断了与自己孩子联系的奴隶。最后《宠儿》表明，只有借共同的支持，联合起来努力面对过去的幽灵，个体才能治愈创伤。因此要征服集体历史创伤，我们需要一种立足个体间视角的理论框架。亚伯拉罕和托罗克的幻影和代际间萦绕概念不仅使心理分析超越了个体生命体验及其内在的心理过程，而且涉及文化遗产或一代乃至数代人未竟的事业及其对后代的影响。

　　大多数文化都倾向于将创伤历史沉默化。创伤性遗忘似乎成了打上烙印的文化实践。然而创伤永远不可能完全被沉默化，因为它持续地在无意识中发挥作用。亚伯拉罕认为沉默掩盖创伤事件或历史的意图导致其无意识传播。这就是跨越数代人的萦绕。他提倡一种心理分析的"祖先礼拜仪式"，让死者安息，活着的人摆脱死者可怕的幽灵。然而要挣脱过去的羁绊需要人们首先唤醒死者并重温创伤。这一过程事实上就是我们通常所讲的悲悼。要推动集体悲悼，共同体和国家需要建立记忆文化。认识到我们自己的心理生活中隐匿的祖先的心理生活，这意味着揭露他们无

第八章 梦魇般的传统：施暴者后代的创伤

言的痛苦和秘密历史以及他们的罪恶、耻辱和罪行。因此家族的、共同体的和国家的"秘密"历史非常重要。这种语境中的秘密并不必然意味着缺乏对过去的有意识了解。它也许意味着这种了解被沉默化且远离公共生活。这种情况下它成了一种缄默的知识，每个人都分享这种知识却又将之视为禁忌。敢于揭露这类秘密的人常常招致激烈的仇恨，仿佛他们威胁到一种脆弱的平衡感。暴力和创伤事件被置于隔离、分裂的状态。在此意义上它们不被承认，尽管存在着孤立的公众纪念或战争罪犯审问。当然心理分析是一种以包容式地揭露伦理为基础的实践。其理论假设是：被压制或被否定的暴力或创伤事件将以萦绕的方式不断干扰生活，除非有一种适当的愈合机制。后者需要对自己的行为承担责任并悲悼所受的损失。在揭露创伤历史的过程中，心理分析有时类似于一种荒谬的"掘墓"行为，即挖掘共同体或国家的可怕秘密，或披露没有得到妥当安葬的死人的秘密生活。

只有打破创伤沉默并暴露被埋葬的秘密这一过程才有助于从内心世界驱除其可怕、异己的存在。这一过程意味着人们必须对自己的行为负责，愈合罪恶和耻辱的创伤，悲悼无法忍受的损失。它也需要人们面对不可言说的暴力的后果。这一动态过程在个体和更大的公共或文化层面起作用。它也跨越代际差别起作用。当然，如果暴力行为属于你父母一代而不是你，那么这一动态过程随之变化。这使得面对自己的历史遗产这件事变得既更容易又更困难。之所以更容易是因为罪恶不是纯粹个体的罪恶；之所以更困难是因为你需要面对的遗产是通过复杂、无意，很大程度上完全是无意识的方式来传播的。面对暴力、罪恶、耻辱和（不可能的）悲悼这笔遗产在传播给下一代时产生的心理效果，这是一个极端痛苦复杂的过程。以德国为例，对历史创伤的综合意味着搅起过去的沉渣淤泥，借以帮助战后一代彻底摆脱父母一代可怕的影响。这种心理考古学是促使施暴者的后代完成他们父母未竟之业必不可少的部分。唯其如此他们才有能力以自己的方式面对过去。失去了这种能动力，他们就仍无意识地受父母的创伤变形制约。这常常诱使他们试图回避整个问题并成为将创伤沉默化行为的帮凶——哪怕仅仅是为发出自己的声音而感到有罪。换言之，要避免创伤历史的重复或避免将之转换到其他人身上，对过去幽灵的挖掘也是必不可少的。

发现声音是这种记忆和证词文化的关键，不管这种发声是大声言说、书写叙事、诗歌或回忆录或仅仅是向另一个人讲述自己的故事。语言是心理内射（introjection）的首要工具和模式。亚伯拉罕和托罗克指出，一旦找到言说饥饿感的途径或"空空的口腔里被塞满了语词"，哪怕快被饿死的婴儿也重新获得了力量。但是怎样才能找到一种关于无意识事物的语言呢？怎样才能讲述自己是其主角却又缺乏直接体验的历史故事呢？通常故事在幻想中、在备受痛苦和扭曲的身体的语言中或在独特的创伤断裂无止境的强制性重复中一遍又一遍地讲述自己。有一例无意识的幻想给我留下了深刻印象。德国电影制片人和导演玛格丽特·冯·特罗塔曾拍摄了以姐妹俩为题材的系列电影。这些电影包括《姐妹或快乐的平衡》（1979）和《玛丽安和朱丽安》（1981）。后者以英国皇家空军成员古德伦·恩斯伦和她妹妹的生活为原型。在电视访谈中，她被问及为何喜爱姐妹题材这个问题，因为事实上她是家里的独生女。她在回答中声称自己根本就不知道是什么原因，但是自幼儿时期开始，她所有的幻想都围绕着姐妹这一主题。此后不久，一位不知名的女性与她联系并声称自己是她的孪生妹妹。她透露她们的父母放弃了孪生姐妹中的一位而留下了玛格丽特。他们认为小玛格永远不会知道真相。然而，无意识中玛格丽特找到了上演家族秘密的方式，尽管谁也没有向她透露过真相。其他的例子中，创伤以肉体的形式展示出来，身体成了被埋葬的秘密的俘虏，被不知名的幻影的历史或幻影的在场折磨。需要另一种不同的语言来描绘没有记忆的记忆的"幻影效果",从内心世界消除幻影的在场,破解自我内部加密的幻影。在《关于幻影的注解》这篇文章中,亚伯拉罕用"语词的登台表演"这种方式来形容言说创伤体验的语言。

> 如果进一步延伸幻影概念,有理由坚持认为"幻影效果"在从一代人传给下一代的过程中不断消退并最终消失。但是这并不适用于以下情况:共享或补充性的幻影最终沿着表演式的语词链被确立为社会实践[……]。我们不应忽略这样的事实:语词的表演,无论是以异染色体还是匿名的方式,都隐喻性地构成了驱魔降妖的意图,即将幻影的效果转入社会空间来缓解无意识的压力。[1]

这解释了为什么任何试图将个体创伤或创伤历史沉默化的伦理注定了以失败告终。探索反映在创伤话语和与此不同的文学中的可能性、局限及补偿和矫正的圈套。这也需要应付创伤历史的沉默和幻影效果。因此发出声音的要求成了更大范围内为缓解创伤的幻影效果而进行的语词表演的一部分。但是这并非说发声行为没有自己的隐患和危险。"语词表演"尽管可能有助于社会心理健康,但本身却不是解决问题的办法,在最糟糕的情况下可能削弱真正的政治解决途径。创伤叙事可能成为充满力量的忧郁对象,既维系着与旧有创伤性伤害的纽带,又偏离了申讨现在新的暴力历史的紧迫需求。这就是为什么愈益重要的是跨越民族、种族、文化边界以及受害者与施暴者的界限来申讨暴力和创伤历史。也许是因为我体验过发声的罪恶感,所以我相信受害者和施暴者的后代都需要打破沉默。他们也需要打破彼此隔离的僵局,

---

[1] Nicolas Abraham and Maria Torok, *The Shell and the Kernel*, p. 176.

开始一起言说他们不同的创伤历史，从而创建一种有助于描绘亚伯拉罕所讲的"共享的或补充的幻影"的对话。这一过程也与阿希兹·南迪所讲的"同构压迫"相关，即从一组受害者转给另一组受害者（包括对压迫者自己的同胞的迫害）的压迫。

我们的历史已发展到这样的地步，以至于我们不再可能将受害者和施暴者的历史隔离开来。殖民主义、帝国主义、战争、种族大屠杀和奴隶制暴力历史的损害和文化变异在分界线的两翼都显露出来。只有双方都从这些历史的沉荷中复活，才能瓦解邪恶周而复始的怪圈。最新的后殖民理论和批评种族理论都提出了类似观点。

在对殖民主义心理的开创性研究中，阿希兹·南迪指出殖民在殖民宗主国产生的伴随性文化和心理病态鲜为人知，尽管殖民主义显著的心理轮廓已不是什么秘密。① 这是实情，尽管至少从黑格尔的主/奴辩证分析以来就存在分析这种心理社会过程的理论框架。"作为一种心理过程，殖民主义必然认可同构式压迫原则，"② 南迪认为。我相信，这一过程也是更普遍意义上的施暴者文化的心理变异的基础。最普通的变异之一就是施暴者文化中暴力模式的内化及其内在重复。南迪借用范农笔下的殖民警官来揭示同构式压迫过程。他拷问阿尔及利亚自由战士，然后将同样的暴力施加给自己的妻子和孩子。我们知道的类似例证是从海外侵略战争中复员的美国退伍军人对自己同胞的暴力行为。在"二战"后的德国，许多德国父母将纳粹时期被内化的暴力模式转嫁给他们的孩子。其心理动力是根除他们心里"他者性"的所有印迹这种绝望，常常是无意识的欲望。战争创伤最鲜而不见的、不被社会认可的效果之一恰恰是由同构式压迫构成的。如果

---

① Ashis Nandy, *The Intimate Enemy: Loss and Recovery of Self under Colonialism*, p. 30.

② Ibid., p. 31.

第八章 梦魇般的传统：施暴者后代的创伤　197

存在对暴力历史的沉默化和否认以及相应的对其文化无意识影响的转换，那么同构式压迫就变得更普遍。如果暴力历史被处理成公开的国家秘密，那么它们就必定会重复上演。在《父亲，你在战争中做了什么?》这本关于德国战后一代的书中，塞宾·雷赫尔写道："事实是，德国人也受到折磨——尽管他们是压迫者——因为他们犯下的是不可饶恕的罪行。在残酷地灭绝其他民族时，他们同样未能幸免于巨大的心理损害。只不过他们没有意识到这一点。伴随着每个生命的消失，谋杀者中的某种东西也与战壕、毒气室和烤炉中的牺牲者一起死亡。"①

要解释施暴者及其后代的这种心理变异，有必要扩展亚伯拉罕和托罗克的"秘穴"观念，将文化或民族秘穴包括在内。亚伯拉罕和托罗克将隐秘化界定为针对创伤的心理反应，不可忍受的体验被围阻起来，被沉默化，被从意义和公共空间中驱走。不可忍受的体验可能发生在无力面对不可忍受的损失、羞辱、破坏、折磨或种族大屠杀的受害者身上。它们也可能发生在无力面对自己的暴力、罪恶或耻辱的施暴者一边。如同心理内在的秘穴，文化和民族秘穴同样储存着被压制或被否认的暴力记忆。一旦后者与有意识的记忆政治和公共论争分隔开来，它们就不再可能被化解并被转换成矫正政治。集体建立的秘穴成了文化和民族萦绕的根源。除非打开秘穴并打破沉默，否则就不可能申讨文化和民族萦绕。

也许重要的是在这里强调：要推动这一过程并不需要完全的沉默。甚至可能存在（如战后德国那样）一种公开承认战争罪的政治，包括纽伦堡审判、"消灭纳粹化"的过程、为受害者修建纪念碑及官方的补偿政治。但是除非这些行为包括一种心理社会政治。这种心理社会政治声讨文化的责任、共谋、罪恶、耻辱和心

---

① Sabine Reichel, *What Did You Do in the War, Daddy?*, p. 190f.

理变异。否则它就事实上只是有助于延续一种沉默化的和否认政治。在最糟糕的情况下，历史的纪念碑化甚至可能加剧这种政治，提供一种安全调控的出路，以减轻罪恶和耻辱的无意识感受。

我将以两个具体的事例来结束关于代际间萦绕的思考。一个例子是关于内在心理的，另一个涉及文化。两个事例都来自我在战后德国成长的体验。我很久以来就一直思考在试图克服创伤历史遗产时个体体验和叙事的作用。两位友人在与我谈论代际间萦绕问题时都提醒我不应将这些事例包括在内，因为它们太个人化了，不具备代表性。我不知道他们的这种提醒是否属实。我将讲述我"幻影哥哥"的故事，即我自己被期望代替战争期间死亡的哥哥的历史故事。尽管这个叙事太个人化了，但是我们从关于"替代孩子"的心理分析中了解到我所描述的心理过程比我们通常认为的那样还要更广泛。因暴力历史而失去孩子的父母尤其易于将下一个孩子变成"替代孩子"。我认为这个故事有力地证明了战争创伤的代际间传播。某种意义上，关于我死去哥哥的故事成了我痛苦体验的核心——从人类损失意义上讲战争意味着什么？我知道许多战后出生的"替代孩子"都有着类似的故事。第二个故事涉及我的故乡小镇及战后对犹太居民历史可怕的删除。这也几乎不可能被理解成纯粹的个体体验。我认为自己对关于田根的犹太人的那本书的发现证明了战后的大屠杀沉默化行为是多么普遍且复杂。最后，我认为只有描述历史暴力的个体效果，我们才能开始面对并非随施暴者一代的告别历史舞台而终结的责任。

幻影哥哥

我出生在"二战"后，是父母的第二个孩子。他们的第一个孩子是个被取名保罗-于尔根的男孩，在战争期间出生，仅仅

第八章 梦魇般的传统：施暴者后代的创伤　199

几个月大时就死于急性毒气中毒。在盟军对弗莱伯格的一次空袭中，我家的房子完全被摧毁，妈妈抱着襁褓中的婴儿穿过燃烧的城市到防空掩体中躲避。浓烟毒害并最终毁坏了他的肺。在到防空掩体的路上他们穿过附近的运动场。一枚炸弹落在运动场正中，杀死了孩子们，将他们的身体撕裂，四肢挂在树上，还有一个小孩被炸断了头颅。自我三岁刚记事时起，母亲就一遍又一遍地重复讲述相同的故事。她面部表情严厉，事实上是责备的表情。讲述故事的声音低沉、单调，似乎传达了一种秘密的信息或某种威胁。我总是静静地听着，克制住自己，从不问任何问题。我母亲抱着幼小的哥哥穿过运动场，还有身体被炸得四分五裂的孩子。如同出没无常的幽灵，这个意象藏在我内心深处，令我终生难忘。有时我认为从那一天起母亲就精神失常了。她永远无法面对战争的创伤，失去爱子、弟弟和家园的悲痛。

　　仅仅几个月前我哥哥的出生就带有极端的创伤性。在一次空袭时母亲也开始承受分娩的阵痛。护士只好将她抬进医院的地下室。她在分娩的过程中能听见炸弹忽左忽右的爆炸声。产褥热几乎夺走了她的生命。在两个月的精心护理过程中，她常常陷入高烧引起的幻觉中。我父亲从黑市上弄来香槟和柠檬。医生给她注射这两种液体混合成的杀菌液。母亲终于摆脱了死神，但几个月后又失去了幼子。但这只是家里失去的第二条生命，因为"二战"刚开始时她的弟弟就战死在沙场上。住房被炸毁后，我父母带着祖母搬到瑞士附近的边境小镇。我就出生在那里。"开始新的生活！"他们常这样讲，已经屈服于集体传播的疯狂防卫心理创伤。

　　完全进入成年生活后，我才终于意识到母亲患有某种精神失常症——一种无法区分现实与幻想的精神病。小时候我先是无助地承受她古怪的行为、反复无常的情绪及不时突然爆发的愤怒，然后就蔑视她。在我的记忆中，她称我为低能儿，认定我决不可能是她的孩子。"他们肯定在医院里掉了包，"她说，"你不是我亲生的孩子。"有时她试图使父亲相信我被魔鬼缠身了。"我可以从她的眼神中看见魔鬼，"她常喊叫道。我似乎很小就在心理上学会挪用她那种我不是她的孩子的叙事。在她的日记中记着我两岁时对她的反驳之词："如果你这样恶毒地对待我，我就不再是你的孩子，我将是那个拥有太阳的人的孩子。"

　　差不多十多年后，心理分析才使我明白我为什么不是她名正言顺的孩子。我成了她夭折的第一个儿子的替代品。而我根本无法使她实现这一愿望，因此她将我与夭折的儿子置于一种持续、无情的争斗之中。我不是名正言顺的孩子，具有不适当的性别和情绪。最关键的是我没有使她失去的儿子活过来，也没有使那些记忆消失。他仍是她内心深处的隐秘，是挥之不去的幽灵。尽管她幻想我就是他，能代替他，能驱除他的幻影，可是我总是令她失望。从那时起我在她眼中变得一无是处。我不仅令她无法满足无意识的需要，而且使她将自己的罪恶转嫁到我身上。最终她将失去幼子的罪责加在我身上并报复我，因为我未能使她的幼子复活。她以这种方式重演了与他的死亡共谋的无意识罪恶。母亲去世后我与弟弟的一席交谈强化了我这种认识。弟弟告诉我母亲曾告诉他，她一开始并不情愿与父亲结婚，因为她不愿在战争期间冒险生育。在幼子死去后，她总是暗暗地责怪父亲和她自己未能采取预防措施。

　　自然，这些过程都是无意识的。哪怕我母亲自己都无法理解。她只是起了推动作用。她幻想我能代替被杀死的、她不能完全悲悼的哥哥。毕竟战争是德国的过错。一种深不可测、无法承认的罪恶压在她身上。这种意识被封存在属于我母亲的战争故事的屏障记忆中。当我父母从窄小的棺材中捡起哥哥的尸体时，在医院里的母亲精神崩溃了，只有医生的劝告才使她振作起来。"想想那些为这场战争献出生命的战士，"他说，"你的孩子的生命之路甚至尚未开始。"她被剥夺了悲悼襁褓中的儿子的权利——他的生命太短暂了以至可以被忽略不计。这种损失怎会不令她精神失常？我最近发现了一首自己以前写的诗："我将哥哥的尸体放在我子宫里，就像可辨认的孪生子。"在我出生时，母亲将她的悲痛置入我的心理中。我成了她隐秘的储存器，在体内储存着就像一个活死人样已死去的哥哥，接替我母亲的无能来悲悼他、让他的幽灵复活。我一生都感受到这份遗产的重压，尽管我不知道它是什么。这是一种幸存者的罪恶，尽管与大屠杀幸存者体验的罪恶不一样。这是对死去的同胞的生命亏欠而产生的罪恶。在母亲的幻想中我成了死去的哥哥，在我自己的幻想中他在我体内死亡。因此我又怎么能拥有生活的权利呢？

在我九岁时，幻影哥哥的故事发生了另一个转折。母亲怀上了我弟弟。一位吉卜赛妇女预言她将在礼拜天产下一位健康的儿子。"礼拜天孩子，"她这样称呼他。这是幸运的标志。但是另一个担忧困扰着母亲。那就是她害怕自己会难产而死。有一天她将我叫到一边并告诉我。她说，永远不要将这个秘密告诉别人。她向我透露，她会死于第二个儿子的分娩，要求我取代她的位置。"向我保证你会照顾好弟妹们。确保你父亲不会再娶或将祖母赶走。"我克制着自己，仅仅不停地重复道："我不想你离开！"她坚持要我代她照顾好全家。无力承担这副责任的重担，我最后崩溃了，在忏悔时向教区牧师倾诉了自己的苦恼。他只是劝告："抛开所有的烦恼，我会请求上帝宽恕你母亲。"

只是在多年后才弄清楚事实的真相。又怀孕的母亲希望新生儿取代死去的哥哥。吉卜赛人告诉她这一胎是男孩后，她完全将两个孩子混在一起了。在生第一胎时她差点丢了命。因此这一次她认为厄运难逃：她会先他死去，生下他并让他存活下来。我们可以肯定地认为这个幻想部分缓解了她幸存者的罪恶。那么母亲的创伤又是怎么传给我的呢？我们俩都不知道是怎么一回事，但是我似乎明白她想我照顾战争中死亡的哥哥（她无力悲悼的儿子）这笔遗产。她最先想我取代他。这种愿望落空后她想让我取代她来照顾他。这种心理置换和替代游戏遵循的是牺牲逻辑。母亲无声的要求是：要么我牺牲自我，要么我成为已死去的哥哥和将死的母亲的储存器。你怎样爱像幽灵般萦绕在你内心的哥哥？你又怎样为了生活而摆脱死去哥哥的幽灵，同时又仍然爱着全家合影的照片上的那位婴儿，因为你知道他是你哥哥？你又怎样体会对保护你的想象中的哥哥的爱，尽管你从不认识他，因为在你出生前他就被杀死了？你怎样爱自己的母亲，她是那么仇恨你，因为你不是死去的哥哥，她是那么爱着你，希望你取代她？

幻影小镇

1983年我接受邀请，在美国加州大学尔湾分校做长达一年的访问教授。此后我就一直没有回德国居住。1986年我成了美国官方认可的合法"侨民"——这一称谓与我内心的散居感完全吻合。这种感觉最早可追溯到我童年时生活的故乡小镇田根。1987年我回到故乡小镇看望双亲。在镇上的书店闲逛时发现了迪特尔·皮特里写的一本书《田根的犹太人》。我用怀疑的目光审视着这本书。田根的犹太人？我不知道曾有犹太人生活在田根。事实上我从未想过这个问题。我买了这本书并在晚上一气读完了它。感觉就像在自幼熟悉的小镇下面发掘出另一个隐藏的城市。为什么我从未想起问这样的问题：田根是否曾有犹太人居住过？战争期间他们的命运如何？如今我回想起过去常常在去教堂的路上穿过犹太人小巷。对我而言它只不过是个地名，从未想过它是根据"二战"前住在那里的犹太人而命名的。因此在离开故乡多年后我才从一本书中发现小镇充满耻辱的历史。书的作者与我年龄相仿，小时候就住在街对面的布卢姆老饭店旁。从他的书中我得知"二战"前这是家犹太人开的饭店。他也分辨出另一家叫奥克森的饭店是犹太人最常光顾的地方。它就在我父母开的第一家珠宝店的街对面。在我很小的时候，我们曾经常在礼拜天到那里用餐。

在阅读《田根的犹太人》时，一阵恐惧感陡然升起并紧紧攫住我。但是沉默的力量侵蚀了我的心理，蒙蔽了我的心智，使我无法惊醒地辨别是非。我将"二战"后德国的否认和沉默内化了，尽管事实上我童年时曾发誓要正视一切，不管它们是多么可怕。我故乡小镇对历史的涂抹感染了我，尽管我一旦得知犹太人大屠杀和集中营的真相就开始蔑视、怀疑我的祖国、父母、老师和童年时熟悉的乡亲们。但是我从未思考过犹太人的命运，仅仅认为小镇本来就是那样。

第二天我参观了整个小镇。先是经过豪普斯特拉斯，接着穿过熟悉的老巷——我喜欢的孤独地方。我常去买面包和蛋糕的斯蒂芬面包店还在。我现在知道它曾经是伯特霍尔德·伯恩海姆住过的房子。这位犹太人在朱伯加西斯一座老宅中从事嫁妆生意。纳粹在"水晶之夜"他的家中抓住了他，先将他囚禁在一家管区监狱，最后将他遣送到达豪集中营。他幸免于死，成了田根犹太人惨遭杀戮（包括他的妹夫）的证人。在豪普斯特拉斯还有许多其他犹太商人（主要是伯恩海姆和古根海姆家族）拥有的房产。例如，我买鞋的那家商店曾属于朱利叶斯·古根海姆。他被关在达豪集中营里，十天后被处死。我三岁时，他的儿子、以色列战士厄恩斯特血溅沙场。

我接着来到紧靠我就读的国民小学的老地方。我在那里一直生活到十岁。我家的后院紧邻塔格韦格——一条我常常骑三轮车经过的小巷。住在街对面的邻居是阿尔比克尔一家。从皮特里的书中我了解到他们曾租给海曼·拉宾诺维茨一套公寓。后来他自己买了一套气派的住房。他也在被遣送到达豪集中营两周后被处死。我发现他以前的房东阿尔比克尔一家在他死后接管了他的房产。我小时候常与他们家的儿子卡尔一起在这栋房子里玩耍。我总有一种被动卷入一件无法知晓的事件而产生的不安感。这家人从集中营里被谋杀的邻居和前房客那里狠赚了一笔。我似乎成了他们的同谋。这件事一直萦绕在我心中,使我觉得根本摆脱不了我出生前发生的纳粹暴力。

最后我来到朱登加斯。但令我惊讶的是街道上的标示变成了特姆加斯。向几个人打听之后我才发现小巷被重新命名。但是每个人都继续使用朱登加斯这个名字。我如今知道,就是在这里纳粹毁坏了犹太教堂,将其改成公寓房。拐角处是田根最美的房子——一栋位于老巷角落的房子。房子中那幅古老、巨大的壁画上描绘的是中世纪时期德国人与瑞士人之间的一场战斗。这栋房子里曾有一座犹太妇女用的澡堂。在我上学的路上,我常常经过那里,沿路是一道用漂亮的石头砌成的墙。皮特里认为这些石头曾是古老的犹太公墓里的墓碑。

我不可能,也不会再用同样的目光来审视田根。它成了一座幻影重重的小镇。对所有犹太人生活印迹的涂抹如今都成了德国人否认大屠杀的物证。尽管人们愿意承认历史事实,但是同样存在对真实体验和影响的物质否认。其次,这种对真实体验和影响的否认更容易将以前某些针对犹太人的情绪转移到新的内部"他者"身上。我仍清楚地记得在我成长的岁月里,怀疑、怨恨和拒绝的矛头指向每年夏天回到镇上的吉卜赛人、镇上的居民中的少数几个共产分子、那些失去家园后在德国南部重新定居的德国难民。后来在我十多岁的时候,随着第一拨外籍劳工的大量拥入,出现了新一拨的仇外情绪和种族主义。今天田根的部分房屋外挂着标志其犹太历史的纪念牌。但是它们是在无声地言说。这些空洞的符号指向对历史的否认而不是容忍这一现实。"时光没有流逝,它积聚膨胀。"但是此处它积聚的是沉默,持续得愈久就变得更可怕的沉默。皮特里的书是打破这种沉默的第一步。但是我只发现"二战"后的一代人中有人读过这本书。那些与"二战"历史共谋的人却企图忽视这本书。正是在这本书里我发现了本章开始部分的那段引文:"请记住,犹太人,田根过去、现在且永远是德国人的田根。"同时,这种祈祷本身变成了可怕的萦绕场景。当目光久久地徘徊在那些将小镇上的犹太人的此在封存起来的纪念牌时,眼前却是茫然一片。只有深挖勘查这座小镇的文化无意识,才能看清纪念牌的言外之意、小镇隐藏的种族大屠杀历史。

第九章

替代孩子：创伤损失的代际间传播

火的洗礼

我的兄弟，
你是战争的婴儿
我们的母亲从不想要的，
但当你降世时
她给了你慈母之爱。
你的第一声尖叫被淹没在
嚎叫的空袭警报声中，
在爆炸的炸弹下
在火的洗礼中，
无声地杀死了你，
黑色的肺
被烟雾毒害，
痛苦的身体，
被战争的尘埃击中。

水的洗礼

冰冷的死亡阴影
罩着我进入的世界；

第九章 替代孩子:创伤损失的代际间传播

空洞的恐惧将我推出
在惊慌的味道
侵入我第一口呼吸之前。
我母亲几乎死于
第一胎的分娩
在发霉的医院地下室里
幻想着再次给予生命
在空袭的目光下。

当我溜出她的身体,
像鱼儿那样光滑,
我将死去哥哥的灵魂藏在体内
就像暹罗人孪生子的尸体
他在子宫里死亡。

无论我们知道与否,书写总是带着我们生命的印迹。大部分时候它们隐匿不现,或者我们仅满足于微弱的意识。有时它们试图发出更多的声音,展示更多的表现形式和更大的综合力。为了能解读并综合这些隐匿的印迹,我们经常需要转换性的客体。我们可能碰见某人或发现某部文学作品、艺术品或新理论将我们向前推进了一步,使我们能将流散在自我核心之外的生命碎片组合在一起。有时为了类似的目的我们使用治疗性的接触。正是在接受精神分析训练的过程中我最终能面对曾经有过的模糊意识——我的生活如此严重地受到一位兄长的控制,而他尚在襁褓之中时就在"二战"中死亡。几年前我突然有了这种真切的认识,这一事例跃入我的记忆,恰如醍醐灌顶。那是在西班牙的圣地亚哥-德-康帕斯特拉。我在国际暑期学校中讲授批评理论。临睡前,思绪万千的我突然意识到:我总是觉得愧对"二战"期间死去的婴儿哥哥。当弄清楚了我自己想象的兄长在我生活中发挥的作用后,我试图采取书写这种形式。书写是一种加工处理和愈合形式,如果不是一种我悲悼从没谋面的兄长的形式或一种将有关他的记忆的证词传给我自己的儿子的形式。为此我写下了一系列诗歌。本章开始时选用的就是其中的两首。这些诗歌标志着我与兄长的想象连接,揭示了我写作本章的主体立场。直到意识到自己将继续承受压在这一创伤记忆上的沉默,我才计划将这种个体启示包括在内。我从来没有向父母或弟妹们谈起这一发现。但是我与儿子们分享着它。

后来有位同事告诉我一系列关于儿童替代心理的心理分析成果。我从未听说过这个术语,也不知道对儿童的创伤性损失(尤其是在大屠杀或其他种族灭绝战争这类暴力历史过程中或之后)有着如此广泛的反响。这类战争之后出生的孩子感受到的负荷不仅仅是替代他们的父母在战争期间失去的孩子。伴随他们成长的是这种感觉:他们这一代必须替代那本应被消灭的整个一代人。最著名的替代儿童事例之一是大屠杀之后出生的著名犹太政治漫画家阿特·施皮格尔曼。他始终觉得自己是在与"幽灵兄长"里希厄竞争。我们可从《鼠》中了解这位幽灵兄长。《鼠》是以漫画形式书写的实验性回忆录,将犹太人刻画成老鼠,纳粹则是猫或猪。作为给里希厄和娜嘉的献礼,《鼠》一开始刻画的就是里希厄。从后来他与妻子弗朗索瓦的交流中我们会发现这幅漫画成了阿特与幽灵兄长竞争的客体。

"我不知道如果里希厄还活着我们能否融洽相处。"
"你的兄长?"
"我的幽灵兄长,我出生前他就被杀死了。他只有五六岁。战争结束后,我父母搜集各种哪怕最含糊的谣言,寻遍了欧洲所有的孤儿院。他们无法相信他死了。我成长的过程中对他没有多少印象……他主要是父母卧室墙上挂的一幅巨大、模糊的照片。"

"哦。我还以为那是你的照片,尽管它看起来不像你。"

"问题就在这里。他们不需要将我的照片挂在卧室里。我仍活着!……那幅照片从不发脾气,也不会惹麻烦……它是位理想的小孩,而我是个令人讨厌的家伙。我比不上它。他们从不谈论里希厄,但是那幅照片就是一种责备。他本应成为一名医生,娶一位富有的犹太姑娘……真令人恶心。至少我们可以安排他打理瓦拉德克的生意。真见鬼,竟与一张照片过不去!我从未觉得对不住里希厄。但是我确实做噩梦,梦见党卫军冲进我们的教室,将所有犹太小孩抓走。"①

如同坚果壳一样,这个简短的对话包含了替代儿童最显著的症状。兄长是"幽灵兄长",在替代弟弟出生前就被杀死。父母拒绝接受头生子死亡的事实,从不进行任何适当的悲悼,因为"他们不相信他已死亡"。尽管他们很少谈论里希厄,但是似乎他无所不在。沉默和理想化使他显得比生活更高大。阿特说,他的照片被放在显眼的地方,不断提醒他们,起着一种无声责备的作用。替代孩子抗拒的是这样一种酸楚的讽刺——理想孩子是已死亡的孩子。里希厄成了父母幻想的存储器。里希厄应实现他们所有的梦想;而活着的阿特却令他们失望。不可能与已死亡的孩子竞争,但是却无法回避父母的幻想导致的与死亡幽灵的竞争。这种替代儿童的症状是一种普遍的创伤代际间传播形式。阿特认为自己不觉得内疚,然而他感受到借里希厄的照片传给父母无声

---

① Art Spiegelman, *Maus II: A Survivor's Tale. And Here My Troubles Began* (New York: Pantheon Books, 1986), p. 15f.

的责备，在噩梦中取代了哥哥的位置。对这位永远正确的对手的愤怒，自然使他将里希厄称作令人讨厌的家伙。然而同时，他内心也怀着一个无声的幻想——至少能对付阿特的父亲弗拉迪克及他的幸存者创伤。

施皮格尔曼的生活故事带有一种独特的可怕氛围，怪异地颠倒了历史与幻想的位置。与故事中阿特的老鼠形象对应，里希厄的形象是照片。在阿特的生活中，里希厄成了幽灵兄长，永远不会变成真实，尽管他是绝对地此在。相反，在阿特的漫画册中，里希厄获得了比其他人物相对更高的现实程度，因为与真实的照片再现相比他们毕竟是漫画人物。其次，弗朗索瓦承认她将照片误解成是阿特的照片。因此她从字面上理解心理层面支配着阿特整个生活的混乱——一种阿特与里希厄各自身份疆界的混乱。这种混乱首次明确地表现在父亲给阿特的临终遗言中："讲话令我疲惫，里希厄，如今我讲得够多了……"①

替代儿童的心理变化奇怪地与德里达在《论文字学》中提出的补充性逻辑相似。拒绝相信里希厄已死，他父母陷入无力悲悼的两难处境。相反，沉溺于怀旧，甚至幻觉中的他们认为他还活着。在这种情况下，阿特只能占据相对于真实的原初孩子的补充位置。他觉得自己就像一个符号，必须替代事物本身的缺场。德里达写道：

> 但是补充就是补充。它仍是替代。它自己介入或挤入替代位置。如果它填补，那么它似乎填补的是虚空。如果它再现并建构意象，那么这是因为此在具有先前的不足。具有补偿性［易变性］和替代性，补充是附属部分——替代位置的次要事例。作为替代，它不是简单地增加了此在的积极

---

① Art Spiegelman, *Maus II: A Survivor's Tale. And Here My Troubles Began*, p. 136.

第九章 替代孩子：创伤损失的代际间传播　211

性，没有缓解作用，虚空的标志确定了它在结构中的位置。①

这种补充的心理位置位于符号秩序之中；这些符号标志着父母的幻想和话语中孩子的生与死或缺场与此在。由此看来，替代孩子将无力获得与自我认同的意识。父母的幻想与话语之间习惯性的差异增加了边界混乱的程度。混乱维系着这种补充性。在话语层面，对死亡孩子的再现常常保留为缝隙。父母的沉默或充满括除或否认的碎片或扭曲的叙事产生缝隙。相反在幻想层面，替代孩子注定了要取代死亡的孩子并揭示他的死亡。因为替代孩子不仅是父母有意识话语而且是他们无意识幻想的接受者，因此他承继了死亡孩子的创伤性死亡和失败的悲悼。这一变化是创伤心理生活代际间传播过程的一部分。

当然，替代失去的孩子的愿望历史久远。不同文化形成各不相同的实现这一愿望的实践。它具有高度的文化独特性，主要出现在那些在殖民化、战争、大屠杀、大饥荒或瘟疫中失去孩子的民族的文化想象中。它也是婴孩死亡率很高的环境中人们的普遍愿望。下面我提出更理论化的视角，借以分析作为创伤损失的代际间传播独特效果的替代孩子的心理生活。近年来涌现的大量心理分析研究成果描绘了替代孩子独特的认同烦恼。在父母幻想中他们被给定的角色与创伤损失紧密联系在一起。但是更多的危险在于文化与损失、死亡、死亡率和悲悼之间变化不定的关系。理性上替代某人的不可能从来就无法阻止父母对替代孩子的幻想。我试图提出的是关于连续性和替代的心理常常是无意识机制。因为无意识中分散实体之间的边界相互渗透，情感能量自由流动，

---

① Jacques Derrida, *of Grammatology* (Baltimore: the Johns Hopkins UP, 1976), p. 145.

因此人也具有可交换性。大多数人的梦将极端不同的人浓缩成同一个形象。与此相似，我们的无意识情感机制将不同孩子浓缩成同一个孩子，却无视他们具体的物质差别。"替代孩子"心理分析理论的基础是大量临床实践。孩子们体验的心理障碍是：事实上他们成了在他们出生前就死亡的孩子的替代。在《替代孩子：个体和集体历史及心理分析中主体的变化》这篇论文中，利昂·阿尼斯菲尔德和阿诺德·理查兹提出了以下定义：

> 在最狭小的意义上，替代孩子指那些孩子死亡后用第二个孩子来填补第一个孩子留下的虚空的父母生的孩子。[……] 那些经历了孩子真实或象征死亡创伤的父母的心理嬗变调节着病弱或死亡孩子与其替代孩子的关系。[1]

因此替代孩子的怀孕和出生是对断绝悲悼和忧伤之路的创伤性死亡的反应。无意识中接受了父母的幻想，这些孩子有关自己身份，有时是性别的认识经常是混乱的。按照父母的期望他们应过着另一个人的生活，因此他们永远无法获得自我。孩子的死亡总是流血的伤口和愤怒，是不正常的死亡，是缠绕着父母、兄弟姐妹或整个共同体的死亡。按常理，父母应比孩子更早地离世。因此他们竭力为自己及自己的情感生活而清除背离生活常理之事！然而，通过替代来应对孩子的死亡的努力，哪怕只是在幻想之中，都会导致完全的拒绝——拒绝悲悼死去的孩子并接受死亡事实。因此替代孩子承担着无力或拒绝悲悼的负担。在极端的情形下他们是疯狂防御死亡的产物。人类暴力和战争过后通常大量存在的是替代孩子的幻想。它们在幸存者中表现为否认、消除或

---

[1] Leon Anisfeld and Arnold D. Richards, "The Replacement Child: Variations on a Theme in Individual and Collective History and Psychoanalysis," *Psychoanalytic Study of Child*, 55: 301—318 (2000).

被动承受人与人之间暴力争斗的后果。表面上看,似乎被复制的替代孩子的幻想支撑起生活的重量。战后剧增的出生率似乎在全球范围内肯定了这种假设。但是如果幻想意味着拒绝悲悼,那么我们替代死亡孩子的愿望仍摆脱不了暴力政权。最终它剥夺了被谋杀的孩子自身死亡的独特性、替代孩子自身生活的独特性。尽管这种僭越行为主要出现在集体或个体幻想中,但是却产生具体的心理,经常是身体效应。

作为创伤损失的替代,替代孩子承载了创伤家族史(如果不是创伤集体史)的重荷。如阿尼斯菲尔德和理查兹揭示的那样,暴力、战争和种族大屠杀之后的许多孩子集体地表达了替代孩子的命运。"大屠杀幸存者的孩子替代的不仅仅是某个死亡的孩子和先辈,而是所有那些失去生命的人。"[1] 这样替代孩子成了大屠杀创伤代际间传播的接受者。他们从未直接体验的死亡,甚至无数人的死亡萦绕着他们。他们的死亡体验间接地来自父母,表现为情绪或情感;具有许多类型,包括悲痛或焦虑、过度警惕或麻木、情感失效或无法控制的愤怒。在分析替代孩子的幻想时,瓦米克·伏尔坎谈到"存积再现",即对受创伤的父母存积在孩子不断完善的自我再现中的自我或他者的再现。[2] 正是以这种再现形式替代孩子承载了创伤历史后父母或整个一代人对悲悼的扭曲这一重负。

受创父母没有为孩子竖起保护的盾牌,而是以马苏德·克恩所讲的"累积式创伤"[3] 形式将他们自己的创伤传给下一代。阿尼斯菲尔德自己就是替代孩子。他描绘了他父亲是怎样提醒他在大屠杀中失去的孩子:"不是因为他父亲从不谈论他们,而是因

---

[1] Leon Anisfeld and Arnold D. Richards, "The Replacement Child: Variations on a Theme in Individual and Collective History and Psychoanalysis," *Manuscript*, p. 3.
[2] Ibid., p. 7.
[3] Ibid., p. 8.

为他定期地'缺失'或陷入梦想,从现在逃避到过去。这种记忆丧失状态成了阿尼斯菲尔德的心理现实。"[1] 在《大屠杀的孩子及他们孩子的孩子》一文中,弗拉格认为替代孩子"与家里被迫害或被谋杀的成员建立起无意识认同关系。[⋯⋯] 孩子的症状、游戏活动、梦和幻想清楚地表明他们知道家族'秘密'"。[2] 失去的孩子没有得到适当的悲悼,父母借助替代孩子在幻想中神奇地恢复了他们的生命。作为被扭曲的悲悼及其虚假的解决的结果,替代孩子相应地遭受着认同烦恼——常常表现为虚假的身份形式。阿尼斯菲尔德和理查兹指出,战后一代犹太孩子中大量存在身份认同困难。在诸如殖民主义、奴隶制、战争或种族大屠杀等暴力历史之后的孩子中同样存在类似现象。

安德烈亚·萨巴迪尼认为替代孩子"更多地被处理成记忆的化身而不是真正的个体"。[3] 幸存者的罪恶感是替代孩子中间存在的普遍反应。他们觉得自己的生命归功于另一个孩子的死亡。詹姆士·赫佐格将悲悼视为治愈代际间创伤的前提。只有在完成悲悼之后,"幸存者、幸存者的孩子及他们的孩子才能纪念而不是重新体验,才能严肃思考存在的艰巨任务"。[4] 正如亚伯拉罕和托罗克的研究所示,对暴力历史的沉默化构成了另一种对悲悼的拒绝或无力悲悼。家族秘密常常越过代际鸿沟影响孩子,被沉默化的民族或共同体创伤历史也影响下一代。不进行悲悼,

---

[1] Leon Anisfeld and Arnold D. Richards, "The Replacement Child: Variations on a Theme in Individual and Collective History and Psychoanalysis," *Manuscript*, p. 8.

[2] T. Virag, "Children of the Holocaust and Their Children's Children: Working Through Current Trauma in the Psychotherapeutic Process," in *Dynamic Psychotherapy*, 2—1: 47—60.

[3] Andrea Sabbadini, "The Replacement Child," in *Contemporary Psychoanalysis*, 24: 528—47.

[4] James Herzog, "World Beyond Metaphor: Thoughts on the Transmission of Trauma," in: Bergmann, M. S. and Jucovy, M. E., eds., *Generations of the Holocaust* (New York: Basic Books, 1982), pp. 103—119.

创伤历史将持续地影响一代又一代。

我们知道，自我再现非常脆弱，充满渗透力，易受他者的幻想及与存在相伴的焦虑的影响。作为独特有效的视野或有害的存积再现方式，我们的幻想可能影响他者。亚历山德拉·皮奥特利对怀孕妇女及新生婴儿进行过实验研究。结果表明母亲对子宫中胎儿的幻想、期望和情感会影响婴儿的出世及存在特征。[①] 与此相似，孩子可能为从不认识或从未听说过的某人的离世而悲痛。皮奥特利分析了幸存的孪生同胞对胎死腹中的另一孪生同胞的悲痛。这些有关文化幻想的力量的认识对替代孩子而言意味着什么呢？最终它们对孩子（或人）——作为独特的、有着固有价值的存在实体——的概念和现实构成根本威胁。孩子和更通常意义上的人具有替代性和交换性是一种幻想。这种幻想将工业化和资本主义制度固有的替代逻辑推到极端。心理学上这一逻辑以针对死亡率的有力防卫（如果不是关于不朽的幻觉）为基础。替代孩子可能成为死亡孩子的替代符号，因为悲悼者否认孩子已死亡这一事实。

也许非常中肯的是，我看到当代仍不断爆发的战争和集体屠杀以及无情的进步对地球资源的破坏，借此来审视那些幻想。我想知道关于不朽的幻觉是否是针对普遍存在的物种焦虑的反应形式。这种焦虑与我们愈益逼近毁灭我们自己的物种和地球的可怕处境相关。这就是为什么暴力、战争和大屠杀历史之后出现的关于替代孩子的文化幻想及被幻想成战争中被杀死的孩子替代品的同胞都属于创伤和被拒绝的悲悼的心理机制。它们属于一种疯狂防卫心理机制。它们承受了创伤遗产的负荷以及随之而来的认同烦恼。如果允许我们对我们制造的新的创伤历史中日常生活基础上我们上演的死亡熟视无睹，那么它们是否最终属于具有交换性

[①] 有趣的是该作品事实上肯定了早在16世纪时帕拉瑟尔索斯宣传的观点。

和替代性的其他相关幻想呢？

　　菲利普·格林伯特最近出版了关于替代孩子的回忆录《秘密》。它描述了孩子创伤性死亡向替代孩子代际间传播的转变过程，尤其是其细微的心理分布状况。回忆录有力地促进了我对代际间创伤这种独特形式的思考。尽管格林伯特的故事与我自己的故事之间存在巨大差异，但是其催化转型作用使我从另一个记忆的角度来审视作为替代孩子的我的体验。我自己作为施暴民族的孩子的故事反映在受难民族的孩子的故事中。我认为我们这一代对格林伯特回忆录中惨死在奥斯威辛集中营的孩子西蒙的命运负有责任……我们负有责任，如果仅仅是通过暴力历史的代际间遗产的传播。

　　菲利普·格林伯特1948年出生在巴黎，是父母的独子。整个童年和少年时代他都受到想象同伴的无情折磨——他幻想中的兄长拥有所有他缺少的东西，如强健的体魄、毅力和父亲的爱。孤独的孩童时期，他在家里和学校都是外来者，与兄长紧密地纠缠在一起，每晚都卷入与他的想象争斗中，偶尔也充满了温柔和吸引力。那时他唯一关系亲密的朋友是路易丝。他与路易丝亲如家人。多数时间两个小伙伴都待在路易丝家里，分享着彼此的故事和想法，还有各自的烦恼和痛苦。菲利普15岁时，路易丝透露了他父母一直不安地保守着的家庭秘密：菲利普一家和他自己是犹太人。他从来就不知道，也没有预料到这个事实。但是最重要的是他曾有过一个哥哥。哥哥10岁时与他的母亲塔尼亚、菲利普的姑妈和他父亲的第一任妻子一起死在奥斯威辛集中营。

　　差不多半个世纪后，如今是法国作家和心理分析专家的菲利普·格林伯特决定写下他一家的痛苦故事——围绕这桩家族秘密的故事。他用法语写成的回忆录《秘密》2004年问世，获得"2004年度龚古尔奖"。连续多月该书稳居法国最畅销书排行榜。叙述者格林伯特将家族秘密的揭露过程描绘成一种决定他未来整个生活轨迹的转换体验。"路易丝还未讲完这件事,他的身份就已经改变了我。尽管我还是原来的我,但是我变了,奇怪地变得更强壮,"① 他写道。在路易丝透露真相后的几周里,菲利普追溯了他父母的生活,体验到"一场将我与我所爱的人分离开来的长途跋涉"。② 他借路易丝故事的零碎片断来组合自己的故事。15 年后他写下了他们的想象故事。"我以自己的方式解开他们生活的线索,以创造我哥哥的方式自由地想象着赋予我生命的那两个人的相遇,恰如我正在写作一部小说那样。"③ 各种与萦绕有关的修辞充斥了菲利普的叙事:"我为了减轻孤独而创造的哥哥,这个幽灵,毕竟在人世走了一遭。"④ "黑暗中显出三个死人。我第一次听到他们的名字:罗伯特、汉娜和西蒙。"⑤ 菲利普的哥哥西蒙是他父亲马克西姆与第一任妻子汉娜的孩子。汉娜是菲利普母亲塔尼亚的第一任丈夫罗伯特的妹妹。汉娜和西蒙被送往奥斯威辛后,马克西姆开始与菲利普的母亲塔尼亚偷情。她丈夫罗伯特仍在前线,后死于伤口感染,永远无法回家了。整个情景突出了罪恶本质。左邻右舍和朋友们都认为菲利普父母的结合是对那些被送到集中营或战争前线的人的背叛。因此,这种结合的结晶菲利普不仅继承了这一罪恶而且摆脱不掉他的生命归功于哥哥的死亡这种罪恶感。

菲利普是否无意中知道?想象兄长的困扰印证了无意识知识的存在。他父母无言地将他们的故事和记忆传给他。在不知情的状况下,秘密通过无意识渠道传给了下一代。菲利普成了他父母无意识的容器、他们创伤历史的载体。有关他无意识知识的怪异

---

① Philippe Grimbert, *Secret*, trans. Polly McLean (London: Portobello Books Ltd., 2007), p. 62.
② Ibid., p. 63.
③ Ibid., p. 31.
④ Ibid., p. 63f.
⑤ Ibid., p. 63.

符号充斥着故事。这些符号最深刻地反映在菲利普离奇地在阁楼上发现他哥哥的玩具狗这件事。正是格林伯特回忆录中的这个关键情景证实了无意识知识的生产。菲利普的母亲打开一只旧箱子时，他发现一叠毯子上破旧、积满灰尘的玩具狗。当他拿起玩具狗并拥抱他时，他注意到母亲突然间变得震惊和不安。他将玩具放回原处。但是这件事触发了他对想象兄长的构想。"当天晚上我第一次将我湿腻的面颊紧贴在我哥哥胸部。这样他进入了我的生命，我再也不会离开他。"第二次到阁楼上去时，菲利普取出玩具狗并叫他西蒙——对他从不认识的、死去的哥哥的爱称，事实上是他的匿名。"我到底是怎样知道他的名字的？是他毛皮的尘土味？还是母亲的沉默或父亲的悲伤？西蒙！西蒙！我带着玩具狗在公寓里到处走动，故意忽略我父母的困惑表情，叫喊着他的名字。"似乎约定了似的，一家人都保持沉默。每个人知道的事比愿意承认的事还要多。从那一刻起，他们之间都隔着一层沉默的知识织成的面纱，掩盖着无法适当地被悲悼的孩子无法言表的死亡。他们的秘密将整个暴力和创伤历史沉默化。

　　路易丝透露真相后，菲利普选择了沉默，决定向父母隐藏他了解的事实。"沉默会延续下去。我无法想象有任何打破沉默的理由。我试图从我自己一面来保护他们。"[1] 然而，菲利普与想象哥哥的关系改变了。他无力唤起自己的同情心，体验到的是无声的愤怒，这使他马上感到有罪。路易丝证实他哥哥强壮健康，他父亲无条件地爱并崇拜他。这令菲利普感到强烈的嫉妒和刺痛。"虽然我知道我的愿望是多么可怕，但我最渴望的是看见他的形象被火化为灰烬。"[2] 他觉察到，要按照自己的意愿生活，他必须再次杀死他哥哥。渴望看见哥哥的形象化为灰烬（因为

---

[1] Philippe Grimbert, *Secret*, trans. Polly McLean (London: Portobello Books Ltd., 2007), p. 65.

[2] Ibid., p. 66.

知道他死在奥斯威辛的烤炉中），菲利普在象征层面重复了施暴者的罪行——这使他处于深重的罪恶压迫之下。这是与死亡的斗争，是一场他永远无法取胜的斗争。"我怎么知道永远战胜不了死人呢。"① 他越来越觉得生活不属于他自己，仅仅是他哥哥生活的重复。"西蒙也知道修道院镇的商店。他爬上楼梯，跑进大楼的大厅，在储藏室里搜寻。［……］他扮演出纳员的角色，为顾客服务。我在这些游戏中模仿他而不自知。他也与路易丝坐在一起，端着一杯热腾腾的巧克力，向她倾诉自己的烦恼和梦想。"② 在路易丝透露事情真相后，真实的与想象的兄弟之间的关系似乎被颠倒了。菲利普内心的感受是，生活越来越类似于想象生活，越来越像西蒙的影像生活。他最后找出一张西蒙的老照片，从哥哥的形象中辨认出自己："最后我也看见了西蒙，他的照片贴满了几页纸。我对他的脸孔非常熟悉。我从他的面容中认出了自己，尽管我无法从自己身上发现他的身体特征。"③

不知不觉间菲利普的罪恶也成了他父母的罪恶（相互结合后生下菲利普，象征性地替代他死去的哥哥）的象征性重演。按照无意识逻辑，这种替代是一种谋杀的矛盾形式：死去的孩子被杀死了，但是却仍活在新生的孩子中。他心中仍活着的死去的孩子就像活生生的幽灵。

> 因为他们［我父母］总是带着因任他受命运摆布而留下的心理伤痛，觉得与他的去世相比他们的快乐享受是一种罪过，所以他们将他隐藏在黑暗中。在继承的耻辱的重压下，我呻吟悲痛，恰如在夜复一夜地折磨我的身体的压迫下我发出痛苦的哀鸣。

---

① Philippe Grimbert, *Secret*, trans. Polly McLean, p. 69.
② Ibid., p. 81.
③ Ibid., p. 134.

我不知道父亲从我脆弱的躯体和瘦长的双腿看到了他的影子。他凝视着那个儿子，那个本应成为他的镜像、他被毁灭的梦想的儿子。在我出生时，西蒙再次占据了他们的生活。①

西蒙的象征式谋杀不仅在菲利普的出生事件中而且也在家族的沉默中重演——他们企图抹去他的历史。"尽管不是有意，但是他们从死者和活着的人的名单上都抹去了他，在爱的驱使下重复了谋杀者的行为。"② "西蒙和汉娜都被处决了两次：被他们的迫害者的仇恨处死，被最亲近的人的爱处死。"③

然而路易丝透露的另一个家族秘密和另一桩罪恶，甚至更无法言说。这就是西蒙的母亲汉娜的罪恶。奇怪的是这桩罪恶也陷入可怕的沉默——汉娜藏在心中、从未透露过的事实。那就是她嫂子与她丈夫的奸情。汉娜得知塔尼亚与她家人一起躲在法国村庄里。她很快就会在那里与马克西姆团聚。但是绝望的她决定牺牲自己并带着儿子共赴黄泉。在一次核对护照时，汉娜故意将真护照而不是假护照交给检察官并确认西蒙是她儿子。在众人惊恐的目光中，两人被抓走，然后在被送到奥斯威辛的第二天就被处死了。见证了这一幕的路易丝决定保持沉默，将故意牺牲的故事改成临时疏忽的故事。然而多年后她将真相透露给菲利普。因此他明白了另一种对他哥哥可怕的"谋杀"——这次凶手是哥哥自己的母亲。格林伯特对这种牺牲的评价如下："羞涩的汉娜、完美的母亲将自己变成了悲剧英雄，柔弱的女性转瞬间成了美狄亚，将儿子和自己的生命祭献在她受伤的爱的祭坛上。"④

---

① Philippe Grimbert, *Secret*, trans. Polly McLean, p. 67.
② Ibid., p. 68.
③ Ibid.
④ Philippe Grimbert, *Secret*, trans. Polly McLean, p. 106.

第九章 替代孩子：创伤损失的代际间传播

汉娜牺牲式的自杀及她在杀死自己儿子时与纳粹的共谋可能是格林伯特回忆录中一系列被揭露的秘密中最骇人听闻的。母亲的"牺牲"这一幕给人最可怕、最难以忍受的阅读体验。有时我们读者试图反叛叙事的突变，甚至渴望重写或删除这部分内容。为什么唯独是这一幕令我们感觉到萦绕着这个家族故事的恐怖的深渊呢？尽管作者故意对此不作任何评判，但是我们发现自己陷入充满矛盾的愤怒——对这位怀着一颗破碎的心，同时牺牲了自己和爱子的母亲的愤怒。我们觉得，她没有权利这样做。仅仅因为她丈夫移情别恋这件小事，她就怎么能自私地将儿子交给纳粹的魔爪呢？我认为回忆录的成功之处在于将读者变成了作者充满矛盾的情感的接受者。矛盾冲突的情感就淤积在这一幕构成的节点。从移情、替代和代表构成的复杂过程中我们见证了这位母亲也许不知情的但却令人无法忍受的与她的人民的屠杀者的共谋。正是她帮助他们完成了杀戮之举。她不是什么悲剧牺牲者，其行为是对丈夫的无情报复，仅仅因为她怀疑他背弃了对她的爱。她不是简单地结束自己和孩子的生命，而是心甘情愿地将自己交给同胞的敌人。这一行为宣告道：背弃了我，你就成了我的敌人，而我将完成你在情感上施行的谋杀。只不过，她将儿子送进了毒气室！

但是我们也许被迫深入到这位女性的内心，试图像作者写出他父母的故事那样在我们心中写下她的故事。她知道多少？她是否知道他们将被驱逐并死在集中营？如果她发现一切都太晚了会怎样？当她的儿子被强行从她身边带走时她的感受是什么？在生命的最后一刻当她知道儿子会像她那样死去时她的感受又是什么？她怎样面对自己的罪恶？那么我想知道：在作出可怕的决定之前这场战争是否已使她疯狂？这些问题更准确地揭示了我前面提到的移情、替代和代表过程。故事的叙述者超越了这些问题，而是将质疑的权利交给了读者。读者的感受不仅是对此作出反应，而且包括对任何可能的反应的冲突本质和矛盾的容忍。其次，读者极可能同情汉娜，也许试图像她的家人那样用沉默而不是责备来掩盖她的故事。

格林伯特的回忆录中对汉娜和西蒙的悲悼采取的是这样一种悲悼形式：悲悼他们在无知觉中被暴力夺走了生命却没有被妥善地埋葬这个事实。为了彻底地悲悼这位女性及她儿子的死亡，整个家族应打破沉默。他们无法做到这一点，而是将沉默传给了下一代，使菲利普这位替代孩子承受他们自己无力悲悼的后果，终生与死去的幽灵搏斗——一场他永远不会赢的搏斗。"尽管我叔伯、婶母和祖父母是那样热忱，在他们与我之间却横亘着一道看不见的障碍。这道障碍阻止我问任何问题，排斥任何亲昵行为。就像不可能的悲悼造成的秘密约定。"① 我们同意叙述者的观点：他永远无法战胜死去的哥哥。同时我们也明白：路易丝透露的真相至少使他放弃争斗并将其转变成悲悼。在此意义上我们可以说路易丝帮助他治愈了从父母和家族继承下来的创伤。她通过恢复他的自我而拯救了他。"我现在知道当我父亲双目紧紧地眺望着地平线时他在寻找什么；我明白了是什么使母亲沉默寡言。那就是为什么沉默的重负不再压着我，而是向我的肩臂中注入了力量。[……]因为我认清了那些幽灵，他们的堡垒也就土崩瓦解了。"②

移情、代表和替代是破解掩盖着孩子的损失及与此相关的罪恶的秘密的关键。在格林伯特的叙事中，系统、连续的情感替代促进了悲悼。这种对死去孩子的情感被附加在动物上。先是西蒙的玩具狗；接着是菲利普的宠物狗艾柯；最后是施暴者的狗，那些狗葬在狗墓里——令人回忆起死亡孩子的墓地。在第一例中，

---

① Philippe Grimbert, *Secret*, trans. Polly McLean, p. 53.
② Ibid., p. 131f.

第九章 替代孩子：创伤损失的代际间传播

玩具狗西蒙同时是移情和转变的对象。当菲利普的父母看见他和西蒙的玩具狗时，他们无意识地将被压抑的对西蒙的情感——悲悼和罪恶——转移到菲利普身上。后来他们用一条真正的狗艾柯替代了玩具狗。是菲利普揭露了第二种替代：当父亲觉得对艾柯的死负有责任时，他让自己看到并面对他对西蒙的死犯下的罪恶。

格林伯特叙事的结构如同对被埋葬的幽灵的追寻和发掘。紧接着是哥哥——暴力死亡的祭品，如同被第二次谋杀掉的无力悲悼的亡魂——的正式葬礼。它也是关于替代孩子菲利普迟到的成年（如果说不是延迟的心理诞生）的故事。如果没有对原来假定被替代的孩子的正式葬礼，这种新生是不可能的。按照这种心理逻辑，格林伯特的叙事以墓地的一幕场景恰到好处地收尾。这一幕引出一部描绘叙述者的心理诞生的回忆录。叙事以回旋线型方式展开，追踪家族秘密、家族秘密的暴露、最后是家族秘密的心理融合。格林伯特叙事不是单纯地描绘这种心理诞生，而是表现其诞生过程。哪怕在透露了他哥哥的存在和悲惨死亡的秘密后，叙事中的缝隙和洞眼仍困扰着菲利普。"在我的叙事中仍有空白处，甚至我父母都不知道。"仿佛菲利普需要象征性地降入秘穴之中，他哥哥被活埋在那里太久了。他到瑟奇和比特·克拉尔斯菲尔德研究和文献中心查阅资料。该中心是巴黎马拉纪念馆的一部分。在档案搜集过程中，菲利普发掘的是枯燥的事实和数据：火车编号、西蒙的死亡日期、被遣送到奥斯威辛的男人、女人和孩子的名字。他也发现了皮埃尔·拉瓦尔这个名字——批准以家庭团聚的名义遣送儿童的那位部长。在叙事的"结语"中格林伯特透露，当他无意间路过一座小型狗墓，认出这是皮埃尔·拉瓦尔女儿的财产时，他就萌生了写回忆录的想法。"那人的女儿精心照料着公墓。是他将西蒙送上了一条通往世界尽头的无归路。就在这座公墓里我萌发了写这本书的念头。在书页的字里行间，那些我没能及时悲悼的亡灵将找到最后的安息之地。"① 一系列狗的意象被处理成转换性对象，使被压抑或拒绝的悲悼显露出来，目的是促进心理与叙事的融合。因此狗的意象构成了完整的叙事环。作为真正的悲悼对象，这本书演示了沉入秘穴、与重生——故事的（重）写作——吻合的下降过程。在给死去的哥哥举行葬礼（尽管是象征性的）的过程中，菲利普·格林伯特找到了一条与亡灵的记忆而不是他们的幽灵生活同气相息的路径。在将他哥哥内化成幽灵（活死人）之后，书写成了一种得体的悲悼方式，使过去的幽灵能长眠安息。在前往拉瓦尔狗墓的路上，女儿罗丝陪伴着格林伯特。当写作回忆录这一念头占据了他的内心时，他让女儿离开。她离开他，向他挥手，却没有回头。令人充满希望的是，书写也成了阻断创伤的代际间传播的方式。②

格林伯特的回忆录独特的重要性在于它锲而不舍地揭示个体与政治难分难解的关系。尽管《秘密》仅仅是一本回忆录，但是它不是单纯的心理描绘，因为它表明政治扎根于心理。家族秘密也属于更广阔的秘密和被拒绝的悲悼政治。亚历山大和玛格丽特·米彻尔利希将德国的战后文化描绘成"无力悲悼"③ 导致的普遍的文化瘫痪。作为对这种秘密政治的反应，格林伯特的叙述者投身于发掘历史知识的不朽事业。这些历史知识的基础是瑟奇和比特·克拉尔斯菲尔德储存的档案。他们提供了关于大屠杀牺牲者的最丰富的文献。格林伯特的档案搜集工作既是心理上的融

---

① Philippe Grimbert, *Secret*, p. 147.

② 在更长的译本中包括了有关匿名的引文。有关名称的改变，见第 128 页。替身逻辑和"艾柯"，重复：替身孩子；艾柯，替身狗；对艾柯之死的被置换的责任；作为牺牲的父亲的自杀，见第 141 页；父亲的自杀/谋杀，见第 132 页和第 149 页。

③ Alexander and Margarete Mitscherlich, *The Inability to Mourn*, trans. Beverly Placzek (New York: Grove Press, 1975).

合过程，又是政治上的历史证明。与此相似，格林伯特将自己的心理学专业选择描绘成一种心理和政治选择：从路易丝那里他学会了一种独特的、用在病人身上的倾听形式。对格林伯特而言，写作回忆录和做心理分析家是两种互补的形式，能帮助他克服暴力历史的个体和政治影响。最后，格林伯特的回忆录揭露了个体和文化造成的痛苦。这时它们遵循替代的意识或无意识逻辑与人类发生联系。孩子是不可代替的。每个孩子都是独特的生命个体，需要人们适当的悲悼。格林伯特的回忆录展示了一种悲悼伦理。其基础是面对并分享痛苦，而不是将痛苦沉默化。这种伦理试图瓦解创伤代际间传播的邪恶怪圈。

在该章的结尾处，我们关注一下一个有关替代孩子这一主题的高度实验性的文学文本。这就是新西兰毛利族作家帕特里夏·格雷斯创作的本土小说《无眼婴儿》。无眼婴儿的故事以1991年发生在新西兰一家医院的真实事件为基础。一场车祸后，一位毛利族孕妇被送往医院。可是到达医院时婴儿已死亡。医院偷取婴儿的眼睛来进行医学研究。格雷斯的小说探讨了这种医疗盗窃行为的文化和政治意义以及对家人和社会的心理影响。故事的两个主角是死去的婴儿"无眼婴儿"和她的弟弟塔沃尔拉。小说中无眼婴儿拥有自己的声音。塔沃尔拉是在无眼婴儿去世几年后出生的替代孩子。他受到死去姐姐的无穷折磨，以至于对她的出现产生幻觉，过着与她在一起的幻想生活。他成了她的"替代性眼睛"，向她描述世界。运用将幻想文字化这种叙事技巧，格雷斯的叙事者言说故事人物的内心生活，包括胎儿期的塔沃尔拉的声音和他死去姐姐的声音。塔沃尔拉一出生，母亲就告诉他：

"我想让你知道你不是我唯一的孩子。"
"我知道还有另一个人，"我说。

"你有一个比你大四岁零五天的姐姐。"

"现在我看见她了,"我说,"啊!她头上有两个窟窿。"

"你的意思是她没有眼睛,"我母亲说,"你的意思是她的眼睛被偷走了。"①

塔沃尔拉继续讲道:"我姐姐是这样一副模样:四岁,穿着K-马特牌衣服。绿色的运动裤前部系着粉红色大带子,绿色、带有粉红条纹的T恤衫,彩色的拖鞋上系的是维可牢尼龙带。"② 文本不是将塔沃尔拉的心理现实表现为幻想或想象,而是借文字赋予死去的姐姐一种准现实主义式的在场并让这种效果作用于读者。这位只有塔沃尔拉才看得见的姐姐必然萦绕着他。不管他到哪里都跟着他,晚上睡在他床上。她总是如影随形地控制着他的生活,与他竞争,占据他的生活空间。"你甚至没有充足的理由让我出生,"他对母亲说,"仅仅是因为我可以照顾姐姐,使她远离你的背、头发、眼睛、头和耳朵。"③ 因此塔沃尔拉指责母亲将死去孩子的创伤转嫁到他身上。与此心理嬗变过程一致,塔沃尔拉上演了代际间创伤——将心理生活外在化的表述型话语中的代际间创伤。

此外,帕特里夏·格雷斯的文本包括对创伤历史传播的其他反思,如故事讲述、写作和艺术的作用。塔沃尔拉的祖母格兰·库拉讲述了代代相传的未透露的故事和家族秘密,直到沉默被打破。"有时故事根本没有词,是整个一代人生活的故事但却从没有形成文字。你看见它坐在老人中间;你从他们走动的姿态和呼吸声中看见它;你看见它凿刻进他们的面部;你从

---

① Patricia Grace, *Baby No-Eyes* (Honolulu, Hawai'i: University of Hawai'i Press, 1998), p. 19.
② Ibid.
③ Ibid., p. 141.

他们的眼神中看见它。"① 尽管格兰·库拉坚持认为每一代人都拥有秘密,但是她却主动打破沉默。也是她在去世前要求塔沃尔拉驱除死去的姐姐的幽灵,按照自己的意愿生活。真正成为艺术家后,塔沃尔拉才学会将他的创伤历史与记忆融合在一起。"我在历史的字里行间摸索研究,发现那些丢失的书页,相信这也许是帮助我成为艺术家的旅程之一。"② 塔沃尔拉不再将死去姐姐的可怕存在外化,其心理空间变得空荡荡的。"内在空间。它在我体内隐隐作痛。晚上当我回到屋里去工作时,我能做的就是凝视着虚空。"③ 他开始了悲悼想象姐姐的死亡的过程。"但是每一张草图、素描和油画都缺失了某部分,画纸的某部分是空白。没有一幅画是完整的。每一幅画的空间都向外推展,借此吸引人的目光。"悲悼将空间外推,让眼睛直视画面中心部分的虚无。塔沃尔拉将这种体验与毛利人传统的虚无(Tel Kore)观联系起来。④ "不是弥合开始时那小小的无法打破的缝隙,而是拥抱它,不管它,保留它,一步一步地将画推向外围。我夜复一夜地坚持这样,直到某天晚上一切都消失,从画纸的边缘消失。"⑤ 当塔沃尔拉能面对死亡的虚无时,也就实现了悲悼。很久以来他都是姐姐的眼睛。现在他第一次能看见她。被看见的姐姐……他的"第一次显形咒语"。⑥ 这个咒语颠倒了这种心理障碍,即姐姐仍是活着的没有眼睛的幽灵。塔沃尔拉第一次想象并真正看见了死去的姐姐……"在某个她将成为我的眼睛的地方。"⑦ 塔沃尔拉借她的眼睛看见

---

① Patricia Grace, *Baby No-Eyes*, p. 28.
② Ibid., p. 291.
③ Ibid., p. 292.
④ Ibid., p. 293.
⑤ Ibid.
⑥ Ibid., p. 294.
⑦ Ibid.

了创伤死亡——一种侵害及其对生活的影响。"有一天我将把城市的边缘带回来,"他说。这将是怪圈瓦解的时刻。因为已经看透了姐姐创伤的核心,塔沃尔拉不再会将创伤传给下一代。无眼婴儿被埋在了适当的地方,她的故事已被讲述。